보석함과 쓰레기봉투

# 보석함과 쓰레기봉투

서석화 장편소설

개미

또 이런 순간을 맞는다.

1991년에 시로 등단해 시집, 산문집, 장편소설을 쉬지 않고 출간하는 동안 가장 힘들고 주저됐던 게, 바로 이 작가의 말을 쓰는 일이었다. 시든 산문이든 소설이든 그것은 내게서 분비된 말들이고, 내가 생산해낸 시간들인데, 더 말할 무엇이 남아 있는가. 그 작품 안에서 살아야 할 시간이 더 필요한가. 그러나 이 밤, 나는 컴퓨터 앞에 앉아 있다. 첫 문장을 쓸 때의 설렘과 숨참, 마지막 문장 앞에서 울컥울컥 내뱉어지던 긴 한숨이 동시에 나를 점령한다.

이 소설을 쓰면서 나는 한 번도 만나본 적 없는 생면부지의 네 여자에게 내 멋대로 이름을 부여하고, 작가라는 권한으로 이리저리 끌고 다녔다. 그리고 마지막엔 작가인 내가 줄 수 있는 최대치의 사랑으로 선심 쓰듯 그들을 풀어주었다. 글을 쓰는 내내 엉키고 부대낀 살붙이 같은 이들과의 이별은 시원하면서도 아팠다.

그들은 형제가 없는 무남독녀인 내게 우리 언니요, 내 친구며, 내 동생들이었기 때문이다.

　그들이 떠나가고 있다.
　내가 쓰는 소설 속에서 그들은 최선을 다해 각자의 삶을 살았다. 불륜의 사랑 끝에 사십대 초반에 치매에 걸린 언니 은초, 강요당한 이별의 세월 쌓여가지만 신도 부정 못하리라 그 사랑의 절대성을 믿는 유명 번역가이다. 그리고 그녀의 동생 은수, 오래전 학력고사를 치른 날 대학생이던 언니의 잘못된 연애사건으로 한날한시에 부모가 죽고 스무 살 코앞에서 고아가 됐다. 이 소설의 화자로 미대를 나와 개인전을 여러 번 한 화가다. 은초와 은수는 하늘 아래 단 둘뿐인 자매다.
　오랜 세월이 흐른 뒤 은수는 남편으로부터 형체도 그림자도 없는 침묵감옥을 경험한다. 그것을 작품 속에서 은수는 말한다. 살았는지 죽었는지 정말 알 수 없는 시간이었다고. 살아있다면 그렇게 안 보일 리 없고 안 들릴 리 없는데 남편에겐 내가 안 보이고 안 들리는 주저앉은 시간 같았다고.
　표면적으로는 남편 책이 출간될 출판사 대표 우병찬과 언니 은초의 사랑이 원인이다. 은초는 미혼이지만 우병찬은 기혼자였고, 은초는 번역가로서 톱을 달리는 유명인이었기 때문에 그녀의 불륜은 그 낙인이 짙고도 깊었다. 그런 은초에게 초로기 치매가 찾아왔다. 은수로서는 부모의 죽음 이후 두 번째로 맞닥뜨린 혈육의 죽음과 같다.

또 다른 두 여자, 은수 옆에 있는 하은과 경옥이다. 가장 위급했던 응급실에서 만나 동질의 아픔으로 단박에 서로를 끌어당겼던 사람들이다. 화자인 은수의 마음을 설명하는데 중요한 두 축을 이룬다.

트라이앵글이 생각난 건 그 때문일 것이다. 초등학교 때 이후 본 적도, 만져본 적도 없는 악기가 말이다.

긴 작대기가 삼각형으로 구부러진 모양을 하고도 건드리면 세상 다시없는 청량한 소리로 모세혈관 하나하나 숨을 불어넣는 악기! 악다구니 쓰며 버텨온 세상도, 사방이 처음 서 있는 공터 같아 발뒤꿈치에 있는 용기 없는 용기 쑤셔 넣었던 지난한 시간도, 그 소리와 함께 물러갔다. 내가 생산해낸 소설 속 여자들은 내게 그렇게 트라이앵글이 됐다. 그들은 각자가 구부러지는 고난과 고통을 기꺼이 겪으며 각각의 음표를 세상 하늘에 걸었다.

— 그래, 무엇을 말하고 싶었는데?

출판사로 원고를 송고하기 전 유일하게 검열을 부탁하며 원고를 보여줬던 K선배가 물었다. 시인인 내게 산문을 써보라고 권유한 사람이다. 서 시인은 산문도 참 좋을 것 같아. 서 시인 시를 읽다 보면 호흡의 깊이가 느껴져. 글 쓰는 사람에게 호흡의 깊이는 문장력이야. 그 때문일까? 등단 후 삼십 년이 넘는 시간 동안 나는 시보다 산문을 더 많이 쓴 사람이 됐다.

— 재밌었어. 너의 문장력이야 더 할 말 없고, 구성도 좋았어. 그런데 난 그게 궁금해. 여기 네 명의 여자들을 통해 네가 하고 싶은 말. 쉽게 짐작할 수 있는 뭐 그건 아니잖아?

정수리가 뜨끈해지며 아마 난 한참을 눈만 끔뻑거렸던 것 같다. 대답을 준비하지 못한 나를 눈치 챈 선배가 내 민망함을 덮어주려는 듯 다시 말했다.

— 한날한시에 응급실에서 환자로 만난 세 여자, 거기에 이 글을 끌고 가는 주인공 화자가 포함돼 있지. 그리고 화자의 언니. 이렇게 네 여자의 이야기잖아? 보석함과 쓰레기봉투가 중요한 소재로 등장하던데, 이 소설 차례도 그 글자 한 자 한 자로 매긴 걸 보면 분명히 작가의 의도가 거기에 있을 텐데…… 그리고 짧게 나왔지만 트라이앵글도 놓칠 수 없지. 상당히 신선한 소재라 더 눈을 크게 뜨고 보게 되더라.

역시! 선배를 바라보는데 안도의 숨이 쉬어진다. 말문을 여는 내 목소리가 어쩔 수 없이 다정해진다.

— 선배, 트라이앵글 기억나요?

— 알지. 스텐으로 된 막대기가 삼각형으로 구부러진 악기잖아? 그걸 두드리면 참 기막히게 맑은 소리가 나고.

— 맞아요. 트라이앵글은 막대기가 구부러졌기 때문에 그렇게 맑은 소릴 낼 수 있대요.

— 알겠다. 서 시인, 나 알겠어. 보석함과 쓰레기봉투도 작가에게 왜 간택됐는지 알 것 같고.

K선배의 머리가 앞뒤로 마구 흔들렸다. 저건 수긍과 인정, 거기에 용기를 주려는 큰 배려요 응원이다, 고 나는 생각했다. 그래서 용기를 매어 밑도 끝도 없는 말을 덧붙였다.

— 살아오면서 가장 함정을 많이 가지고 있는 말을 알게 됐는데, 진짜라는 말이었어요. 꽉 찬 100프로 순도의 말로 우리를 홀린 진짜라는 말. 가짜의 반대말로 알고 있는 말. 진짜는 정말 진짜일까? 그리고 가짜는 정말 가짜일까? 사람의 마음이 하는 걸 진짜 가짜로 구분할 수 있을까? 우리가 사랑이라고 말하는 그거는 진짜일까요? 또, 헤어지면, 그래서 다시 못 보면, 볼 수 없으면, 그게 진짜 이별한 걸까요? 만나지 못해도 이별한 게 아닐 수 있지 않나? 사랑해 라고 말하지 않아도 진짜 사랑일 수 있지 않을까? 보석함에 담기면 다 진짜고 귀한 것일까? 쓰레기봉투에는 버릴 것, 허접한 것만 넣을 수 있나? 구부린다는 게 지는 것일까? 구부려서 세상이 순화되고 여유로워지며 마침내 트라이앵글처럼 맑은 소리, 깨끗한 웃음으로, 확장된 자신을 보게 한다면……

이제 네 여자를 떠나보낸다. 만난 적도 본 적도 없는 완전한 남남인 이 여자들 덕분에 조금은 덜 외로웠고, 조금은 덜 무서운 시간을 살았다. 그들이 구부려준 덕분이다.

어느새 날이 밝는다.

내 귀에만 들리는가. 트라이앵글의 청량한 음이 새벽 햇살을 출렁이게 한다. 꿈이 아니다. 다행이다.

사랑과 이별의 각도는 같습니다
2023년 10월
**서석화**

**서석화 장편소설**

# 보석함과 쓰레기봉투

## 차례

너처럼 구부러져 맑은 소릴 낼 수 있다면
이까짓 한기 무성한 외로움쯤이야
아직도 터트리지 못한 비누풍선 기대쯤이야
오! 징그럽게 소환당하는 굳은살 추억쯤이야
나, 얼마든지 구부릴 수 있어

홀로 걷는 하루는 등 시린 조각 잠도
불 없는 진창길 막다른 골목으로 이끌지만
꿈속에서도 몹쓸 꽃은 지천으로 피고
새벽이면 찾아오는 발작기침
나를 토해내는 하늘 붉네

너처럼 구부러져 맑은 소릴 낼 수 있다면
그래, 이까짓 눅눅한 그늘쯤이야
풀 먹인 호청처럼 날카로운 이 새벽쯤이야
오! 손톱 발톱 머리칼 버무린 얼음 식탁쯤이야
나, 천 번이고 만 번이고 구부릴 수 있어

내가 있던 세상에 음표 하나 걸 수 있다면
그렇게
이번 생을 지나갈 수 있다면


— 서석화 詩 「꿈꾸는 트라이앵글」 전문

# 프롤로그 - 90도

다행히 신호등은 아직 붉은색이다. 종료된 사랑처럼 늘어져 있는 아스팔트의 붉은 그늘. 이제 곧 신호등은 푸른색으로 바뀔 것이다. 푸른색…… 진저리나는 망상의 색깔! 맑고 투명하며 도덕적인 저 느낌 앞에서 한때는 심장을 누르면 푸른 피가 눈부시게 흘러나오지 않을까, 믿었던 적도 있었다.

나는 오른손을 왼쪽 가슴에 잠시 대었다 뗀다. 어느 가수가 노래하기 전에 엄숙한 표정으로 자신의 왼쪽 가슴을 오른손으로 두어 번 두드리는 것과 같은 모양이다. 손바닥으로 작은 무덤처럼 솟아 있는 인공심장박동기의 형체가 느껴진다. 무단횡단의 자극적 쾌감은 비장함이라는 사전 준비가 필요하다. 가수가 노래할 때 전주에서 비장해지듯이 무단횡단 앞에서 나는 비장해진다.

드디어 나는 걷는다. 보폭의 넓이를 최대한 맞추어 서두르지 않고, 미안해하지도 않고, 느긋하게, 내가 도덕인 것처럼, 나는 무단횡단을 한다. 붉은빛으로 사람들의 걸음을 막고 있는 횡단보도가 잠시, 이 순간만은 내 독무대가 된다. 이제 곧 관객들의 욕설이 무대 위의 나를 향해 열광의 세례로 퍼부어질 것이다. 따가운 시선의 꽃다발을 안은 내 인공심장박동기는 그 성능의 우수성을 또 한 번 입증하리라.

아파트 현관을 나와 엘리베이터 스위치를 누르는 순간부터 나는 이미 예상되는 무단횡단의 짜릿함에 귀밑까지 달아올랐다. 아파트에서 이마트로 가는 데는 두 가지 길이 있다. 하나는 길게 직사각형 모양으로 열네 개의 동들이 늘어선 단지 내부를 걸어가는 길이다. 그 길 끝에 바깥과의 경계를 말해 주는 작은 통로가 나온다. 아파트 정문에서 60도쯤 측면에 있는 그 통로를 나가면 지하차도의 천장을 받치는 도로와 건너편 이마트가 연결되어 있다. 당연히 신호를 기다려야 하는 횡단보도는 없다. 지하차도로 빠지지 않고 유턴을 해서 돌아나가는 차들과 이마트 주차장으로 향하는 차들이 오갈 뿐이다. 단지 내부에서 바로 빠져나갈 수 있는 그 길을 이 아파트 사람들은 훨씬 더 많이 이용한다고 집을 소개해 준 부동산 사장은 말했었다.

다른 하나는 아파트 정문으로 나와 차도에 인접한 도로를 걸어 세 개의 횡단보도를 건너 이마트로 향하는 길이다. 첫 번째 횡단보도는 아파트 건너편 새로 조성된 타운하우스 단지로 향하는 길

보석함과 쓰레기봉투

이다. 4차선 도로로 오가는 차들이 많지 않은 대신 달리는 속도가 무서우리만치 빠르다. 그런데도 나는 자주 무단횡단을 한다. 오늘도 그랬다. 그 길을 건너면 멀리 기차역이 보이는 두 번째 횡단보도 앞에 서게 된다.

10차선 대로다. 여기서 길은 사거리로 나누어진다. 좌회전하여 역 쪽으로 가는 차들과 직진하여 지하차도로 내려가는 차들의 줄지은 행렬로 무단횡단의 쾌감이 최고조로 오르는 곳이다. 횡단보도를 무시하고 우회전을 급하게 하는 차들도 꼭 몇 대씩은 눈에 뜨인다. 우회전을 하는 차에 치여……로 시작되는 인사 사고 보도가 드문 뉴스가 아니게 된 주범들이다. 사거리 입구의 10차선 대로. 붉은 불빛을 유유히 걸어가는 나를 향해 차들의 클랙슨이 끝도 없이 퍼부어지는 곳. 길 양쪽에서 초록불을 기다리는 사람들의 우려와 비난이 폭죽처럼 터지는 곳. 빠른 속도로 달리는 차에서 창문을 내린 후 삿대질을 하며 '죽을래?' 하고 고함치는 소리가 소음 속에서도 또렷하게 귀에 박힌다. 내게 욕은 지금으로선 인삼 녹용보다도 더 큰 효과가 있는 약이다. 사랑할 사람도 피터지게 싸울 사람도 잃어버린 이 무감각의 세상에서 잔혹하게 퍼부어지는 욕이야말로 내 오감을 깨우는 유일한 벗이기 때문이다. 나는 살아내기 위해 며칠에 한 번은 꼭 이 길을 이용한다. 인공심장박동기의 성능을 확인한다. 나는 여기서 두 번 교통경찰관에게 붙잡힌 적이 있다. 범죄자를 체포하듯 큰소리와 거친 손짓으로 나를 불러 세운 경찰관들은 그러나 두 번 다 내게 아무것도 추궁하지 않았다. 나도 변명이나 사과를 한 기억이 없다. 빤히 바라보는 그들을 나도 빤히 바라봤을 뿐이다. 조심하셔야 한다는 말을 들은 것 같기는 하다.

— 나 그거 알겠어. 경찰들이 왜 아무 말도 안 했는지.

전화통화를 하다 무용담처럼 무단횡단 후기를 말했을 때 후배 영란이 한 말이다.

— 선배 그런 느낌 오래됐어요. 학부 땐 그렁그렁 물기 많은 선배 눈이 무지 부러웠는데, 이젠 저 눈 때문에 선배가 외로운 건 아닐까 생각돼요. 그걸 봤을 거야. 그 경찰들. 직접적이고 확실하며 여분의 설명 같은 건 필요 없는 어떤 감정을 읽었을 거라고.

— 무지 문학적이네. 우리 영란이. 애, 나 보행규칙을 어긴 범법자야. 그 경찰들은 직무유기고.

너무 엉뚱한 반응이라 나는 웃음을 터트렸다.

— 문학적인 건 내가 아니고 그 경찰들이지. 외로움을 볼 줄 아는 걸 보면요. 진짜 무단횡단 자꾸 하지 마요. 선배 그러다 아홉 시 뉴스 사건사고 편에 나와.

이 도로를 건너면 다시 첫 번째 횡단보도와 같은 4차선 세 번째 횡단보도가 나온다. 맞은편엔 이마트가 있다. 때맞춰 보행신호가 꺼지고 사람들을 멈춰 세우는 붉은 불빛이 켜진다. 나는 또 건다. 서 있는 사람들에게서 들려오는 웅성거림과 차들이 내지르는 클랙슨이 고막을 때린다. 발악하듯 울었던 수만 번의 울음보다

보석함과 쓰레기봉투

시원하다.

　세 번째 횡단보도를 건너와 뒤돌아본 도로들, 보행신호를 받은 사람들이 건너온다. 그들은 백이면 백 프로 나를 아래위로 훑으며 지나간다. 목둘레에 얼음 띠를 두른 것처럼 뼛속까지 춥다. 이 길들만 보면 체온이 급강하하는 건 도무지 나아질 기미조차 없다. 여기가 어디며 왜 나는 이 낯선 길에 서 있는지 정말 알고 싶은데 알아지질 않는다. 아래윗니가 녹슨 실로폰을 두드리는 것처럼 신경을 건드리며 심하게 부딪힌다. 나는 냉동실에서 얼어 손만 대면 쩍쩍 들러붙는 깡통이 된다. 숨을 뱉을 때마다 얼굴 밖으로 축축하게 식은 냉기가 퍼져나간다. 나는 아주 천천히 느린 걸음으로 이마트 안으로 익명의 소문처럼 들어간다.

　십팔 개월 전 나는 이혼했다. 그리고 서울에서 한반도 내륙을 관통하는 고속도로를 타고 한 시간 반 정도 아래로 내려와 이곳 S시로 이사 왔다. 여기서 이혼이라는 건 법적인 용어다. 그 전에 벌써 수년을 남편 없는 여자처럼 살았으니 그걸 경력으로 치자면 베테랑 이혼녀. 여긴 아파트 후문에서 직진으로 십 분만 걸어가면 성당과 교회가 마주보고 있으며, 거기서 우회전하여 언덕을 올라가면 절이 있다. 언덕은 둥근 훌라후프처럼 곡선으로 둘러져 있는 산으로 이어진다. 이십 분 내로 하느님과 부처님과 마리아 님을 시도 때도 없이 만날 수 있는 곳. 하느님의 전지전능에 의탁

해 부처님의 자비를 구하고 마리아님처럼 순종할 것! 묵주를 들고 산책을 할 때마다 나는 그걸 기도로 올렸다.

이 도시에 살고 있는 하은이를 따라 처음 이 집을 보러 왔을 때 나는 두 가지에 놀랐다. 내가 사는 나라가 이리도 넓다는 것과 집값이 내가 살았던 도시의 아파트 절반이 채 안 된다 게 그것이었다. 유명 건설회사에서 지은 중형 평수의 탄탄함과 공모전에서 당선된 세련된 브랜드명을 가진 아파트지만, 크고 작은 산과 두어 개의 사막 같은 벌판을 지나 남쪽으로 내려와 마주치는 사람들과 거리 풍경은 도무지 익숙해지지가 않는다. 일 년이 지났는데도 말이다. 바로 나가면 강이 있던 도시에서 바로 나가면 산이 있는 도시로 나는 이사 왔다. 오전 10시면 문화센터로 브런치 모임으로 각종 약속 등으로 화장기 고운 여자들의 구둣발 소리 요란하던 아파트에서, 빈 아파트인가 의심될 만큼 대낮에도 사람 구경하기 어려운 한적한 아파트로 이사 온 것이다. 왜 이렇게 조용하냐고 묻는 내게 여긴 지방이잖아요. 로 응수한 부동산 사장은 거기에 한마디 덧붙였다. 은퇴자들이 많이 사는 아파트예요. 연극무대에서 내려온 연기자가 화장 지우며 본래의 나를 보는 분장실 같은 곳. 분장실…… 그럼 거꾸로도 뒤집을 수 있겠네요? 본래의 나에서 연지곤지 속눈썹까지 붙이고 연극무대로 나갈 채비를 하는 곳. 시비라도 거는 듯이 보였을까? 혼잣말처럼 하는 부동산 사장의 목소리가 뒤를 이었다. 어쨌든 숨 고르기 맞춤인 곳이에요. 가는 곳이 전쟁터든 방공호든 그건 각자의 선택인 거고요.

이마트를 나와 아파트 입구 상가에 있는 슈퍼에 들르자 주인 여자의 눈이 내 손에서 잠시 멈추더니 나를 바라본다. 나는 이미 그녀가 할 말을 알고 있다. 올 때마다 20리터짜리 쓰레기봉투를 열 장씩 사 가는 나를 그녀는 기억하고 있다. 이 집으로 이사 온 후나는 일주일에 한번은 꼭 슈퍼에 들러 쓰레기봉투를 산다. 필요가 분명치 않은 물건은 멀쩡한 것조차 버리고 왔으므로 사실 더버릴 것이 없는데도, 어쩌다 잊고 지나간 날은 밤중에라도 가서사와야만 다음 일을 할 수 있었다. 그렇게 사다 모은 쓰레기봉투가 세어보진 않았지만 오백여 장이 훨씬 넘게 다용도실 선반 위보석함에 들어있다. 버리려고 작정하면 지나온 내 모든 세월조차버리고도 남을 분량이다. 그래, 언제든지 작정만 하면 말이다. 그래서 두툼한 두께로 차곡차곡 쌓인 쓰레기봉투는 나만 느낄 수있는 아군의 든든한 병력과도 같다. 통장의 잔고가 바닥을 보이는데도 부피를 늘려가는 쓰레기봉투가 있어 나는 가난하지 않을수 있다. 가난해지고 있다는 걸 잊기 위해서라도 나는 언제든 버릴 수 있다는 최후의 보루가 필요했다. 기억이 존재하는 한 나는앞으로 내내 가난할 것이다. 그러나 기억을 버리면 어쨌거나 나는 대한민국에서 중형 아파트를 가진 순박한(?) 중년 여자로 격상되지 않겠나. 수입이 없으니 그림을 들고 화랑을 순례하는 일이곧 벌어질 수도 있다. 거의 십 년을 화단에서 사라졌던 내가 그림을 팔아 달라고 나타난 것에 화상들의 호기심은 충족될 것이다. 그렇다면 그림을 놓은 세월에 묻혀 호당 가격이 낮아졌다고 기를 죽이면서도 어쩌면 한두 점씩은 매입해주지 않을까. 남편이 첫 해외지점을 낸 홍콩으로 떠나면서 고1이었던 세민이를 데리고 간 게 지금 생각해도 얼마나 다행인지 모른다. 세민이는 그곳에서 대학을 갈 것이다.

— 분명히 많이 남아 있죠? 오늘은 빼죠.
슈퍼 여자가 쓰레기봉투를 옆으로 밀치는 시늉을 하는 게 보인다. 나는 손사래를 쳤다. 할 수만 있다면 주머니에 쑤셔 넣은 내 마스크라도 대문니가 튀어나온 그녀의 불룩한 입술에 뒤집어씌우고 싶다. 대신 지갑 찾는 시늉을 하며 가방을 뒤적거리는데 기어코 양철 주전자가 넘어지는 소리 같은 음성이 다시 들려온다.
— 이사 오신 지 꽤 한참 되셨는데 아직도 버릴 것이 많나 봐요. 이렇게 올 때마다 쓰레기봉투를 많이 사가는 분은 정말 처음 봐요. 저만 해도 20리터짜리 봉투를 한 달에 세 장 정도밖에 안 쓰거든요.
이 년에 가깝게 눈에 익었다고 아는 체를 하는 그녀가 나는 싫다. 그녀의 말에 뒤에 서서 차례를 기다리던 사람이 고개를 내밀고 내 물건이 밀려나고 있는 계산대 아래쪽을 바라본다. 불룩한 이마트 봉투를 들고 와 쓰레기봉투만 사가기가 미안해 몇 개 집은 껌과 초콜릿, 디카페인 커피믹스와 스카치캔디가 쓰레기봉투

뭉치 아래에 깔린다. 뒤에서 지루함을 보란 듯이 한마디 퉁명스
럽게 내뱉는다.

— 버릴 것이 많나 보네. 아직 한참 젊은데 그럴 때지. 우린 두
노인네만 살아서 그런지 나올 쓰레기도 없더라고. 나중에 우리를
버릴 관이나 필요할까……

— 에고, 섬뜩하게 무슨 말씀이세요? 관이 필요하다는 말씀 하
시는 걸 보면 아직 한창이신데요 뭐. 왜 진짜 갈 때 되면 필요한
게 아무것도 없어진다잖아요.

계산기에서 매출전표 빠지는 소리가 들린다. 기억을 뒤질 때 나
는 불균형의 소리와 닮았다.

슈퍼를 빠져나온다. 어스름이 깔리고 있는 단지 안길이 조명이
서서히 꺼지고 있는 무대 위 세트를 닮았다. 이전의 시간이 서서
히 덮인다. 미명의 새벽과 일몰의 저녁은 그래서 비현실적이다.
갈피를 잡을 수 없이 스산한 마음으로 걷기에는 더할 나위 없이
좋은 길이고 시간인 것이다. 갈피를 잡을 수 없다니, 내가 기억할
수 있는 가장 잔혹했던 그때의 기억 속으로 언제든 공간이동이
가능한 이런 허약함에 진저리가 쳐진다.

# 1 보

언니가 이상하다는 도우미의 전화를 받고도 내가 그녀 아파트를 찾은 건 꼬박 한 달이 지나서였다. 지금으로부터 구 년 전 일이다.

― 아무래도 분명히 이상해요. 정신 줄 놓은 것 같다니까요. 밤새는 일이 다반사라 정신이 멍해서 그렇겠거니 했는데, 오늘은 아침 먹고 나더니 얼마예요? 하는 거예요. 그것뿐만이 아니에요. 한 사나흘 됐나? 늘 하던 대로 저녁에 아파트 몇 바퀴 돌고 오겠다며 나간 사람이 안 들어오는 거예요. 이상하다 싶어 나가봤죠. 어디서 언니를 찾은 줄 아세요? 놀이터 미끄럼틀 꼭대기였어요. 아무도 없는 데서 뭐하냐고 물었죠. 그랬더니 저보고 왜 그동안 안 왔냐고, 혼자 있기 무서워 밖에 나와 저 오는 거 잘 보려고 높은 데 올라왔다는 거예요. 계속 같이 있었는 데도요

보석함과 쓰레기봉투

세상의 불이란 불은 일시에 죄다 꺼지는 것 같았다. 세상의 공기란 공기는 죄다 빠져나가는 것 같았다. 한 달을 찾았지만 내 두려움을 말할 곳이 없었다. 한 달을 뒤져도 함께 가달라고 말할 사람이 없었다.

오래전, 열 손가락을 두 번 접고서야 갈 수 있는 그 오래전, 대학 학력고사를 치르고 온 날, 정확히 말하면 내가 학력고사를 치르고 있던 그 시간에 부모님은 십삼 분간의 시차를 두고 같은 날 돌아가셨다. 시험을 치르고 어두워진 고사장 운동장을 걸어 나와 교문에서 마주친 사람은 이모였다. 아침에 고사장 교문 앞까지 따라와 묵주를 가방 속에 넣어주며 축복의 기도를 해 주던 어머니의 모습은 보이지 않았다.

나는 이모 차에 실려 집 대신 장례식장이라는 형광 간판이 보이는 대학 병원 마당에 내려졌다. 어머니 아버지에게 갑자기 심정지가 왔고 심폐소생술 도중 사망했다고 했다. 어떻게 두 사람이 같은 날에? 그러나 그 질문은 말로 되어 나오지 못했다. 영정사진도 없이 급하게 준비된 것이 분명한 제단장 앞에 앉아 있던 언니를 마주친 순간, 산발한 귀신처럼 아무렇게나 흘러내린 그녀의 머리카락과, 목덜미 아래로 어지럽게 그어져 있던 할퀸 자국. 엉겨 붙은 피가 길게 이어져 있던 언니의 목은 녹슨 시골 철길 같았다. 그 시골 철길에 붙은 대자보처럼 언니를 향한 사람들의 욕이 펄럭이고 있었다. 내가 지금 보고 있는 게 뭐지? 우리 언니가 왜 저러고 있어? 똑똑한 걸로나 예쁜 걸로나 언제나 내 자랑거리였던 우리 언니한테 지금 이 사람들이 하고 있는 말은 뭐야? 울음도 나오지 않아 두리번거리고만 있던 내 귀에 또 다른 말들이 거미줄처럼 엉켜 들었다.

— 가신 네 부모는 불쌍하지만 자식을 화냥년으로 키운 죗값을 받은 거야. 멀쩡하게 그 좋다는 대학 다니며 외국 책 번역까지 한다는 년이 그래 어디 할 짓이 없어서 화냥질을 하냐?

— 생긴 게 아깝다. 까놓은 달걀처럼 말갛게 생겨가지고 어디 남자가 없어서 남의 유부남을 홀려?

화냥년과 죗값과 달걀과 화냥질과 유부남…… 저질 드라마의 저질 장면, 저질 대사를 1열에서 방청하고 있는데, 욕설을 뚫는 이모의 쇠꼬챙이처럼 날카로운 소리도 들렸다.

— 화냥년이라니? 입에서 뱉는다고 다 말이야? 화냥년이라니! 유부남인 줄도 모르고 한창 청춘에 저 좋다는 남자 만난 게 무슨 죄야? 지금 그 말 당신들 책임질 수 있어? 안 할 말로 무슨 현장을 잡은 것도 아니라며? 그런데 무슨 권리로 주린 개떼들처럼 몰려와 애 꼴 이렇게 만들고 죄 없는 부모 죽게 만들어? 세상에, 화냥년? 불륜녀? 어느 부모가 생떼 같은 자식이 그런 소릴 듣는데 명줄 안 끊기겠어? 당신들은 살인자야.

— 뭐요? 살인자? 우리가 총을 쐈어? 칼로 찌르기를 했어? 밀치기라도 했다면 억울하지나 않지. 그건 심장 약한 그 사람들 운

　　　　　　　　　　　　　보석함과 쓰레기봉투

이야. 딸년 잘못 키웠는데 그럼 소리도 못 질러? 그러게 왜 남의 남편을 만나? 만나긴.

단발 펌 머리의 여자가 때릴 듯이 이모 앞으로 다가서며 소릴 질렀다. 이모도 지지 않았다.

— 그건 네 남편한테 물어야지. 여편네 있는 남자가 처녀를 만나는 게 미친놈이지 애는 몰랐다잖아. 은초야, 너 이년. 저것들 듣게 다시 똑똑히 말해.

엎드려 있는 언니를 걸레를 쥐어짜듯이 흔들며 이모가 소리쳤다. 그리고 보았다. 언니의 고개가 고장 난 선풍기처럼 쉴새없이 좌우로 흔들리는 걸. 그리고 들었다. 몰랐어. 이모. 정말 몰랐어. 입술을 깨물고 있는 것도 몰랐다가 말을 하느라 억지로 뗀 언니의 입술은 검은색이었다. 울음이 터진 이모가 다시 펄쩍펄쩍 뛰며 소리쳤다.

— 몰랐다잖아. 당신은 연애할 때 호적 파보고 했어? 법원 가서 허락받고 연애했냐고? 그래. 당신네들 말대로 화냥질했다고 쳐. 그럼 우리가 네 남편을 혼인빙자간음으로 처넣어야 해. 어디 와서 행패야? 네 남편이란 놈 불러. 왜 쓸데없는 것들만 몰려와 오길. 그나저나 어떡할 거야? 당신들 때문에 두 사람이 황천길 떠났어. 애들은 부모를 잃었다고. 이 난리를 어떻게 책임질 거야? 이 살인자들아……

짧은 머리를 꽁지만 묶은 어떤 나이 든 여자가 이모의 말을 받고 소리쳤다.

— 이 아줌마 정말 큰일 낼 사람이네. 뭐? 살인자? 우리 때문에
황천길을 떠나?

그러자 모자를 쓴 또 다른 여자가 말을 받았다.

— 그러게 말야. 이건 책임소재는 분명히 해야 돼. 까딱하다가
는 저 화냥년이 지 부모 죽인 걸 동네방네 우리가 죽였다고 하겠
어. 별 미친 소리를 다 듣네. 화냥질한 딸년에게 화냥년이라 했고
남의 남편에게 껄떡대서 불륜녀라고 했다. 왜? 그런 말 듣는다고
다 숨 넘어 가냐? 사람이?


더러운 단어의 난무에 천장 불빛조차 숨이 막히는지 끔뻑거리
다가 연달아 두 개가 꺼졌다. 그사이에 미친 사람처럼 발을 구르
며 주먹으로 가슴을 치는 이모가 보였다.

— 은초, 너 이년. 죽어. 죽고 네 부모 살려봐. 아무 죄도 없는
네 동생 은수 저것은 또 어떡할 거야? 멀쩡하게 시험 치르고 와
상복 입게 된 저 어린 것은 어떡하냐고.

이모는 우리를 걱정하며 울었다. 하지만 나는 그 와중에도 이모
가 말끝마다 언니에게 붙이는 '이년'이란 쌍말과 죽으라는 악담
이 거슬려 심장이 자글자글 끓었다. 커 오는 동안 부모에게도 한
번도 들은 적 없는 무지막지한 말이었기 때문이기도 했지만, 아
군으로 와 있는 이모조차 언니를 어떻게 생각하고 있는지가 읽혔
기 때문이었다.

— 진정하세요.

　　　　　　　　　　　　　　보석함과 쓰레기봉투

힘이라고는 풀 한 포기 뜯을 것도 남아있지 않은 것 같은 나이든 남자의 한숨 섞인 목소리가 이모 말을 끊었다.

— 입장이야 다 다른 거 아니겠어요? 댁의 사위가 처녀랑 바람을 피웠다고 생각해 보세요. 이렇게 식구 죄다 몰고 쳐들어간 우리 애가 심하다고 만은 못할 겁니다. 다행히 저 처녀가 그 와중에도 119를 부르고 이모님께 전화를 해서 병원에 오셨으니 망정이지 지금도 가슴이 벌렁거려 저도 드러누울 판이에요. 근데 두 분 심폐소생술하던 의사들의 말을 들으니 인공심장박동기 어쩌고들 하던데, 원래 두 분 다 심장이 안 좋으셨나 보더라고요. 그렇다고 해도 어떻게 이런 일이 있는지 저희들도 여간 놀란 게 아닙니다. 물에 빠져 한동안 숨이 멎은 사람도 심폐소생으로 살아나는 게 부지기수라는데…… 아무리 딸 일로 쇼크를 받았다고……

뿜어내는 숨도 하얀 서리 같다고 느낄 만큼 남자의 목소리는 떨렸다.

— 아빠, 지금 동네 친구 문상 왔어요? 웬 설명이에요? 아빠 딸은 지금 살아있는 줄 아세요? 내장이 들려나가는 것 같아요. 이 서방이 저년을 사랑한대요. 그냥 연애나 바람이 아니래요. 사랑이라니, 어떻게 홀렸길래 이 서방 입에서 그런 말이 나오냔 말이에요. 너, 잘 들어. 넌 네 행실 때문에 부모를 죽인 년이야. 뭐? 우리가 살인자? 재수가 없으려니 화냥질한 년은 멀쩡한데 말 몇 마디 했다고 고려장할 중노인도 아닌 사람들이 차례로 넘어지냐?

티셔츠에 가디건과 코트를 아무렇게나 겹쳐 입은 단발 펌 머리의 여자가 손으로 연신 부채질을 하며 영안실 쪽을 향해 소리쳤다. 그녀의 부채질에 이마를 덮고 있는 머리카락이 위로 날렸다가 제자리를 찾지 못하고 이리저리 헤매고 있었다.

갑작스러운 상황 설정과 최고와 최저를 마구 섞고 있는 대사 처리로 시청자들의 불만이 폭주하는 드라마 작가의 방송을, 녹화 장소에서 직접 보고 있는 것 같았다. 어머니 아버지가 죽었다는 건 사실 실감도 나지 않았다. 어떻게 믿을 수 있겠는가.

13분 차이…… 그게 어떻게 받아들여질 수 있겠는가 말이다. 그때였다. 뒤로 잡아 닥치는 대로 아무 끈이나 묶은 게 분명한 언니의 들쑥날쑥한 머리가 점점 아래로 내려지는가 싶더니 영안실 바닥에 부딪히며 몸이 고꾸라지는 게 보였다. 이모가 달려 나가 소리쳤고 병원 직원으로 보이는 남자 두 명이 들어와 언니를 업었다. 나는 실신한 채 업혀 나가는 언니를 따라 나가며 사람들을 쏘아봤다. 가재는 게 편이라고 저 동생 년도 그 나물에 그 밥이네. 노려보긴 어딜 노려봐? 직원들을 따라 올라가던 계단 칸칸이 쌓이던 사람들의 욕설. 나는 언니를 응급실 침대에 눕혀놓고 백 미터 달리기 이상 뛰어 다시 영안실로 갔다. 그때까지 욕 잔치를 벌이고 있던 사람들이 갈 때가 됐는지 어이없는 눈빛으로 하나둘 일어나고 있었다. 나는 그들 앞을 막아섰다. 생애 최고의 애드립은 그렇게 나왔다.

— 봤나요? 우리 언니가 화냥질하는 거! 댁 남편한테는 물어봤

보석함과 쓰레기봉투

나요? 우리 언니가 화냥년이냐고? 가방에 국어사전 있는데 드릴까요? 화냥년이 어떻게 설명되어 있는지?

끌리다시피 자기 아버지 손에 이끌려 나가려던 단발 펌 머리 여자가 달려들어 내 멱살을 잡았다. 함부로 흔들어대는 그녀의 손아귀 힘이 어깨까지 전해졌다. 나는 그녀를 쏘아봤다. 흔들리면 안 돼. 비틀거려서도 안 돼. 당신들이 뚫을 수 없는 거대한 벽이 되어야 해. 수력, 화력, 풍력, 동원할 수 있는 힘은 다 끌어와야 해. 내가 낼 수 있는 최대치의 힘으로 뜨고 있는 내 눈에 바닥으로 떨어지는 낯익은 게 보였다. 시험장 들어갈 때 목이 추우면 안 된다고 어머니가 감아 주었던 자주색 모직 머플러였다. 그걸 본 여자가 때를 잡은 듯 운동화 신은 발로 머플러 위에서 풀쩍풀쩍 뛰며 소리쳤다.

— 유부남인 줄 알았건 몰랐건 그건 병신 같은 네 언니 탓이고. 어쨌든 남의 남자 혼 빼놓아 사랑타령하게 만들면 그게 화냥질이고, 조강지처 눈에 눈물 빼게 하면 그게 화냥년이지, 몸 간수만 못한 게 화냥질이냐? 마음 간수 못한 건 국어사전에 더 더러운 말로 씌어 있을 거다. 이년아.

단발 펌 머리 여자의 고함을 끝으로 영안실은 급한 정적에 휩싸였다. 국어사전 의역본이 가슴에 통째로 만들어지던 순간이었다.


번역 작가라고는 해도 글 쓰는 사람이어서인지 평소에도 언니의 말에는 은유가 많았다. 바람 한 점 불지 않는 쨍쨍한 날에도 그녀의 말을 듣고 있으면 바람 속에 갇힌 것처럼 전신이 휭했고, 장마 중에도 그녀의 말을 듣노라면 나는 어느새 빗줄기 하나하나를 옷걸이에 걸어 뽀송뽀송한 호청처럼 말릴 수 있었다. 언니로 인해 불타도록 싱그러워야 할 스무 살을 고아로 맞이하면서도, 그 후로 한 두 차례 더 찾아온 그녀의 사랑을 이유 불문 깎아내리고 부정의 총질을 쏴 대면서도, 그녀 곁을 떠나지 않을 수 있었던 것은 어쩌면 그런 말투 때문이었을지도 모른다. 아니 어쨌거나 언니는 세상에 하나 남은 내 혈육이었다. 그것으로 그녀를 사랑할 이유는 충분했다.

언니가 미쳤다. 초로기 치매라는 고상한 병명으로 그녀를 가려줘도 정신을 놓아버린 언니를 미친 것은 아니라고 항변해 줄 그어떤 실마리도 나는 찾을 수 없었다. 그래서 버리지 못했다.

십이 년 전, 남편은 자신의 이름을 브랜드명으로 의류회사를 만들었다. 가죽제품이 주 품목이었는데 가방과 신발까지 확장을 거듭하더니 급기야 출판계로부터 출판의뢰까지 받게 되었다. 학술서적과 해외논문, 정 재계 인사들의 자서전 등이 출간되는 〈고천출판사〉였다. 남편은 S대 건축학과에서 구조역학을 전공하다가 중국 푸단대학으로 유학 가 박사 학위까지 받고 귀국해, 모교인 S대학에서 강의하던 공대 교수였다. 그런 남편이 이질적인 분야에서 이룬 성공의 내력과 비결을 세상에 알리자는 게 출판사의 취지였다. 처음엔 손사례를 치던 남편은 결국 원고를 쓰기로 결정하고 말았다. 공대 출신이면서도 문과 친구들이 많아 기자, PD 친구들이 많은 남편에게 그들은 작가 CEO하며 출판을 밀어붙였던 것이다. 그리고 정말 이 년 이상을 남편은 열심히 글에 매달렸다. 밤늦게까지 서재에서 자료와 서류 검토, 사진 한 장이 찍힌 날짜까지 확인에 확인을 거듭하며 자신이 걸어온 길을 정확히 기술하려고 노력했다.

— 나는 초등학교에 들어가면서부터 S대 입학, 유학 가서 박사 학위 받고 돌아와 S대 교수가 될 때까지 그냥 공부만 해도 다 되었어. 그래서 모험이란 게 뭔지도 모르고 살았고. 그런데 당신도 알잖아? 학술모임차 이태리에 갔는데 교수들이 뜬금없이 이태리 하면 가죽이 유명하다는 건 어떻게 알아서 거기 공장을 견학했잖아? 거기서였어. 그 냄새, 생명 냄새 같은 거. 살아 있는 모든 것에는 외피라는 게 있구나. 나를 새나가지 않게 하고 외부로부터 나를 보호해주는…… 아, 나 이거 만져야겠다. 집과 건물만 사람을 보호하는 게 아니구나. 모든 살아 있는 것들에는 가장 일차적으로 자신을 외부로부터 격리시키고 그를 그답게 하는 가죽이란 든든한 벽이 있구나…… 모험이지. 모험이라서 피가 뜨거워졌는데, 그 뜨거운 피만 사람들이 보면 안 되니까.

성공신화의 주인공의 고뇌가 고스란히 남편에게서 느껴졌던 이 년간이었다. 그리고 원고를 넘기기 오 일 전이었다. 〈고천출판사〉 대표 부인의 전화를 받은 건 남편이었다. 원고 마지막 퇴고 중이던 남편이 서재에서 물컵을 들고 나오다 전화를 받았다. 그때 나는 집안일을 끝내고 샤워실로 막 들어서려던 순간이었다. 아, 네. 제가 진현기입니다…… 누구시라구요?…… 저희 처형, 맞습니다.

지금도 뇌관과 전신을 쩌렁쩌렁 울리며 나를 주저앉히는 그 목소리. 말없이 듣고 있던 남편에게서 나오던 차가운 목소리. 알고 싶지도 듣고 싶지도 들어야 할 이유도 없습니다. 그런 이유라면 당사자한테 하셔야지 무슨 상관이 있다고 제게 이렇게 무례하십니까? 이것이 무례가 아니고 욕보이는 게 아니면 무엇입니까? 당사자한테 하세요…… 뭐라구요? 어떤 이유로 돌아가셨든 이미 고인이 된 지 오래인 두 분 이야기는 또 왜 여기서 나옵니까? 그래서요…… 아, 됐습니다. 저와는 상관없는 이런 식, 이런 류의 발설, 온당치 않습니다…… 네. 상관없다고 했습니다. 다시 한번 분명히 전합니다. 저.와.는.상관.없는.일.입니다! 듣고 있는 상대의 귀와 머리를 열고 한 자 한 자 쑤셔 박듯이 말하던 남편의 표정. 그가 쑤셔 박은 말, 상관없다…… 세상에서 가장 확실한 절연의 말을 처음 배운 아이처럼 나는 욕실에 들어가서도 상관없다, 상관없다를 되뇌이며 양치를 하고 샤워를 했다.

지금 돌이켜 보면 세상일이란 게 그렇게 순간적으로 돌변할 수도 있다는 결정적 장면을 경험한 것 같다. 지금 내가 보고 있는 사람이나 상황이 조금 전까지 내가 봤고 느꼈던 사람과 또 상황과 다르다고 해서, 놀랄 일이 아니란 것도 그때 알았다. 삼백육십도 바뀐 상황이란 오랜 시간을 필요로 하는 건 아니었다. 숨 한번 내쉬는 짧은 동안에도 언제든 극과 극이 연출된다. 그것이 세상이었고 그것이 또 사람 마음이었다. 전화를 받는 남편을 보고 샤워실로 들어갔던 내가 샤워를 끝내고 나와서 마주친 사람은 남편이 아니라 생면부지의 무심한 눈빛의 남자였다.

언니의 마지막 설렘으로 그때까지 비밀스럽게 봉인되었던 부모님의 사망 이유가 남편에게 다 드러났다. 말의 확산성, 이스트보다도 강력하던 그것의 부풀림과 어떻게 엮어도 절대로 끊어지는 법 없던 세간의 질긴 상상력에 어느 새 언니는 불려와 있었다. 언니의 설렘 대상이 남편 책을 만드는 출판사 대표, 그것도 언니보다 열세 살이나 많은 사람이라는 걸 안 것은, 채 1분도 되지 않았다. 샤워를 마친 후 가운만 걸치고 나온 내 발은 그 짧은 시간 사이에 남편이 그어놓은 얼음공터 같은 분위기 앞에서 얼어붙었다.

결혼 후 나는 혹시나 부모님의 죽음 사유가 남편에게 알려질까 늘 두려웠다. 그것이 언니와 연관된 것이기에 더욱 그랬다. 남편은 교통사고로 어머니 아버지가 같은 날 세상을 떠난 걸로 알고 있었다. 언니랑 뜸하게 지낸 건 그 때문이었다. 하나뿐인 혈육인 언니와 소원한 듯 보이는 내게 남편은 결혼도 안 하고 혼자 있는 언니한테, 결혼해 남편 자식 다 있는 당신이 너무 하는 것 아니냐고 몇 번 힐책하다가 어느 순간부터 자연스럽게 관심을 끊었다. 언니가 바빠서, 내가 바빠서, 그래도 통화는 자주 해요. 내가 하는 단골 대답 메뉴에 지친 듯도 보였다.

그랬던 내가 그녀가 병에 걸린 후 다시 찾은 것을 남편은 침묵으로 일관했다. 처형 일로 하여 사업가이자 책까지 저술한 남편 신분에 오물을 뒤집어씌운 언니였다. 하지만 언니에 대한 어떤 질책이나 분노의 표현 한마디도 남편의 입에서 나온 적은 없었다. 차라리 욕을 하며 더럽다고 침을 뱉기라도 해 줬으면 나는 오감을 활짝 열어 백 번이고 천 번이고 기꺼이 다 받아냈을 것이다. 그것이 치명적인 상흔을 남기는 독설이라고 해도 살아있는 사람이 살아있는 사람에게 가하는 치욕과 환멸의 표출일 테니 말이다. 그러나 남편은 언니는 아예 없었던 사람처럼, 그 동생인 나는 없는 사람처럼 자신의 영역을 새로 만들었다. 일체의 말을 거뒀으며 무심결에라도 눈빛 한번 마주치지 않았다. 목도 조르지 않고 그 어떤 흉기의 휘두름도 없이 시체로 만든 것이다.

납득도 이해도 안 되는 남편의 변신…… 오랜 시간이 흐른 지금, 인간이 느낄 수 있는 숱하게 많은 감정 중에 '슬픔'이란 것에 내가 묶여 있는 이유가 된 것이기도 하다. 이혼한 다른 사람들처럼 차라리 서운함이라면, 차라리 분노라면, 차라리 죽이고 싶을 정도의 증오라면, 나는 적어도 슬픔이란 속수무책의 감정에 파묻히진 않았을 것이다. 슬픔은 내게 나를 초라하게 바라보는 도화선이 되었다.

갑자기 부모를 잃고 언니가 있다지만 고아가 된 나에게 가족이라는 든든함과 안락한 삶과 세상에서의 자긍심을 주었던 남편이

보석함과 쓰레기봉투

었다. 그랬던 남편이었기에 내가 느낀 슬픔은 삼동의 겨울보다도 나를 떨게 했다. 남편은 나를 사랑하지 않았다…… 사랑이라고 믿고 싶었을 테지만 사랑은 아니었구나…… 사랑이었다면 싸워야 했다. 사랑이라면 언니에 대해 따지고 그래도 부족하면 절연하라고 소리쳤어야 했다. 사랑이었다면 우리 자매를 한 묶음으로 묶어서 비난하고 욕이라도 했어야 했다. 우리가 가족이라면 평소에는 잘 오지도 않던 집으로 수차례 찾아왔던 언니의 변명과 해명도 들어줘야 했다. 아니 무엇보다 나를 사랑한 게 맞다면 그사이에 낀 내 지옥 같은 시간도 읽어줬어야 했다. 그리고 져 줘야 했다. 사랑이라면 말이다.

하지만 남편은 그러지 않았다. 그냥 모든 걸 거뒀다. 저와는 상관없는 일입니다…… 자신이 했던 말처럼 상관없는 사람이 돼버린 것이다.


그런 걸 자기절제라고 말하는 사람도 있을 것이다. 사랑하기 때문에 아무것도 할 수 없고 하기 싫은 거, 이해된다고 말하는 사람도 있을 것이다. 사랑하기 때문에 우선 자신이 먼저 허물어졌을 거라고, 진짜로 무서웠던 건 추궁과 비난, 화를 내며 상대를 할퀴는 자신의 모습을 상상하는 거였을 거라고. 그러나 그게 말문을 닫고 무관심으로 이어져 함께 있는 사람을 자기가 죽은 게 아닌가 의심될 만큼 가파로운 절벽에 세운다면, 그때는 뭐라고들 할 것인가.

게스트룸으로 비워둔 방으로 남편이 주문한 일인용 침대가 들어오던 날이었다. 침대 커버와 베개, 이불까지 세트로 들어오던 그날 나는 죽을힘을 다해 소리 질렀다. 저 침대가 나가든지 내가 나가든지 정말 사생결단이라도 하는 기분이었다.

— 왜 이렇게 나한테 함부로 하는 건데? 왜 이러느냐고요. 언니 때문이라면 나도 언니가 창피해. 죽이고 싶을 만큼 싫다고요. 당신한테 정말 미안해요. 처형인데 얼마나 난감하고 수치스럽겠어? 하지만 어떡해. 말도 안 되겠지만, 그거 나도 잘 알지만, 우린 가족이잖아요? 언니를 때리는 세상 돌팔매질, 우리까지 그럴 순 없잖아. 그건 안 되는 거잖아요. 가족은 그런 거잖아. 좀 봐줘요. 자기를 설레게 하는 그 누구를 사랑했다잖아. 왜 먼저 목메며 다가와 운명이니 삶이니 하며 꿀 같은 말로 사람을 달뜨게 한 남자들한테는 관대하면서, 그 말에 영혼을 맡긴 여자만 죽일 년이 돼야 하냐고요. 나도 이런 말까지는 안 하려고 했어요. 이런 식으로 언니를 옹호할 생각 따윈 안 해 봤다고요. 그러니 당신, 차라리 화를 내요. 왜 이렇게 잔인한데? 지금 당신이 얼마나 잔인……

말이 끊겼다. 그리고 보았다. 남편의 입가부터 시작해 얼굴 전체를 거쳐 그의 몸 전부로 드러내던 환멸의 움직임. 대낮에 10차선 대로 중앙에서 옷이 벗겨진 채 돌팔매를 맞는 기분이 그런 것이었을까. 하려고 하면 욕도 비난도 많았을 텐데 남편은 일시에 내 말문을 틀어막기에 차고도 넘친 몸짓을 골라냈다. 부패한 걸 바라보는 잔뜩 찡그린 눈빛으로 떨어져라 흔들던 그의 고갯짓,

보석함과 쓰레기봉투

내 목소리조차 자신의 귀를 더럽힐까 봐 풀쩍풀쩍 뛰면서 귀를 털어내던 남편에게서 체념은 이미 내가 가야 할 방향이 되었다. 설거지를 하는데 웃음인지 한숨인지 모를 소리가 물소리를 들추며 자꾸 터져 나왔다.

# 2 - 석

다용도실 선반에 시집올 때 받았던 함이 놓여있다. 가로 70센티 세로 30센티로 재질은 나무다. 옻칠로 곱게 윤을 낸 몸체엔 색색의 천연석이 물결 모양으로 박혀 있고 뚜껑 가운데에는 신비한 청록색 자개로 원앙이 새겨져 있다. 남편의 사주단자와 함께 결혼 예물이 넣어져 도착한 그 함을 보는 순간 언니는 보석함보다 더 예쁘다며 어루만지고 좋아했었다.

그때부터 내겐 보석함 1호가 된 애장품이다. 보는 것도 아까워 장롱 깊숙이 넣어뒀던 것인데, 이 집에 이사 와서 나는 다용도실 선반으로 그것을 옮겼다. 저 좋은 걸 왜 허드레 물건처럼 다용도실에 두냐고 누군가 묻는다면 대답할 말은 그때 이미 정했다. 자리가 중요한 건 아니더라고. 자리야말로 허상 같은 거더라고.

함을 내려 뚜껑을 열고 또 열 장의 쓰레기봉투를 넣는다. 바닥

보석함과 쓰레기봉투

에 놓여 있는 남편의 사주단자 위로 또 열 장의 비닐 무게가 얹어진다. 잘 펴진 지폐 뭉치를 보듯 마음이 편안해지며 무서움이 사라진다. 무서움이 사라지고 있는 까닭일까? 아직도 단추가 꼭 채워진 코트 칼라 안에 감춰져 있는 목 언저리가, 해빙되는 강처럼 들썩거리며 온기가 돈다. 보석함에 담긴 쓰레기봉투, 허드레 세간살이 옆에 놓인 보석함. 그야말로 기막힌 볼거리가 아닐 수 없다며 올 때마다 하은은 뚜껑을 열어 손바닥으로 꾹꾹 그 두께를 느껴보곤 했다. 그리곤 곧바로 베란다로 나가는 문을 열어 한참 동안이나 창고를 바라본다. 오늘도 저 아이는 퇴근길에 자기 집으로 곧장 가지 않고 여길 먼저 들렀다.

— 죄인 감시하는 간수니? 너?

하루 종일 말할 사람 없이 낯설기만 한 동네에 갇혀 있는 것 같던 나는 사실 하은이 반갑다. 그리고 거의 거르는 일 없이 들여다봐 주는 그녀가 고맙다. 친 혈육처럼 살가운 정을 내게 쏟아붓는 그녀의 따뜻함에 이곳에서의 생활을 의지하고 있다고 해도 넘치는 말은 아니다. 그런데도 말은 친절하게 나오지 않는다. 언니는 그게 매력이에요. 살 떨리게 차가울 때 많지만 정 많고 마음 약한 언니, 난 알거든요. 하은은 그런 말로 내가 속으로 느끼는 미안함을 더 크게 만들고야 마는 재주가 있다.

— 이럴 줄 알았어. 또 쓰레기봉투 사왔죠? 대체 뭘 넣으려고 자꾸 사다 모으는 거예요?

— 나.

구겨지지 않은 비닐봉투의 표면은 아이의 속살만큼이나 보드랍고 순수하다. 그것을 만지는 내 손길이 그림 그릴 때보다도 더 섬세하게 떨린다.

— 예에? 그럼 백 리터짜리를 사와야죠. 아무리 언니가 말라깽이라도 이십 리터짜리는 안될 걸요. 구긴다거나 조각조각 자르면 몰라도.

— 조각조각, 그렇게 하면 되지. 손톱 발톱 머리카락 하나하나 조각내면.

— 암튼 상상력도 희한해요. 언니가 그린 그림을 보면 분홍도 너무 예쁜 분홍이고 파랑도 너무 맑은 파랑이라 그냥 막 뛰어들고 싶을 만치 아름다운데, 상상하는 건 왜 저러나 몰라. 나 같은 사람도 안 그러는데. 나도 나 자신을 토막 내 비닐봉지에 넣는다는 생각은 안 하고 산다구요. 나도, 나도 말예요.

— 토막 낼 수 있는 게 육신뿐이라면 그건 누구나 끔찍하겠지.


겨울 날 저녁은 밤과 동시에 온다. 어두워지는가 하면 금방 깜깜한 휘장 속에 갇히고 마는 것이다. 나는 일어나 거실 스탠드를 켠다. 목소리에 기운이 떨어지는 것과는 반대로 하은의 발소리가 요란하게 베란다 쪽으로 움직인다. 베란다에 있는 창고 문엔 밖에서 잠그는 열쇠가 중앙에 채워져 있다. 나는 그런 하은의 움직임을 모른 체한다. 그녀의 동선엔 이미 익숙하기 때문이다. 이 집에 이사 온 후 이미 일 년이 넘는 시간이 흘렀다. 감시하듯 거의 매일 드나드는 한 사람의 동선을 외우기엔 충분한 시간인 것이다. 창고엔 내가 쓰던 화구가 갇혀 있다. 이젤과 캔버스, 물감, 각종 한지와 스케치북, 귀하게 모은 도록 등 모두 남편의 돈으로 샀고 그의 경제적 조력이 있을 때 내게 가장 소중했던 물건들이다. 그는 해외 출장이 있을 때마다 내게 꼭 두 가지를 선물했다. 미술 재료와 작은 보석함이 그것이다. 함으로 받은 자개함에 열광하는 나를 본 남편은 보석함 컬렉션을 해보라며 출장 때마다 잊지 않고 갖은 모양과 장식으로 된 함을 내밀었다. 스치듯 바라보는 장식장 유리 안으로 잘 정리된 보석함들이 보인다.

─ 창고문은 계속 잠가 둘 거예요?

─ 응.

이혼 후 남편에게 받은 돈 거의 전부를 털어 이 도시의 아파트를 샀다. 좀 작은 평수를 사고 현금을 가지고 있으라는 하은과 경옥의 말을 무시한 것은 세민이 때문이었다. 방학 때만 잠시 온다고 해도 어쨌든 내가 있는 곳이 세민의 집이지 않은가. 왜 지방으로 가는데? 왜 낯선 곳으로 굳이 가는 건데? 납득 못하겠다는 세민이에게 첫 번째는 하은이가 있어서, 두 번째는 조용하게 그림 그리려고, 세 번째는 낯설어서. 라는 말로 나는 설명을 했었다.

─ 이제 끝이에요? 그림은? 저는 언니가 돈 떨어질까 봐 걱정돼서 죽겠어요. 남편도 없어, 기댈 친정붙이도 없어, 자식은 멀리 유학 가 있고 몸은 약골에다. 그림 말고는 할 줄 아는 것도 없어…… 어떻게 살아갈까? 저 언니는. 생각하면 막 겁이 난다니까

요.

　언니가 초로기 치매에 걸린 후 미리 예정되어 있던 다섯 번째 개인전을 끝으로 나는 더 이상 그림을 그리지 못했다. 팸플릿 제목이 〈그녀는 사십에 죽었다〉였던 그 개인전의 그림들은 나로선 결국 마지막 작품들이 되고 말았다. 팸플릿 제목 때문이었을까. 화단에서는 내가 불치병에 걸려 일 년밖에 못 산다는 웃지 못할 유언비어가 떠돌았고, 연예인 신변잡기 일색인 여성잡지에서조차 갖가지 인터뷰 요청으로 곤욕을 치렀다. 그때 내 나이가 마흔 살을 1년여 앞둔 서른여덟 살 십일월이었는데, 사십에 죽었다는 그녀가 나라고 생각되어지는 건 예상 못한 일이었다. 나는 왜 그런 제목을 붙였을까? 사십 문턱을 넘은 지 얼마 안 돼 초로기 치매가 찾아온 언니를 연상했던 걸까?

　언니와 우병찬의 연애 사건이 터지고 화가로서의 내 삶은 끝났다. 그녀는 사십에 죽었다. 입안에서 중얼거린다고만 생각했는데 토막 난 시체를 보는 듯 찡그린 얼굴로 하은이 돌아본다. 하은은 모르지만 이 집으로 이사 온 후 나는 매일 창고를 열었다. 그러나 화구를 끄집어내지는 못했다. 비닐에 물로 그리는 게 그림이라면 나는 벌써 개인전을 열 번도 더했을 것이고 창고에 자물쇠는 아예 매달 일도 없었을 것이다. 인덕션에 얹어놓은 커피 주전자에서 끓은 물이 요란하게 소리를 내며 넘치고 있다. 내가 일어나 씽크대 쪽으로 가려는 걸 막으며 하은이 달려가 손으론 스위치를 끄면서도 궁금증이 묻어 있는 시선을 거두지 않는다.

— 시선 거둬. 아무 말 안 했으니까.

다섯 잔째 마시는 커피가 들어간 속이 청양고추를 베어 문 것처럼 화끈거린다. 식탁에 마주 앉아 보는 하은의 얼굴이 많이 야위었다. 볼살이 통통해 동그랗던 얼굴에 살이 빠지니 양쪽 턱의 각이 두드러지는 게 얼굴형조차 변한 것 같다. 십 킬로그램이 빠졌다고 했으니 무리는 아니다. 내가 자기를 한참 동안이나 물끄러미 바라보는 걸 느꼈는지 하은의 눈이 빨갛게 젖어든다. 나는 요즘 그녀의 저런 눈이 싫다. 내가 아파져서 싫다. 보고 있으면 사랑스러워 하루가 지나면 하루만큼, 일 년이 지나면 일 년만큼 하은에게 정이 들었다. 보고 있으면 미더워 하루가 지나면 하루만큼, 일 년이 지나면 일 년 만큼 자꾸 더 든든해지던 경옥이 내게 언니 같은 동생이라면, 하은은 내게 딸 같은 동생이었다. 딸 같아서 더 마음이 쓰이고 딸 같아서 그녀가 울면 화가 났다. 나는 괜찮냐고 물으려다 티슈 한 장을 뽑아주는 걸로 대신한다. 괜찮을 리가 있겠는가. 커피가 입 안에서 삼켜지지 않고 자꾸 목에 걸린다. 이미 뜨거움을 넘겨버린 미지근한 연인의 타액 같이 겉도는 커피를 나는 의무적으로 한 번에 쭉 들이킨다. 어떡할 거냐는 말이 함께 삼켜진다.

커피 잔을 들고 일어나 씽크대 개수통에 담그고 수도꼭지를 튼다. 레이스 커튼으로 반쯤 가린 씽크대 앞 창문으로 귀가하는 사람들이 보인다. 이사하고도 한참 동안은 저 사람들 틈에서 남편을 찾곤 했었다. 실루엣이 닮았거나 옷차림이 비슷한 남자들을 보면 남편이 오는 건 아닐까 심장이 붉게 뛰어 바보 같이 행복했었다. 그렇게 오 분, 십 분, 삼십 분 초조한 동동거림으로 발목을 부려먹었다.

희한하게 이 아파트는 낮에는 빈 동네 같다가 밤에는 원주민이 사냥 마치고 돌아온 시끌벅적한 부족 마을 같다. 은퇴자들이 많이 산다고 했는데, 그 사람들은 낮에 대체 어디로들 나가는가. 어디서 무얼 하며 이 지루한 시간을 견디나. 지금부터 낮 동안 조용했던 각각의 집 현관 키 누르는 소리가 부산하게 울릴 것이다. 나도 그렇지만 현관에 종을 매달아 놓은 집이 많기 때문에 소리 죽여 들으면 아래위 삼층까지는 어느 집 현관이 열리며 들어가는 사람이 누구인 것까지도 알 수 있다. 조용하게 문이 닫히면 나처럼 독거 주인이 들어가는 것이고, 들릴 듯 말 듯 주고받는 말이 들리면 그 집의 가장이 들어가는 것이다. 같은 아파트 같은 동 같은 평수의 집이라도 가장의 귀가가 끝난 집은 외벽부터가 두툼해 보인다. 시간이 흐를수록 우리집 벽이 점점 더 얇아지는 게 느껴진다. 물을 ㄲ자 식탁에서 하은이 우는 소리가 들린다. 나는 티슈를 통째로 식탁에 놓아주며 다시 그 앞에 앉는다.

컵에 물을 따르는 손등의 핏줄이 목 졸린 지렁이처럼 푸르게 불거져 나온 게 보인다. 누구는 목부터 늙고 누구는 손부터 늙는다던데 나는 아무래도 손부터 늙는 것 같다. 살이라곤 없는 앙상한 손등에 언제부터인가 몸이 안 좋거나 극도로 예민해지면 보란 듯이 핏줄이 불거져 나왔다. 생전 메니큐어 같은 거 바르지 않고 투명하게 지내왔던 손톱에 이런저런 메니큐어를 바르게 된 것도 늙어버린 손을 보고 난 후였다. 핏줄이 불거진 말라빠진 손은 보호자 없이 늙어가는 여자 같았기 때문이었다.

— 언니, 이거 집착이죠? 사랑은 아닌 것 같아요. 보면 더럽고 구역질나요. 근데 눈에 안 보이면 불안해서 살 수가 없어요. 그래서 그 사람이 정신 차리기를 기다리며 그때까지 매몰차게 할 수가 없어요. 어머니 댁에 가라고 해 놓고도 사실 겁이 났어요. 안 올까 봐. 그때 그 여자 집에서 데려올 때는 정말 당분간이라도, 그래요. 제가 풀어지든지 아니면 그 사람이 정말 정신을 차리든지 할 때까지는 집에 들이지 않으려 했어요.

그러나 하은은 그러지 못했다. 창원에서 데리고 들어온 그날로 이진수의 죄는 없던 일처럼 묻어졌다. 야밤에 서울에 있는 경옥이까지 불러들여 그때까지 주저하는 나를 울며불며 떼를 써 기어코 운전대를 잡게 한 하은이었다. 그렇게 창원까지 끌고 가 평생에 보지 않아도 될 꼴 보여 있는 화 다 돋궈놓고는, 자신은 그 사람이 없으면 못 살겠다는 말을 하고 있는 것이다.

— 저도 제 자신이 환멸스러워요. 집착을 못 버리는 제가 미워서 죽이고 싶어요. 제가 미쳤죠? 미친 거 맞죠?

커졌다 작아졌다 들쑥날쑥한 하은의 목소리가 나는 자꾸 귀에 거슬린다. 손바닥으로 식탁이라도 한번 내리치고 싶은 걸 간신히

참는다. 만 가지 상황을 무색하게 만드는 저 지독한 집착, 저것이 내가 갖지 못했고 남편으로부터도 느껴보지 못한 부러움을 몰고 와 더 그렇다.

― 언니. 저는요.

컵을 만지작거리는 하은의 손가락에서 벌써 다음 말이 읽힌다.

― 저는 수애 아빠 못 놓겠어요. 버릇 고칠 자신도 없어요. 그러다 저 싫다고 영영 떠나면요? 걔한테 다시 가버리면요? 둘이 꽁꽁 어딘가로 숨어버리면요?

하기 싫은 배역이지만 너 아니면 아무도 할 수 없다며 부추기고 채근하는 감독 사인을 받은 배우 역할이 또 내게 온다. 추켜세운 것만큼이나 대사량도 만만치 않다.

― 너, 잘 들어. 수애 아빠는 수년 동안 너 몰래 만나온 여자가 있었어. 그리고 그 여자를 찾아 너와 수애를 버리고 말 한마디 없이 사라졌어. 제 발로 들어온 것도 아니야. 석 달 만에 네가 찾아 빌다시피 해서 억지로 데려온 거지. 이제 너의 태도에 따라 네 남편을 얻든지 잃든지 둘 중 하나는 선택되어 질 거야. 지금처럼 겁먹고 붙잡고만 있으면 얻지도 잃지도 못할 거란 말이야. 넌 지금 그 사람이 반성할 기회조차 주지 않잖아. 살아. 살라고. 사람 만들어서 살란 말이야. 언제 또 도질지 모르는 그 버릇 고쳐야 한다는 생각이 넌 안 드니? 언제까지 반복할래? 수애한텐 언제까지 아빠의 실상을 숨길 수 있을 것 같니? 너 혼자 포장한다고 그게 안 뜯길 것 같아?

보석함과 쓰레기봉투

이진수가 사라진 석 달 동안 하은은 살던 아파트 월세를 감당 못해 연립 지하방으로 이사했다. 대문도 없이 지하로 내려가는 계단 입구에 걸쳐있는 허술한 새시 문이 바깥과 실내를 구분해주는 곳이었다. 하은이 이사하던 날 나는 위경련이 나 하루 종일 물 한 모금도 넘길 수 없었다. 그때의 기억이 새로 들춰지자 나는 그동안 하은에게 들은 말이 줄줄이 떠오르기 시작했다.

결혼한 후 걸핏하면 친 카드 사고로 이진수 일이라면 부모 형제도 진저리 치게 만들어서 자신까지 고립무원 시켜놓았다고 했다. 친구는 물론 이상한 대출기관마다 찾아다니며 돈 빌려 쓰곤 그 빚 몽땅 하은한테 떠넘겨 신용불량자로 만들었다. 어렵게 구한 직장 들어가서는 채 몇 달도 못돼 그만둔 것도 부지기수다. 거기에다 겨울에 월세 아파트에서 처자식이야 굶어 죽든 말든 나 몰라라 사귀던 여자 찾아 창원까지 쫓아 내려갔다. 그리고 석 달이나 그 집에서 여자 가족들과 함께 살았다. 다른 여자 품에 안고 자던 이불이랑 나란히 놓인 베개, 거기다 끌러 놓은 그 여자 브래지어까지 그날 우리는 함께 보았다.

숨이 차며 온몸이 떨려온다. 인공심장박동기를 장착한 후 평상시의 호흡은 한결 편해졌지만 어떤 생각의 끝에서 찾아오는 이런 증상은 그대로다. 언니와 우병찬의 사건 이후 내 목소리도 들리지 않고 내 모습도 보이지 않는 것 같던 남편을 바라보노라면 영혼이 빠져나가는 것 같은 시린 한기가 온몸을 감쌌다. 그러면서 내가 죽은 게 맞구나 하는 절망감에 나는 숨이 찼고 그리고 전신이 떨려왔다. 가만히 있어도 혹한 속에 있는 것처럼 덜덜 떨리던 몸을 들키지 않으려고 어깨를 좁힐 수 있는 한도까지 좁혀 몸을 감싸도 두 다리는 번번이 나를 땅바닥에 주저앉혔다. 목에 걸린 숨은 얼굴을 가득 채우고도 모자라 머릿속 핏줄 하나하나를 다 부풀렸다. 하루에도 몇 차례나 시퍼렇게 굳어가는 얼굴로 화실로 들어와선 숨이 쉬어질 때까지 버둥거렸다. 누가 등을 한 번만 두드려줬으면, 누가 물 한 모금만 입술에 닿게 해 줬으면, 아니 이 떨림이 사라질 때까지 누가 한 번만 품에 안고 있어 줬으면, 간절히 바랐지만 제풀에 꺾여 몸이 잠잠해질 때까지 방문은 열리지 않았다.

119 구급대에 실려 가던 그날 아침, 장마 중에 잠깐 햇살을 비추던 하늘은 유난히 흰빛에 가까운 하늘색이었다. 지금도 내가 어떻게 119 다이얼을 돌렸는지 나는 알지 못한다. 언제까지 이런 식으로 살 거냐고 남편에게 물었던 게 화근이었다. 와이셔츠를 입고 넥타이를 매고 양말을 신고 양복을 다 입을 때까지 남편은 언제나처럼 들은 척도 하지 않았다. 안방에서 거실로 다시 안방으로 그가 움직이는 동선을 따라 정말 개처럼 쫓아다니며 그에게서 무슨 말이라도 나오길 기다렸다. 가방을 들고 현관 쪽으로 걸어가는 그의 팔을 잡았던가. 아마도 그랬던 것 같다. 그는 시선도 주지 않고 먼지 묻은 걸 털어내는 사람처럼 팔을 뿌리쳤다.

보석함과 쓰레기봉투

— 나한테 이러지 말아요. 이혼도 안 된다면, 같이, 살 수 있는, 방도를 찾아야 할 것 아닌가요?

털려나간 먼지가 공중으로 치솟으며 잘게 부서져 날아다니듯 내 목소리는 이미 조각조각나서 떨리고 있었다.

— 당신 이런 사람 아니잖아요. 나한테 이러지 말아요. 당신까지 이러면 내가, 내가 어떻게 살아요? 세상에 혈육이라곤 하나밖에 없는 언니가 저 지경이 되어 사실 나도 따라 미치고 싶다고요. 언니가 미운데 불쌍하고, 불쌍해서 더 밉고, 이런 날 좀 봐주면 안돼요?

정말 부지런히 말했던 것 같다. 분명히 내 목소리가 들리기는 할 것이다, 고 나는 생각하고 싶었다. 그러나 그때였다. 몸에 묻은 오물을 털어내듯 남편의 몸이 세차게 움직였다. 남편은 진저리를 치고 있었다. 차라리 이거 놓지 못해? 하고 고함이라도 질렀으면 내가 그렇게 어이없이 주저앉아 버리지는 않았을 것이다. 악취나는 쓰레기 더미를 밀쳐내듯 내 존재를 진저리 치는 사람 앞에서 나의 버둥거림이 얼마나 추한 것인지, 숨이 막히며 전신이 떨려왔다. 사시나무 떨 듯이란 말이 그런 모양이었을 것이다. 나는 앉은뱅이 모양으로 쿵쾅거리며 요동치는 가슴을 붙잡고 화실로 기어갔다. 주먹으로 가슴을 쳐도 기도에서 꽉 틀어 막힌 숨이 쉬어지지 않았다. 평소하곤 달랐다. 가슴이 먹먹해지며 얼굴이 얼음덩이로 굳고 있는 게 느껴졌다. 왈칵 겁이 났다. 나는 중앙에 세워져 있던 이젤을 팔을 뻗쳐 넘어뜨려 방문을 열었다. 이젤이 넘어지는 것과 동시에 내 몸도 앞으로 고꾸라졌다. 숨이 끊어질 듯 무언가가 심장 가득히 들어차 터질 것 같은 압박감으로 몰려왔다. 식탁 앞에서 물을 마시고 있는 남편이 보였다.

— 세민 아빠. 나, 나 숨 못 쉬겠어.

마시고 있는 물을 좀 달라는 말까진 나오지 않았다.

— 현기 씨, 숨이, 숨이 쉬어지지 않아.

얼굴이 시려서 무릎에 묻고 가슴을 두 팔로 감싸고 엎드려 있다가 나는 들었다. 식탁에 컵 놓는 소리, 그리고 신경질이 화산처럼 분출되며 함부로 세상을 갈기는 듯하던 그의 구두 신는 소리, 복도를 걸어 나가는 그의 구둣발 소리. 쾅. 쾅. 쾅. 사형 언도와 함께 모든 여지가 사라지는 판사 봉 닮은 소리. 소리가 사라진 집이 일시에 땅속으로 가라앉았다. 깨어보니 병원 응급실이었다. 남편이 나가며 신고해 줬을까? 링거액이 들어가는 팔의 온기가 따스하게 느껴졌다.

— 큰일 날 뻔했어요. 근데 어떻게 본인이 그 지경에 신고할 수 있었어요?

엄지손가락에 끼워져 있는 산소포화도 측정기에서 수치를 읽고 적으며 간호사가 허리를 굽혀 내 눈을 바라보았다.

— 제가요? 제가 119를 불렀다고요?

갑자기 온몸의 체온이 하강하는 것 같았다.

— 모르세요? 숨이, 숨이, 그리고 수화기를 떨어뜨린 모양이던데.

— 그럼 주소도 말하지 않았는데 어떻게?

— 아, 그거요. 요즘은 신고자가 수화기를 드는 순간 주소가 본부에 떠요. 얼마나 다행이에요? 수화기를 들고 번호를 누른 뒤 까무러쳤으니. 다행히 현관에 슬리퍼 같은 게 끼어 있어서 문이 채 닫히지 않은 상태였다 하더라고요. 환자분 입장에선 식구들이 벗어던져 아무렇게나 문에 낀 슬리퍼가 행운의 여신이었던 거죠. 혼자 계시면 안 되겠어요. 언제 또 이런 쇼크가 올지 모르니까요. 병원에 도착 당시 환자분 산소포화도가 79%였어요. 인공심장박동기를 하고 계시니 아주 위험한 수치란 건 아시죠? 숨 넘어 갈 뻔했다고요.

간호사의 말을 듣는데 자꾸만 웃음이 나왔다. 분명히 숨이 안 쉬어진다고 개처럼 헐떡이며 자비를 구했는데 그냥 내버려두고 제 갈 길을 가다니, 그럴 수 있다니, 길에서 모르는 사람이 그 상황에서 도움을 청해도 뿌리칠 사람은 없을 것이었다. 아니 없어야 했다. 온기가 느껴진다고 생각했던 팔이 얼음 몽둥이가 되어 얼굴을 사정없이 내리치는 것 같았다. 내 이혼에 대한 갈망은 또 한 번 굳혀졌다.


— 언니, 어디 아파요? 떠는 것 같아요. 또 숨이 안 쉬어 지는 거 아니에요? 그거 어딨어요? 손가락에 끼고 산소량 측정하는 기계요.

놀라서 일어서는 하은의 몸짓에 식탁 위의 물 컵이 옆으로 미끄러지며 엎어진다. 티슈를 뽑아 쏟아진 물 위에 아무렇게나 얹어 놓고 하은이 내 곁에 서서 안절부절 발을 동동거리고 있다.

— 너, 가라.

이미 균형을 잃은 심장을 누르며 나오는 말이 우물우물 부정확하게 들린다.

— 언니……

— 너 보기 싫어. 남자한테 미쳐서, 그 알량한 설렘이라는 것 때문에 세상 망신 다 당하고 지금은 미친 꼴로 연명하고 있는 여자가 있어. 너도 짐작으로 알 거 아냐? 윤은초, 우리 언니 말이야. 너도 다르지 않아. 왜, 다른 여자 남편한테 집착하면 미친 짓이고 제 남편한테 집착하면 정당한 거라고 말하고 싶니? 그 여자는 적어도 자신을 설레게 하는 사람한테 아낌없는 사랑을 받았다고 믿고 있어. 자기 동생은 기억 못해도 자기가 사랑한 남자 이름은 태양처럼 명료하게 껴안고 있다고. 그런데 넌 뭐니? 네 남편만 붙들고 있는 게 네 삶의 목표니? 네 옆에만 붙들어 놓으면 네 사람이야?

— 저도 이러기 싫어요. 죽이고 싶을 만큼 제가 미워요. 그런데 또 걔한테 가버리면…… 몇 년을 저 속이며 만나온 사람들이 쉽게 떨어지겠어요?

걔한테 가버리면…… 이라는 하은의 말에 기어이 가슴에서 쓴물이 올라온다. 그것이 하은이 이진수를 붙잡고 있는 이유인 것이다. 다른 사람에게는 절대 못 주겠는 것! 사랑도 결국은 내 것이어야 된다는 욕망과 집착의 다른 이름이라는 생각이 들자, 남편과 이혼함으로써 그것을 내어놓은 나의 정체성에 혼란이 온다. 사랑의 모양은 대체 어떤 것일까? 지루하고 싫증나며 대책이 서지 않는 이 비루함.

— 언니, 제가 속는 건지는 모르겠지만, 아니 분명 속는 것이겠지만 다시는 안 그러겠대요. 어쩌다 개한테 넘어간 것뿐이라고. 언제든 방문 열어주고 몸 열어주는 여자를 굳이 떨쳐낼 이유가 없었노라고.

한 가지가 더 추가된다. 하은의 남편이란 남자, 비겁하다. 똥통에는 같이 빠졌는데 저 살자고 한 사람 머리 쑤셔 박고 그걸 딛고 저만 빠져나오는 꼴. 사랑이든 연애든 같이 했던 여자 아닌가. 그 여자 못 잊어 가출까지 감행했던 사람이 그 상대를 저리도 함부로 말할 수 있나.

— 언니, 저는요. 수애 아빠를 개한테 뺏길까봐, 정말 뺏길까봐 무서워 죽겠어요. 집착이건 그보다 더한 것이건 붙들 수만 있다면 다할 작정이에요. 다행히 개를 사랑한 건 아니라니까, 편했을 뿐이라니까. 보셨잖아요. 수애 아빠 데리고 나오는데 그 기집애 철철 우는 거, 정말 좋아했나 봐요. 수애 아빠가 가려고 옷을 입으니까 가지 말라고 울면서 수애 아빠 팔을 붙잡길래 제가 한 대 호되게 때렸어요. 더러운 팔로 누구를 붙잡냐고 소리치면서요.

— 왜 그 여자만 더럽니. 너는?

— 남의 남자인 줄 뻔히 알면서 그 짓을 했으니까요.

— 아내 있는 남자가 딴 여자 품는 건 괜찮고?

— 남자니까. 여자는 남자와 달라야 하잖아요.

기가 막혀 말조차 나오지 않는다. 갈 사람은 쇠고랑을 채워 놓아도 가고 남을 사람은 열두 대문을 닫아걸어도 자신의 눈물로 문을 열고 들어오는 법이다. 우병찬의 아내도 하은이 같을까? 남편의 여자였던 언니에 대해서는 세상의 칼이란 칼은 다 들이대 뼈에서 살을 바르듯 죄목을 낱낱이 그들의 밥상에 차려놓고도, 자신의 남편은 캐시미어 솜으로 돌돌 말아 품속에 넣고 보호하는가. 우병찬도 수애 아빠 같은가. 모든 핑계 언니에게 다 미루고 법적 아내가 휘두르는 법적 지위에 사뿐히 얹혀 앉아 의기양양 긴 휴식을 누리고 있는가. 뇌가 하얗게 비어 가는 중에도 자기의 이름을 붙잡고 그 기억만으로 버티고 있는 언니는 그에게 무엇이었나. 용서받아야 할 죄목에 지나지 않는 것인가.

— 그 여자, 이름이 은주 맞지? 그 여자에 대한 부분은 어떻게 할 거라디?

그날 돌아오는 내내 눈에 밟히던 얼굴이었다. 악을 써서 붙잡지도, 소리 내어 울지도 못하고 눈물만 줄줄 쏟던 은주의 얼굴이 운전을 하고 오는 동안 계속 차바퀴에 깔렸다.

— 그냥 연락 안 할 거래요. 걔가 자기를 찾진 못할 거라면서요. 감히 어디라고 집까지 찾아오기야 하겠어요?

— 감히, 라니? 네가 본부인이어서 그렇게 말하는 거니? 너도 나와 경옥이 끌고 새벽같이 그 집에 들이닥쳤잖니?

보석함과 쓰레기봉투

— 언니는, 입장이 다르죠.

입장, 이라는 단어가 불쑥 식탁 위로 던져진다. 입장, 처지의 다른 말로 당하고 있는 형편이나 사정을 말하는 단어. 살이 빠져 패인 볼을 다무는 하은의 입가에 은주의 입장이 대롱대롱 매달려 있다.

— 네 남편, 그 은주라는 여자에게 자기들 두 사람이 수애 키우는 게 가장 이상적인 가정 모습이라고 말했다는 거, 너도 듣지 않았어? 네 남편도 부정 않던데? 그거 듣고 너 길길이 날뛰며 수애 줄 테니 그렇게 살아보라고 악 쓰지 않았니? 그리고 너 잊은 거야? 잊은 척하는 거야? 네 남편, 그 여자 사랑한다고 그랬어.

— 저 따라 집에 오려고, 걔 안심시키려고 그랬대요.

— 그런 거구나. 미친개 생고기 던져주며 따돌리듯……, 참 쉽고도 간단하구나. 그 여자. 은주라는…… 나쁜 애 같지 않았어. 너 듣기 싫어도 할 수 없어.

— 맹해서 그렇지 나쁜 애는 아니더라구요. 수애 아빠 걔 집에 있는 석 달 동안, 걔가 낮에 아르바이트해서 벌어온 돈으로 용돈 받아 담배 사고 술 마시고 그랬대요.


붙은 살이라곤 하나도 없이 비쩍 마른 몸매에 낡은 티셔츠와 추리닝 바지를 입고 벌벌 떨면서도 이진수를 사랑한다고 말하던 은주가 떠오른다. 남의 집 옥탑에 어머니와 남동생과 살고 있던 은주의 집은 말문이 막힐 만큼이나 초라했다. 문을 열어준 이진수

를 따라 안으로 들어섰을 때 순간 구호물품이라도 건네야 하는
건 아닌가 생각될 정도였다. 하나뿐인 방으로 들어가던 이진수가
마주보이는 벽 왼쪽에 붙어 있는 화장실 문 같은 걸 열고 우리를
돌아보았다. 벽장 같은 작은 골방이 그 안에 있었다. 바닥에 까는
요도 없이 전기장판 위에 나란히 놓인 두 개의 베개와 요즘은 보
기도 힘든 빨강색 앙고라 담요, 구석에는 두 사람이 먹었던 소주
병과 말라붙은 김치찌개가 담긴 양은 냄비가 얹어진 작은 상이
있을 뿐, 사과 궤짝 하나도 가구라곤 보이지 않았다. 그 담요 위
에 벽에 붙어 서서 벌벌 떨고 있는 은주가 있었다. 방문 밖에는
자다가 놀라 뛰어나온 은주의 어머니와 군대서 휴가 나왔다는 남
동생 은철이 우리를 향해 삿대질을 하며 못 들어가게 막았다.

— 당신들 뭐야? 이건 엄연한 가택 침입이라고.

은철이 내 어깨를 잡아당기며 고함을 질렀다. 시뻘겋게 독이 오
른 눈빛으로 턱을 치켜들며 들이대는 얼굴을 자세히 보니 세민이
보다 서너 살 더 먹었을까? 앳된 얼굴이었다.

— 보면 어쩔 건데?

나와 눈이 마주치자 은철이 금방이라도 주먹으로 칠 기세로 부
르르 떨며 물었다.

— 말 함부로 하지 말아요. 내겐 댁만 한 딸이 있어요.

— 그래서 뭐? 그게 어쨌다는 거야?

— 말꼬리 자르지 말란 뜻이에요. 우선 새벽에 들이닥쳐 미안해
요. 그러나 가택 침입이라곤 할 수 없죠. 누나 이름을 부르니 방

보석함과 쓰레기봉투

에 있는 남자가 문을 열어준 건데.

— 그럼 나가. 저 인간이 열어준 거지 주인이 열어준 건 아니니까. 나가. 당장 나가라고.

— 이 집에서 나온 사람이 열어준 거면 주인이 열어준 것과 마찬가지 아닌가요?

그사이 먼저 방에 들어간 하은의 울부짖는 소리가 들렸다. 하은의 울음소리를 듣자 경옥이 같이 울음을 터트릴 것 같은 목소리로 나를 밀치며 앞으로 나섰다.

— 저 소리 안 들려요? 여기 댁 누나랑 함께 있는 남자, 지금 방에 들어간 저 여자의 남편이라구요.

— 이혼할 거라고 그랬어요. 막무가내로 애 엄마가 안 하겠다고 버티니까 못 견뎌서 나온 거랬어요. 우리 은주랑 살게만 해달라고 빌었다고요. 그리고 애 흥분시키면 안 돼요. 내일이 귀대 날짜라고요. 은철아, 넌 들어가.

두 팔로 은철을 막으며 사정하던 은주 어머니가 뿌리치는 은철의 팔에 부딪혀 바닥으로 나동그라졌다.

— 죽기 싫으면 입 닥치고 엄마나 방에 들어가 있어.

— 그래그래. 화만 내지마. 너 그러면 엄마 무서워. 우리 아들 건들지 말아요. 무섭다고요. 무사히 귀대시켜야 해요. 감옥에 들어가게 할 수는 없어요.

어머니를 방으로 몰아넣은 은철이 방문을 닫으며 다시 턱을 쳐들고 주먹 쥔 손을 들어 내리칠 기세로 우릴 보았다. 턱을 치켜들었지만 작은 키였다.

— 봤지? 우리 엄마 좀 모자란 여자야. 나? 깡패고. 이제 뭐 할
건데? 해 봐, 어디. 저 여자는 마누라라 치고 너넨 뭐야? 왜 살림
이라도 때려 부수고 머리끄덩이라도 잡으려고 이렇게 몰려왔어?
우리 누나 솜털 하나라도 건드려 봐. 칼로 그어버릴 테니. 마누라
싫어 죽겠다고 집 나온 놈 먹여주고 재워주고 처녀가 몸까지 대
줬으면 고맙다고 인사해야지.

자학에 가까운 말이었다. 은철의 목소리는 우리를 향했지만 자
기를 겨냥한 말이었다. 말하는 내내 주먹을 꼭 쥐고 자꾸 내려앉
고 있는 어깨를 의식적으로 치켜올리는 게 그걸 증명했다.

— 우리 누나가 무슨 죄야? 저 인간 피해 직장도 때려치우고 이
거지 같은 집구석도 집이라고 내려온 사람이야. 여기까지 찾아오
는 걸 더 이상 어떻게 피해? 마누라하고는 죽어도 못 살겠다며 이
혼할 거라는데, 이혼하고 누나랑 산다는데. 당신도 딸 있다며? 당
신 딸 몸 버려놓은 남자가 죽어도 살겠다고 매달리는데 당신 같
으면 그거 떼어놓을 수 있어?

나는 발자국을 두어 걸음 옮겨 은철 코앞으로 바싹 다가섰다.
그러자 서슬 퍼렇던 은철이 멈칫거리며 눈빛이 떨리는 게 보였
다. 저 자신이 깡패라고 소리쳐도 그의 나이 기껏해야 스물한 둘,
아직은 어린 것이다.

— 말 곱게 못하니? 깡패라고? 너, 꼭 국가 공인 자격증이라도
내보이는 것처럼 말한다? 당황해서 그러나 본데 우리 아무 짓도

보석함과 쓰레기봉투

안 해. 나갈게. 나도 이런 꼴 보기 싫어. 하지만 방에 있는 저 남자 부인한테는 함부로 하지 마.

나는 하얗게 굳어 곧 넘어질 것 같은 방안의 하은을 바라보다 한숨도 못 쉬며 내 팔을 붙들고 있던 경옥을 데리고 그 집을 나왔다. 은철이 벽에 머리를 찧는지 구석에 즐비하던 소주병 쓰러지는 소리와 함께 은주 어머니의 다급한 울음소리가 들려왔다. 좁은 시멘트 계단을 내려오는데 다리가 자꾸 휘청거리며 배가 아파왔다. 위경련이었다. 밤새 낯선 고속도로를 달려와 창원에 도착해서도 주소만 가지고 아파트도 아닌 단독 집을 찾느라 예민해진 탓이었다.

— 언니, 차에 들어가요. 지금 쓰러질 것 같아요.

내 주머니를 뒤져 차 문을 열어주며 경옥이 내 몸을 차 안으로 밀어 넣곤 자기도 옆 조수석에 앉았다. 우린 한동안 서로 아무 말도 하지 않았다. 침묵을 깬 건 경옥이었다.

— 저러려고, 저렇게 살려고 집을 나갔어? 세상에, 둘만 사는 것도 아니고 정신 나간 어머니와 제 말로 깡패라고 내지르는 동생까지 있는 집에서 거지 모양으로 빌붙어 있으려고?

아침이 밝아오는지 햇살이 차 유리문을 데우고 있었다. 차 안팎의 온도가 다른 탓에 뽀얗게 서리고 있던 습기가 햇살을 받아 잔잔한 구슬 모양으로 흘러내렸다.


은주와 이진수는 한때 같은 직장 동료였다고 했다. 그때 이미 한차례 둘의 관계가 당시 사귀고 있던 하은에게 걸려 삼자대면을 하고 난리를 피웠다는 말을 들은 적 있다. 이번에 진수가 사라졌을 때 하은은 일주일도 못 가 은주를 거론했다. 그러나 그건 아닐 거라는 내 말에 눌려 두 달 이상을 참던 하은은 석 달째 접어들 무렵, 그 회사의 아는 직원에게 전화해 은주의 핸드폰 번호와 주민등록번호를 알아냈다. 핸드폰 번호는 이미 바뀌어 있었다. 그러나 대한민국이란 나라에서 주민등록번호를 안다는 건 막강한 정보였다. 어떻게 했는지 하은은 기어이 은주의 새 핸드폰 번호와 주소까지 거머쥘 수 있었다. 경상남도 창원시로 시작하는 먼 곳이었다.

— 오는 내내 허탕 치길 빌었어요. 그런데 어떻게 이렇게 마주칠 수 있어요? 옥상에 이진수 얼굴이 보이는데 정말 까무러치는 줄 알았지 뭐예요?

경옥은 말을 하면서도 다시 그 장면을 떠올리는지 두 팔을 깍지 껴 싸안은 가슴을 부르르 떨었다.

— 나도 빌면서 왔어. 제발 헛걸음이 되게 해 달라고. 혹시 찾아가는 주소에 있다면 하은이 목소릴 듣고 도망가거나 숨으라고 말이야.

— 도망가면 안 되죠. 같이 있는 게 맞는 이상 잡아야 하잖아요.

— 그래서, 그럼 뭐가 달라지는데? 너, 오늘 본 장면 잊혀질 것 같니? 보지 말았어야 할 장면이었어. 우리 모두. 특히 하은이는.

— 차라리 잘됐어요. 이젠 맘 접겠죠. 저 꼴까지 봤는데 살겠다

　　　　　　　　　　　　보석함과 쓰레기봉투

고 우기진 않을 거 아녜요? 이건 그냥 바람피운 것과는 질이 다르니까요. 언니한테는 어떻게 말했는지 모르지만 그동안 제게 얼마나 포장해서 말한지 아세요? 시댁은 부자고 남편은 잘생기고 똑똑한데다 자기를 너무 사랑한다고…… 바람을 피우기는 하지만 그건 그냥 살짝살짝 지나가는 거라고. 그래서 처음에 하은 언니네 가 보고 참 이상했어요. 시댁이 부자라면서 왜 맏아들을 좁은 월세 시영아파트에 살게 하나, 자기를 그렇게 사랑한다는 아저씨는 왜 늘 여자 문제로 언니를 괴롭히나. 똑똑하다던 아저씨는 언니를 왜 몇 푼 되지도 않는 월급 받자고 여름에 에어컨도 안 튼다는 구멍가게 같은 회사에 내보내나…… 등등. 물론 사귀는 시간이 길어질수록 다 알게 됐죠. 나한테 거품이 많구나 하는 거요.

— 살아야 하니까 그랬겠지. 누구나 말하고 싶지 않은 모습은 있는 거니까. 그리고 너한테 한 게 포장이라면 그 부분이 하은이에겐 오래된 상처일 수도 있어. 자꾸 삐져나오는데 절대로 들키고 싶지 않는. 게다가 너는 손아래이고.

나는 고개를 돌려 은주의 집 쪽을 봤다. 그때 핸드폰이 울렸다. 하은이었다.

— 언니, 좀 올라와 주세요.

두 번째 올라가는 시멘트 계단은 처음보다 폭이 더 좁아 보였다. 계단 한 칸을 올라갈 때마다 위가 자꾸 뭉쳐 갈비뼈에 부딪혔다. 한 손으론 난간을 잡고 한 손으론 위를 쓰다듬으며 계단을 오르는 동안 이마와 목 언저리에서 식은땀이 흘렀다.

경옥이가 뒤에서 엉덩이를 두 손으로 받치며 따라 올라왔다. 수문장처럼 은철이 지키고 있는 현관을 들어서자 하은이의 들어오라는 소리가 들렸다. 일부러 세게 내뿜는 은철의 담배 연기가 빈 속을 뒤집었다. 골방에는 세 사람이 삼각 구도로 앉아 있었다. 그 사이에 아직도 치워지지 않은 은주의 분홍색 브래지어가 뒹굴고 있는 게 보였다. 나는 문 앞에 앉았다. 이상하게도 흥분되지 않고 침착했다. 내 특유의 기질이었다. 극도로 화가 나면 도리어 더 가라앉는 거, 정신을 놓기 전 언니는 나의 이런 점을 제일 싫어했다. 넌 가슴이 덥지 않아. 철사를 말아 놓은 것처럼 차가워. 은주의 모습 위로 언니의 모습이 겹쳤다. 언니도 이런 꼴을 당했을까? 설레고 사랑하게 되고…… 거기까지가 내가 아는 언니의 죄목이다. 때문에 이런 꼴을 당할 이유는 없다. 나는 나를 지탱해주고 있는 믿음이 깨질까봐 깊은 숨을 반복해서 쉬었다. 경옥의 목소리가 들렸다.

― 아가씨, 그것 좀 치우죠. 아무리 당황했더라도 우리가 처음에 여기 올라오는 데까지는 시간이 걸렸을 텐데 우선 벗어놓은 브래지어랑 이불은 치워야 하는 거 아닌가요? 우리 보라는 건가요?

― 경옥아!

나도 모르게 날카로운 목소리가 내질러졌다. 언니만 떠올리면 늘 이런 식이 되는 내가 나도 싫다. 안경을 끼고 있는 은주의 시선이 내게로 향했다. 그녀는 울고 있었다. 이진수가 브래지어를

　　　　　　　　　　　　보석함과 쓰레기봉투

당겨 주먹에 쥐는 게 보였다. 그 모습을 본 하은이 이진수의 팔을 내리쳤다. 그 힘에 구석으로 튕겨져 나가는 브래지어. 만개한 붉은 목련이 땅에 떨어져 짓밟힌 모양이 언뜻 눈앞에 보이는 듯했다. 엇나간 사랑의 물증이 던져진 구석에서 빛바랜 분홍 색깔의 브래지어는 초라하고도 서글펐다.

— 왜 불렀니?

하은은 말이 없었다. 왜 모르겠는가. 그녀는 내가 무슨 해결이라도 해 주길 기다리는 것이다. 나에 대한 그녀의 신뢰는 신비로울 만큼 전폭적이다. 그걸 나는 안다. 이진수가 연거푸 피우는 담배 연기로 창문도 없는 좁은 골방 안은 탄광처럼 매캐했다. 하은의 신뢰에 보답하고자 나는 내키지 않는 말문을 열었다.

— 수애 아빠, 할 말 없어요?

이진수는 대답하지 않았다. 그런 이진수에게서 시선을 떼지 못한 은주 숨소리만 조금씩 높아지고 있었다. 무언가 하고 싶은 말이 잔뜩 고여 있는 숨소리였다. 내가 어떤 말이라도 자기에게 건네줬으면 하는 마음도 읽혔다. 나는 그런 은주 쪽으로 고개를 돌렸다.

— 이런 상황, 정말 피하고 싶었는데, 아가씨. 여기 있는 이 남자하고 무슨 계획 세운 거라도 있나 물어봐도 되나요?

내 시선을 받는 은주의 눈이 깊었다.

— 부인하고 이혼한 뒤 같이 살자고 그랬어요.

— 내가 언제?

이진수가 은주를 돌아보며 자신 없는 목소리로 내뱉었다. 그러자 은주가 한참 동안이나 이진수를 빤히 쳐다보더니 차분해진 목소리로 말했다.

— 그러지 말아요. 이런다고 덮어지지 않아요. 왜 이 지경에도 거짓을 말하려고 그래요? 당신이 사랑하는 사람은 나잖아요? 나뿐이라면서요?

— 계속 말해 봐요.

내 말에 두 사람의 시선이 끊어졌다.

— 이 사람 유부남 맞아요. 그거 모르지 않는다구요. 그래서 정말 정리하려고 여기까지 내려왔어요. 그런데도 결국 이런 모습 보이게 됐어요. 저 이젠 더 피할 곳도 없어요.

— 딸아이 있는 거 알고 있죠? 지금 초등학교 3학년이에요.

— 알아요.

— 그 아이 생각은 해 봤나요?

— 예. 저희가 키울 거예요. 사랑하는 우리 두 사람이 키우는 게 가장 이상적인 가정 형태라고 이 사람이 말했는걸요.

— 뭐 어째? 이상적? 너네들이 사람이야?

옆에 앉은 하은이가 부르르 떨면서 소리를 질렀다. 충분히 그럴 만하다는 생각이 들었다. 나는 이상적이라는 단어가 그때만큼 이상하게 느껴진 적이 없다.

— 두 사람이 그런 미래를 꿈꾼다면 우선 수애 아빠가 이혼을 해야 할 텐데, 이혼이 혼자 의지만으로 되는 일은 아니잖아요? 아

보석함과 쓰레기봉투

가씨는 젊은데 평생 이 남자 호적 밖에서 살 거예요?

— 괜찮아요. 하는 수 없잖아요. 저도 이러는 거 죄인 줄 모르지 않아요. 하지만 아무리 부부라도 정 떨어진 사람과 계속 살아야 하는 것도 정당한 삶은 아니잖아요. 그쪽에서 놓아줄 순 없나요? 오늘 이런 모습까지도 봤는데 아직도 이 남자가 당신 남편이라는 생각이 들어요? 이 사람 저 찾아 여기 올 때 이미 그쪽을 버린 사람이에요. 아직도 그거 모르겠어요?

온몸을 떨며 울면서도 은주는 자기가 해야 할 말을 다 전달하고 있었다. 흥분으로 일렁이는 하은의 눈빛과 달리 시선을 하은에게로 옮겨 바라보고 있는 은주의 눈빛은 당찼고 고요했다. 부부라도 정 떨어진 사람과 계속 살아야 하는 건 정당한 삶이 아니다…… 은주의 말은 내가 도저히 만들 수 없었던 새로운 색깔을 만난 것처럼 가슴을 뛰게 했다. 내가 만들 수 있는 색깔의 한계에 빠져 쓰레기통에 손에 잡히는 대로 물감 튜브를 짜 버리다가, 저절로 만들어진 새로운 색깔을 발견한 것처럼 말이다.

더 말한다는 게 불가능했다. 천 마디 만 마디의 말이 불필요한 순간이 있는 법이다. 나가야겠다는 생각을 하며 잠시 머뭇거리는데 하은이 갑자기 벌떡 일어나더니 벽에 걸린 이진수의 옷가지들을 벗겨 방으로 던졌다.

— 수애 아빠, 일어나 옷 입어.

— 먼저 가. 이 사람하고 이야기하고 모레쯤 갈게.

구석에 있던 이진수의 가방을 끌어당겨 눈에 보이는 대로 쑤셔 넣던 하은의 동작이 순간 멈추었다. 확대된 동공이 안쓰럽게 떨렸다.

— 뭐? 이 사람? 먼저 가? 모레쯤 온다?

— 갑자기 당한 일이라…… 이렇게 갈 순 없잖아?

— 당한 일? 이렇게 갈 순 없다? 왜? 무슨 말?

하은이 답지 않은 단문장이 거푸 나왔다. 이을 말은 넘치는데 이어지지 않는 하은을 두고 나는 방을 나왔다.

신발을 신고 계단을 내려오는데 한마디도 없이 듣고 있던 경옥이 내 손을 힘주어 잡았다. 분을 참고 있는 경옥이의 입김이 닿는 귓불이 화끈거렸다.

— 경옥아, 참 이상하지? 저 아이 말이야, 조리 있고 분명해. 직장 관두고 창원 집까지 내려온 걸 보면 수애 아빠와 정리를 하려 한 의지도 보이고.

— 이진수가 죽일 놈이지, 개야 저 좋다고 쫓아 다니는데 어린 마음에 넘어갈 수도 있죠 뭐.


차에 타고 있는데 세 사람이 대문을 열고 나오는 게 보였다. 이진수의 가방을 든 하은이 빠른 걸음으로 차 쪽으로 왔다. 그 뒤를 집을 나갈 때의 옷차림 그대로인 이진수가 엉거주춤 따르고 있었다. 은주는 제일 마지막으로 보였다.

— 그래도 따라 나오긴 했네?

경옥의 말에 하은이 다시 뒤를 돌아보며 이진수의 걸음을 확인

보석함과 쓰레기봉투

하곤 한숨을 쉬었다.

— 당연하지 않니? 지 자식 엄마, 와이프가 왔는데 따라나서야지.

— 쟤는 보내줘?

— 안 보내면? 지가 뭔데? 불륜의 결말이 어떤지 옳게 배웠을 거야.

세상의 모든 단어가 세상의 모든 사람에게 다 어울리는 건 아니다. 하은이 입에서 나오는 '지가 뭔데?' 하는 말과 연이어 들려온 '불륜'이라는 단어가 귀에 걸리고 신경에 걸려 나도 모르게 인상이 써졌다. 저런 단어를 저런 표정으로 뱉어낼 아이가 아닌데, 아니 저런 단어는 모르고 살아야 할 곱고 깨끗한 사람인데, 맑은 우물 같은 하은을 잃어버릴까봐 나는 한기가 들었다.

우병찬의 아내도 저런 독약 같은 말로 언니의 사지를 꺾었을까? 다 그렇진 않겠지만 세상의 남편 있는 여자들은 자기 남편이 눈길만 건너간 여자에게도 정부라고 말하고, 마음이라도 건너가면 화냥년, 하며 그 주체였던 남편만 쏙 빼낸다. 자기들도 여자이면서 여자에 대한 욕만 생산해 내는 기막힌 재주로 살아간다. 나는 1초라도 빨리 그곳을 떠나고 싶었다.


— 어떡할래? 둘이 이야기 좀 더 해야 하는 거 아니니? 어디서 기다릴까?

— 일단은 같이 가야죠.

— 같이? 어디로?

— 집이죠. 언니, 일단 데려나왔으니 같이 가요. 둘이 할 이야기가 남았다고 먼저 가 있으라는 거 억지로 끌고 나왔어요. 어쨌든 데려가야 결판을 내도 낼 거 아니에요. 저도 못살아요, 이제.

골목에선 겉옷도 걸치지 않고 따라 나온 은주가 이진수를 바라보며 눈물을 흘리고 있었다. 비 오듯이 흘리는 눈물이었다. 어디서 저렇게 하염없이 쏟아져 내릴까 싶을 만큼 그녀는 철철 울고 있었다. 나는 언니의 얼굴이 또 슬며시 떠오르는 걸 억지로 밀어내며 차에 시동을 켰다.

— 그럼 너희 부부는 따로 와. 수애 아빠까지 공수해 줄 그런 아량 나 없다.

억지로 밀어내야 하는 감정이 바탕 된 목소리는 이미 칼날처럼 뾰족했다.


차문을 닫는데 나를 향해 허리를 굽혀 절하는 은주가 보였다. 내가 자신을 이해한다고 여겨졌을까? 내 눈빛에서 자기에 대한 연민을 읽었을까? 나는 그런 은주가 고개를 들 때까지 그대로 바라보았다. 저 모습이 오래 남으리라. 가슴 한켠이 자글자글 물 끓는 소리를 내고 있었다. 골목을 돌아 나오는데 나란히 걸어오는 하은과 이진수의 모습이 백미러를 통해 보였다.

— 하은 언니 저렇게 이진수 데려가 같이 사는 건 아니겠죠? 저 여자를 이진수가 과연 잊을 수 있을까요?

사이드 미러를 흘깃거리던 경옥이 한숨 섞인 소리로 중얼거렸다.

— 물론 살아야지. 살긴 해야겠지만 저대로는 안 되지 않니? 너무 깊고 너무 멀리 가 있어. 수애 아빠 말이야. 제발 하은이가 이번만큼은 시간을 가지고 냉정하고 이성적으로 대처했으면 좋겠다. 그리고 하은이가 남편이랑 살려면 저 은주라는 여자에게도 어떤 식으로든 예의를 갖췄으면 좋겠어. 저렇게 철철 우는 모습이 자꾸 눈에 밟힐 것 같아. 나는.

— 언니는? 남편이 바람피운 여자에게 하은 언니가 무슨 예의를 갖춘단 말이에요?

경옥이가 황당하다는 눈빛을 숨기지 못하고 톨 씹은 표정으로 목소리를 높였다.

— 살려면, 저 남자랑 살려면 그러는 게 옳아. 남편이 바람피운 여자한테는 함부로 대하면서 남편만 받아들이면 그게 온전한 받아들임일까? 바람이든 사랑이든 그건 상호간에 일어나는 일이고 상대가 있어야 가능한 거 아니니? 남편을 용서할 수 있다면 그 상대 여자도 용서할 수 있어야지.

말을 들으면서도 계속 고개를 젓고 있던 경옥이 갑자기 생각난 듯 소리쳤다.

— 언니, 하은 언니 말예요. 설마 이대로 집에 이진수를 들이는 건 아니겠죠?

— 저렇게 데려가는데 우선은 그 수밖에 없지 않을까? 할 얘기

도 많을 거고.

— 그렇게 되면 벼슬해서 금의환향한 사람 행세하지 않겠어요? 이진수 말이에요. 우리 다 봤잖아요. 놀라서 당황하는 꼴이라도 보였으면…… 개한테 했다는 말들을 듣는데 치가 떨리더라니까요. 오늘은 생각할 것도 없이 하은 언니 완패였다구요.

경옥이 불안한 만큼 나도 불안했다. 고속도로에 진입하고 삼십 여 분을 달렸을 때 핸드폰이 울렸다.

— 경옥아, 스피커폰으로 돌려서 줘.

하은이었다.

— 저희들도 방금 고속버스에 탔어요. 언니, 힘들어서 어떡해요? 잠도 못 자고 식사도 못하고 다시 운전해 가야 되니. 경옥이도 많이 피곤할 텐데…… 걘 또 서울까지 가야 되는데……

하은의 목소리에선 벌써 승리감이 숨길 수 없이 느껴졌다. 그녀의 말대로 이진수 아이의 엄마이며 이진수 와이프인 하은의 음성, 정부의 배역을 맡은 은주는 지금 이 시간 떠나간 이진수의 흔적을 어떻게 견디고 있나. 나는 생각을 지워버리기라도 하듯 숨 가쁘게 말을 내뱉었다.

— 그건 됐고 너, 괜찮니?

— 아, 이제 한숨 놓아져요. 이 사람 지금 미안하다고 난리예요.

그게 너는, 믿어지니? 하은이 말한 '난리'라는 단어에 또 말이 막혔다. 같은 풍경을 같이 봤고 같은 말을 같이 들었는데 하은은 어찌 저리도 마음이 모는 대로 기억조차 취사선택할 수 있는가.

　　　　　　　　　　보석함과 쓰레기봉투

— 끊자.

서슬 퍼런 대꾸에 놀랐는지 하은은 말이 없었다.

— 미쳤군. 저렇게 남편 싸안아 가려고 오밤중에 서울에 있는 나까지 불러내려 그 난리를 친 거야? 가더라도 아침에나 가자니까 새벽에 들이닥쳐야 그것들 잡을 수 있다고, 현장 잡으면 당장 죽이기라도 할 것처럼 굴더니. 세상에 그 꼴을 보고도 뭐? 한숨이 놓아져? 저 언니 미친 거 아녜요? 싫증나. 정말 징그러워.

옆에서 경옥이 소리쳤다. 나는 고개를 돌려 조용히 하라고 인상을 썼다. 핸드폰을 통해 들려오는 하은의 숨소리는 경옥의 발악과는 상관없이 평온하고도 평화로웠다. 간간히 이진수랑 말을 주고받는지 수애 아빠, 뭐? 알았어. 잠깐만, 이라는 하은의 음성이 작게 들려오기도 했다. 나는 핸드폰을 켠 채로 한참을 달렸다. 은주의 우는 모습이 시속 백이십 킬로로 달리고 있는 고속도로에 계속 깔리고 있었다. 은주는 아직 그 자리에 서 있는가. 차가 골목을 빠져나올 때까지 백미러 속에서 점점 작아지던 그녀의 모습을 나는 계속 보았다. 거울 속에서 그렇게 작아졌듯이 이진수의 가슴에서도 어쩌면 그녀는 점점 작아질 것이다. 나는 은주에게 품어지는 연민을 털어내기라도 하려는 듯 세차게 기침을 했다. 언니를 배경으로 가진 내 형편이 그녀에게로 마음이 감을 숨길 재간이 없었다. 언니도 그렇게 울었을 것이다. 철철, 온몸이 빗줄기가 되어. 기침 끝에 자꾸 울음이 울컥여졌다.

— 조심해서 가세요.

한참 만에 하은의 음성이 들려왔다. 잠 한숨 못 잔 눈으로 보는 고속도로는 계속 파고를 올리며 출렁거렸다.

은주를 맹하다고 말하는 하은을 나는 한동안이나 빤히 쳐다본다. 난 지금 내 눈빛이 어떤 식으로 보여 지는지 알고 있다. 친구들은 고백을 강요하는 눈빛이라고들 했으며, 세민이는 극과 극의 감정이 공존하나 결국은 오금이 저리게 한다고 했다. 무엇이 맞는 말인지는 모르겠으나 분명한 건 무언가 마음에 들지 않을 때, 할 말이 뒤섞여 얼른 뱉을 수가 없을 때 이런 눈빛이 되는 것이다. 왜? 라고 묻고 있는 것처럼 보였을까? 하은이 웃으려다가 얼른 입 매무새를 바로 한다.

— 수애 아빠 같은 인간한테 젊은 애가 목메는 게 맹한 거죠.

— 너는?

한참을 찾지 못한 할 말 치곤 너무도 짧은 내 대꾸다. 이것도 사실 진짜로 하고 싶은 말은 아니다. 하은에게 점점 할 말이 없어진다.

— 저야, 어쩔 수 없잖아요.

— 부부라서?

— 네. 사실 언니.

나는 하은이 부르는 소리를 못 들은 척 일어나 다시 커피 물을 올린다. 물 끓는 소리와 하은의 목소리가 동시에 돌아서 있는 등을 울린다.

— 저는 사실 언니가 이해 안 돼요. 아저씨하고 살던 모습 웬만큼 짐작이 가면서도 말이에요. 저 같으면 그냥 살았을 것 같거든요.

남의 인생에 참견한 벌을 급하게 받는 꼴이다. 이제 내가 참견한 시간만큼 하은에게도 할애해야 하는 일이 기다리고 있다. 대신 십 분이라는 시간을 마음속으로 정한다. 대꾸도 싫어하는 표정도 보이지 않자 하은은 안심한 표정이 된다.

— 은초 언니에 대한 부분도 그래요. 언니는 결혼했으니까 아저씨 입장을 더 생각해야 하는 게 옳을 것 같았어요. 은초 언니 병들고 아저씨랑 헤어질 때까지 십 년, 언니가 은초 언니를 건사할 수 있었던 건 어쨌거나 아저씨라는 울타리가 있었기 때문이잖아요.

울타리…… 그 십 년의 세월, 하은의 말처럼 남편은 나의 울타리였을까? 철저하게 나를 고립무원시킨 감옥이었을까?

— 언니는 정신적 육체적으로 그 힘든 중에도 엄마 역할 완벽히 해내 세민이 공부 잘하고, 사는 데는 따로 신경 쓸 일도 없는데, 아저씨 벌어주는 돈으로 예전처럼 그림 그리고 편하게 살면 좀 좋아요? 아저씨가 하자고 하는 이혼도 아니고 왜 언니가 우겨 이혼하고 끝내는 이렇게 따로 사는지, 정말 안타깝다고요. 언니 이 고장에 적응하려고 애쓰는 거 보면 나도 속상해요. 남편이란 돈 갖다 주고 딴 살림 안 차리면 그냥 되는 거 아닌가요? 말 같은 거 좀 안 하고 살면 어때요? 그 두 가지 다 못하는 이진수란 놈도 나

는 못 버리는데. 단 하나 자기 기분 좋으면 간 빼줄 듯 살살거리며 비위 맞추는 일은 잘하지만요. 어떨 땐 세상에 이렇게 나를 사랑하는 사람이 또 있을까 싶다니까요?

역시 또 엇길로 빠진다. 생각의 모든 끝이 이진수에게 묶여 있는 하은을 그만 보고 싶다는 생각이 자꾸 든다. 불쌍하고 안쓰럽다. 그래서 화가 나고 밉다. 하은은 세상 가장 따뜻한 곳에서 가장 사랑받으며, 그 예쁜 미소와 선한 마음으로, 나 같은 사람들에게 동생도 돼주고 언니 누나도 돼주고, 딸도 돼주며 살아야 할 사람이다. 그만큼 따뜻하고 정직하며 바른 사람이다. 내가 분별을 잃을 만큼 자기에게 애틋한 정이 쌓이고 있다는 걸 그녀는 아는가. 오 분만 더 참기로 한다. 숨 쉬는 것까지도 이진수 때문이라고 말할 것 같은 하은에게는 나의 이런 삶이 이해불가일 것이다.

— 주제넘은 말이겠지만, 언니는 자급자족해야 하는 저희 같은 삶에 대해 너무 모르고 있다는 생각이 들 때가 많아요. 다시 아저씨와 합칠 생각해봐요. 언니는 혼자 살 수 있는 여자가 못돼요. 남자 없이 못 사는 뭐 그런 뜻이 아니라 세상을 너무 모르잖아요. 자랄 때부터 여유 있는 집에서 태어나 돈 걱정을 해 봤어요? 새벽밥 차려놓고 콩나물 버스, 산소 제로 지하철로 출근을 해 봤어요? 잠 덜 깬 아이 들쳐 업고 놀이방에 데려다준 뒤 허겁지겁 출근해서도 지각했다고 눈총을 받아봤어요? 언니는 옆에 누가 있어야 해요. 두 분 사연이야 말을 다 안 해 주니 알 길 없지만, 그래도 남편 없는 여자로 사는 것보다는 낫지 않겠어요?

보석함과 쓰레기봉투

— 남편 없는 여자로 사는 것보단 낫다……

무슨 말인가는 나오는데 종결어미가 떠오르지 않는다.

— 그럼요. 사람들이 얕보진 않잖아요. 주인이 있으니까요.

— 남편이 없으면 주인이 없으니까, 네 말대로라면 유기견이
네? 목줄을 매줄 주인이 없으니 때 되면 밥 주는 사람도 없는 유
기견 말이야. 얻어먹고 훔쳐 먹고 사람들한테 두들겨 맞다가 길
가에서 비명횡사 일 순위 유기견. 남편 없는 여자가 그렇다?

— 옛말에도 있잖아요. 오뉴월 땡볕에 남편 있는 여자는 런닝만
입고 밖에 나가도 더워서 그런가보다 하지만, 남편 없는 여자는
반팔을 입고 나가도 허연 팔꿈치 드러내고 다닌다고 손가락질당
한다는 말요.


말이란 처음엔 한마디만 하려 했다 해도, 말이 말을 끌어내어
길어질 수도 있는 법이다. 지금 하은이 그렇다. 나는 인내심을 가
지고 그녀의 말이 끝나기를 기다려주기로 한다. 자기대로의 논리
에 충실한 하자 없는 말이다. 커피 주전자에선 물이 벌써 오래전
부터 끓고 있다. 어쩌다보니 주전자 가득 물을 받아서 그렇지 커
피 마실 양의 분량에 맞게 물을 부었다면 벌써 주전자 타는 냄새
가 진동했을 것이다. 창문으로 습기가 어린다. 나는 창문을 연다.
매운바람과 함께 창에 어린 습기가 일시에 사라진다. 갈게요, 하
는 하은의 목소리가 들린다. 나는 등을 돌리지 않는다. 이제 엘리
베이터가 내려가고 조금 후면 저 길을 걸어가는 하은의 뒷모습이

보일 것이다. 이진수가 집을 나간 후 살이 빠져 입고 오는 옷마다 헐거워 보이던 게 또 마음에 걸린다. 오늘도 입고 온 베이지색 코트가 빌려 입은 것처럼 몸에서 겉돌고 있다. 하은이라고 자신의 처신에 진저리가 쳐지지 않겠는가. 그날 석 달 만에 본 이진수는 오히려 나가기 전보다 얼굴이 뽀얗게 물이 올라 있었다.

뒤늦게 장을 봐오는 부부들의 모습이 보인다. 낯익은 얼굴도 있다. 성당에 다시 나가게 되면서 처음으로 소공동체모임인 구역모임이라는 것에도 참석하다 보니 이웃에도 아는 얼굴들이 생겼다. 그것이 좋은 일인지 나쁜 일인지는 아직 모르겠으나 조만간 불편한 일이 될 것이라는 예감만은 숨길 수 없다. 알다 보면 안부를 챙기게 되고 주고받는 안부에는 가족의 일상이 빠질 수 없기 때문이다. 저녁 미사를 함께 다녀오던 성당 자매가 식구들 밥은 어떻게 하고 왔냐는 말에 아이가 친구 만나러 나가서 밥걱정 안 해도 된다고 대답했다가 남편은요? 라고 물었을 때 당황했던 기억이 떠오른다. 그때 난 남편도 오늘 늦는다고 답했던 것 같다.

이사를 하며 교적을 옮긴 후에도 한동안 성당에는 나가지 않고 있던 나를 이끌어낸 건 구역장과 반장이었다. 견진성사까지 받고도 육 년여 성당을 쉬는 동안 나는 냉담자 명단에 올라가 있었던 것이다. 믿음에 성실한 사람의 표정을 그대로 지니고 있는 사람들이었다. 세례명이 프랑카 라며 자신을 소개하던 구역장과 안나라는 반장의 서너 차례 방문을 받는 동안 드디어 내 입에서 네, 라는 대답이 흘러나왔다. 이사 온 지 다섯 달째로 접어들던 때,

세민이가 아빠를 따라 홍콩으로 떠난 그 달이었다. 성당에서 나왔다며 벨을 누르는 그들에게 마침 샤워 중이었던 나는 사정을 말하며 문을 못 연다고 대답했다.

— 아, 네. 저희가 연락 없이 와서 죄송해요. 그럼 기도만 바치고 갈게요.

그리고 돌아서려던 순간 보았다. 인터폰 화면을 통해 그들이 손을 모으고 성호를 긋는 걸. 그리고 들었다. 하늘에 계신 우리 아버지……로 시작하던 기도…… 가정을 위한 기도, 자녀를 위한 기도까지 그들은 나를 위해 기도하고 있었다. 이유가 어찌됐든 문도 열어주지 않는 남의 집 앞에서 말이다. 아멘으로 기도가 끝났을 때 나는 큰 소리로 감사합니다. 감사합니다. 라고 현관을 향해 소리쳤다.

— 어머, 듣고 계셨어요? 샤워 중에 나오셨을 텐데.

프랑카 구역장의 깜짝 놀란 듯한 목소리가 들렸다.

— 기도를 해 주시는데 어떻게 들어가요. 기도를 해 주시는데……

# 3 — 함

신문을 덮는다. 시계를 보니 오후 세 시가 넘은 시간이다. 베란다를 터서 거실과 같은 높이로 마루를 깔고 전면을 통유리로 설치한 창을 통해, 주초에 내린 눈이 듬성듬성 남아있는 산이 보인다. 봄이 되면 아카시아 향기가 사람을 평화롭게 하는 산이라고 프랑카 구역장은 말했었다.

— 사람을 무력하게 만드는 산도 있거든요. 너무 크고 너무 높아서 말예요. 그런데 저 산은 사람을 흡수하지도 내뱉지도 않아요. 그냥 그대로 같은 키로 껴안아 준다고 할까요? 궁합 잘 맞는 부부처럼요.

언제 한번 같이 가자고 했지만 아직 한 번도 동행하진 못했다. 이 집에 이사 온 후 나는 모든 것이 조심스럽다. 성당을 다시 나가고부터 나를 가장 당혹스럽게 하는 건 통제 불가능한 눈물이었다. 처음엔 냉담자의 회개의 눈물이겠거니 했던 소공동체모임 사람들도 이젠 내 눈물에 다른 의미를 부여한다는 걸 나는 안다. 단지 그들은 말을 하지 않을 뿐이다. 나는 그들이 대놓고 물을 수 있을 만큼 친밀감을 보이지 않는 걸로 아슬아슬하게 내 성을 지켜 왔다. 아이는 유학 간 걸로 충분한 이유가 되지만 남편에 대한 말이 한마디도 나오지 않는 게 왜 이상하지 않겠는가. 소공동체모임에서는 성경을 읽고 묵상한 뒤 각자 마음이 가는 구절이나 단어에 대해 나눔 시간을 가지는데, 모두 가정을 가진 부인들이므로 으레 가족에 대한 이야기가 주된 소재로 대두되기 마련이다.

지난여름 장마 때였다. 며칠 전부터 예고된 태풍이 한반도에 상륙했다는 뉴스가 하루 종일 나오던 날이었다. 낮부터 시작된 천둥과 번개에다 바람까지 세게 불어 집집마다 밤새 불이 켜져 있었다. 천둥은 벽이 튀어나오는 건 아닌가 걱정될 만큼 요란하게 천지를 울렸고, 금방이라도 이마를 내리칠 것 같은 번개는 쉴 새 없이 창문을 그었다. 나는 그날 다용도실까지 불을 켜놓고 거실 바닥에 앉아 이불을 감고 밤을 새웠다. 소파에 편안하게 앉을 수도 없을 만큼 무서웠다. 몸을 최대한으로 작게 오므리지 않으면 금방이라도 울음이 터질 것 같았다. 무릎을 세우고 등을 구부린 다음 두 팔로 싸안고 머리를 숙인 자세였다. 그런 자세에서 조금만 이탈해도 까무러칠 만큼 무서웠다. 그러면서 덜덜 떨리는 목소리로 세민이를 부르고 남편을 불렀다. 언니를 부르고 어머니 아버지를 불렀다. 공포가 사람을 미치게 할 수도 있다는 걸 그때 실감했다. 우기의 여름밤은 길고도 깊었다. 아침이 되어 잠시 비가 그친 하늘에서 비추는 햇살을 보았을 때 나는 분노로 치를 떨었다. 강해졌다고 믿고 싶었던 바람이 배신당한 내 모습 때문이었다. 아직 멀었구나. 부릅뜬 눈동자에 붉은 실핏줄이 녹슨 전신줄처럼 얽혀 있었다.

— 어제 정말 굉장하지 않았어요? 죽는 줄 알았어.

그날 소공동체모임을 주최하는 바실리사 자매가 차를 내오며 아직도 어젯밤의 두려움에서 못 벗어난 듯 어깨를 떨었다.

— 난 혹시 고백성사 못 한 내 죄가 뭔가 막 생각했다니까요?

찻잔을 받아 내려놓으며 젬마 자매가 말했다.

— 재산이라곤 이 아파트 한 채밖에 없는데 이거 무너지는 건 아닌가 걱정되는 거 있지.

홍차 티백을 건져 접시에 내려놓으며 모임에서 최고 연장자인 안티아 자매가 모두를 둘러봤다. 나는 홍차를 마셨다. 밤새 두려움과 공포감에 시달렸던 심장이 아직도 편해지지 않고 두근거렸다.

— 베로니카, 괜찮았어요? 얼굴을 보니 한숨도 못 잔 것 같은데.

아무런 말이 없는 게 걸렸는지 프랑카 구역장이 얼굴을 돌려 내 안색을 살폈다.

— 어젠 본의 아니게 남편 품을 파고들었지 뭐예요? 옆에 있는데도 무서워 견딜 수가 있어야지. 최근에 유튜브로 귀신 운운하는 걸 자주 본 탓도 있을 거예요. 여름만 되면 꼭 그런 걸 하더라. 그래도 품안에 묻혀 있으니까 그 난리에도 잠을 잤나봐. 아침에 천둥 번개도 가끔은 칠만하다고 남편이 좋아라 하는 거 있죠. 아, 날씨 좋다.

바실리사 자매 말에 모두들 껄껄대고 웃는 걸 나는 가만히 들으며 계속 차를 마셨다. 아니 마셨다는 건 옳지 않다. 찻잔을 입에서 뗄 수가 없었다. 찻잔을 입에서 떼는 순간 무슨 말이라도 해야 한다는 강박감이 온몸을 조여왔다.

— 그러니까 형제님들에게 잘해. 뭐니 뭐니 해도 남편 그늘이 최곤 거야. 무서울 때 품어 주지 비 올 때 덮어 주지 바람 불면 막아 주지, 남편 아니면 누가 그래 주겠어?

— 안티아 자매님 말씀이 옳아요. 남편 없는 여자들은 어제 같은 날 어떡하나 몰라. 베개 끓어 안나? 이렇게? 베로니카, 홍차 더 드려요?

심장에 비수를 꽂는 말이란 저런 말일 것이다. 나는 내 잔에 뜨거운 물을 가져다 붓고 티백을 떨어뜨려 주는 바실리사 자매를 바라보았다. 짧게 커트하여 펌을 한 머리, 족히 육십 킬로는 거뜬히 넘을 덩치를 지닌 오십대 중반 여자였다. 저 나이에, 저런 덩치에, 남편이 바로 옆에 누워 있는데도 무서워 죽을 뻔했다는 어젯밤. 그 밤을 난 혼자 새었다. 병든 새처럼 구겨져서 말이다. 탓할 사람이 없는 자기 연민이란 얼마나 초라한가. 나는 자꾸 감기는 두 눈에 힘을 주고 꿋꿋하게 무서움을 이겨낸 심장 속으로 두 잔째 홍차를 밀어 넣었다.

— 의외네요. 베로니카 자매는 별 말이 없으니, 보기보다 겁이 없나 봐요. 겉보기로는 남편 품에 안겨서도 덜덜 떨었을 것 같은데.

관절염으로 물리 치료를 받고 있다는 안티아 자매가 무릎을 쭉 펴며 나를 돌아다 봤다.

— 그러게요. 베로니카처럼 몸이나 가늘어야지 우리 남편 어제 땀 꽤나 흘리더라구요. 기름쿠션 같은 마누라가 무섭다고 달려드니 패대기도 못 치고 얼마나 더웠겠어? 어젠 진짜 고맙더라니까요? 이래서 남편은 있어야 하나 봐. 이혼이나 사별한 여자들, 그런 거 생각하면 불쌍해. 안 그래요?

— 바실리사가 어제 완전히 철들었네? 아침에 진수성찬 먹여서 남편 출근시켰겠어.

— 아뇨. 선식 한 컵만 먹고 나갔는걸요? 저녁에 잘해 줘야죠. 근데 진짜 반찬하는 거 귀찮지 않아요? 밥할 생각만 하면 어떨 땐 혼자 사는 여자가 부럽다니까요. 그런 여자들이야 할 일이 뭐 있겠어요?

— 혼자 산다고 밥도 안 먹나? 산목숨인데?

— 물론 밥이야 먹겠죠. 하지만 남편 아이 식성 맞춰 이것저것 할 일은 없잖아요. 혼잔데 뭐 격식 같은 거 차리겠어요? 국이나

보석함과 쓰레기봉투

찌개는 당연히 생략될 테고 마른반찬 몇 개 놓고 대충 아무렇게나 먹겠죠. 왜 이혼이나 사별한 여자들 중엔 영양실조 걸린 사람들이 많다잖아요.

— 하긴, 아이들은 밖에서 먹고 들어오는 날도 많으니 자기 먹겠다고 음식하는 거 쉽지 않지. 귀찮기도 하지만 그저 여자는 남편이 있어야 먹는 게 부실하지 않아.

— 맞아요. 시장 보고 만들 땐 귀찮아도 해 놓으면 어쨌든 나도 얻어먹을 수 있으니까요. 자기 이마트 안 갈 거야? 장마라고 며칠 장을 안 봤더니 찍어 먹을 게 없네. 베로니카 자매도 같이 가요.

바지런한 안나 반장이 일어서며 남은 홍차를 마시곤 서둘러 신발을 신었다. 그녀를 따라 나도 일어서는데 바실리사의 음성이 들렸다.

— 우리 장마 끝나면 주말에 부부 동반으로 산에 한번 가요. 작년에 가니까 좋았잖아? 베로니카 자매도 새로 이사 왔고.

— 좋지. 그러자구요.

동시에 호응하는 사람들의 목소리를 들으며 나는 그 집을 나왔다.

그날 나는 한마디도 말하지 못했다. 얼마나 무서웠다는 것도, 어떻게 그 밤을 지냈다는 것도. 한 가지를 깨달았을 뿐이다. 말을 더 조심해야 되겠구나. 특히 다수와의 대화에선 더더욱 말이다. 그중엔 어떤 사정을 가진 사람이 끼어 있을지 모른다. 구체적인 상황에 대한 언급은 좋은 말이든 나쁜 말이든 하지 않는 게 옳다.

남편 없는 여자들은 어제 같은 날 어떡하나 몰라. 바실리사는 몰랐을 것이다. 그녀 앞에 남편 없는 여자가 앉아 있다는 걸.

언니가 정신을 놓고 내 삶은 모든 것이 일시에 엎어졌다. 캔버스를 이젤에 걸어놓고 하루 종일 그 앞에 앉아 있어도 저녁에 그 방을 나올 때 눈에 보이는 건 선 하나 그어져 있지 않은 텅 빈 허공 같은 막막함이었다. 팔레트에는 말라붙은 물감이 흉터처럼 더께가 졌고 물감을 묻혀 세워둔 붓들은 뻣뻣하게 말라 스치면 베일 정도로 날카로운 끝을 드러내고 있었다.

대학원 진학을 생각한 건 그래서였다. 젊은 나이에 언니가 정신을 놓았다는 게 나에게는 그녀에 대한 연민과 분노를 제쳐두고라도 날이 갈수록 공포로 다가왔다. 혈육이란 피와 세포의 동질성이 있으므로 나에게도 언니의 인자가 없을 턱이 없다는 불안감이었다. 더군다나 그때 나는 이미 집안에서 내가 죽은 건지 살아있는 건지 모르겠는 시간을 살고 있었기 때문에, 이러다 언니처럼 되지 않을까 하는 불안감이 극에 달했다. 다행히 세민이가 커가면서 가까워지고 있는 입시에 대한 부담감이나 강박증이 내 정신을 바로 묶어놓기는 했지만, 엄연히 말하면 그것은 나 자신에 대한 명료함과는 다른 것이었다. 내가, 나를, 위해 무언가를, 해야 했다. 그래서 잡은 것이 공부였다. 무엇에 몰두하면 옆도 뒤도 볼 줄 모르고 오로지 그것에만 열중하는 내 성향을 나는 믿기로 했다. 그래야 살 수 있다.

**보석함과 쓰레기봉투**

나는 부정맥과 협심증을 동시에 갖고 태어났다. 심장 기능도 약해 늘 숨이 가쁘고 기침은 달고 산다. 4년 전에 왼쪽 가슴 피부를 열고 삽관한 인공심장박동기 덕분에 증상이 호전되기는 했지만, 나는 내 부모님처럼 그렇게 턱없이 죽을 수도, 언니처럼 늙지도 않은 나이에 세상 밖으로 정신을 놓아버릴 수도 없었다. 세민이를 위해서도, 언니의 남은 삶을 위해서도, 부모 없이 살아야 했던 이십 대의 내 허방 같던 청춘과, 역시 더 깊은 허방을 딛고 있는 지금의 나를 건져내기 위해서도 나는 살아야, 살아 있어야 했다. 아니 모든 존재하는 것에는 이유와 그 몫의 삶이 있을 것이다. 나는 살아내야 했다. 살아내서 증명해야 했다. 삶의 비루함과 살아낸 자의 위대함. 부패한 쓰레기 산도 갈아엎으면 빌딩도 호수도 새로운 이름의 도시도 생길 수 있음을 일간지 전면광고처럼 세상에다 대고 소리쳐야 했다.

옷을 벗으면 아무리 보지 않으려고 시선을 돌려도 살 표면보다 돌출된 오백 원짜리 동전보다 조금 큰 인공심장박동기가 보인다. 국기에 대한 경례를 할 때 왼쪽 가슴으로 올린 오른쪽 가운뎃 손가락 끝이 닿는 위치니 브래지어로도 가려지지 않는다. 시술을 받던 날 의사는 최소 오 년 최고 칠 년 주기로 배터리를 교체해야 하며, 정기적으로 기계 검사를 받아야 한다고 반복해서 말했다. 출제되는 시험문제를 가르쳐 주듯 단호한 목소리였다.

— 몸이라는 벌판에 생긴 작은 무덤 같네요.

벌판을 돌고 가는 바람소리처럼 그렇게 대답하던 내 목소리가 참 쓸쓸했다는 기억은 지금도 생생하다. 어머니와 아버지의 입관식 날이 생각났다.

— 두 분 다 가슴에 인공심장박동기를 장착하고 계셨어요. 염습할 때 그 부분이 조일까봐 신경 썼습니다. 이미 멈춘 거지만 두 분의 몸과 같은 것이라 생각돼서요.

장례 기간 동안 처음으로 소리 내어 운 것도 그때였다. 그 부분이 조일까봐 신경 썼다는 장례식장 직원의 말, 이미 멈춘 거지만…… 하던 그 말, 어머니 아버지가 진짜 죽었다는 걸 선포하던 그 말. 어머니 아버지를 끌어안고 몸부림치던 언니를 죽일 듯이 끌어안고 말이다. 의사 앞에서조차 모습이 민망해 손으로 자꾸 가리자 상처 부위를 드레싱하던 의사가 대답했다.

— 마음에 생긴 무덤보다는 낫지요. 그 사람들은 남들이 아픈 것도 몰라주니까요.

어느새 무덤 하나가 더 생겨났다. 두 개의 무덤을 지닌 채 퇴원하며 바라본 하늘엔 무덤 모양으로 떠 있는 구름이 그 크기를 부풀리고 있었다.

세상에 부모가 존재하지 않는 청춘은 춥고도 무서웠다. 언니는 자신이 저지른 일로 부모가 죽었다는 자책에 한집에 있어도 눈 뜬 봉사 같았고, 번역을 할 때 뒤적거리는 책장 소리와 함께 간간이 기침 소리만 낼 뿐, 그 어떤 자신의 존재를 알리는 소리도 내

　　　　　　　　　　　　　　보석함과 쓰레기봉투

지 않았다. 그러다가 두 눈에 촉촉한 물기와 함께 생기가 피어나고 한 옥타브 낮아진 숨소리에 침조차 달콤할 것 같은 목소리가 흘러나올 때가 있었다. 그땐 언니에게 설렘이 찾아온 징조라는 걸 나는 알 수 있었다. 온갖 은유와 상징으로 노래하는 것처럼 읊어대던 그녀의 목소리를 들으며 나는 언니의 설렘이 계속되기를 빌었다. 그래야만 둘만 남겨진 세상이 덜 외로울 수 있었기 때문이었다. 나는 내 말을 들어주고 나를 바라봐 줄 보호자가 필요했던 것이다.

이모와 큰아버지는 그들의 형제자매가 없는 조카들에게 더 이상 혈육으로서의 관심을 보이지 않았다. 오히려 자신들의 형제를 죽게 한 원수 덩어리로서 나는 언니와 함께 묶였다. 촌수는 정직했다. 이모는 어머니와 연결된 사람이고 큰아버지는 아버지와 연결된 사람이었다. 연결된 사람이 사라진 그다음의 관계는 썩은 가지를 가진 나무와 다르지 않았다. 언니는 그들에게 썩은 가지였다. 그들은 언니를 잘라냈다. 그 옆에 붙어 있던 나도 함께 잘렸다. 암 수술할 때 전이를 막기 위해 환부보다 더 크게 조직을 잘라내는 것처럼 말이다. 자신들의 자식 혼사에 혹시 언니가, 그렇게 죽은 우리 부모 사연이 입에 올려질까 봐 겁을 감추지 못하던 사람들, 큰아버지는 번역가로 언니가 유명해지자 팔자 운운하며 개명을 하라고 다그쳤다. 이름만 바꾸면 있는 조카가 없는 사람이 되는가. 나는 그들을 잘라냈다. 남 같은 관계를 왜 남남이라고 같은 단어를 반복해서 쓰는가. 그건 양쪽에서 공히 남으로 인정했다는 것이다. 그들이 우리를 남처럼 여기는데, 우리에게도 그들이 남이 되는 것은 너무도 당연했다.

나는 그들을 내 결혼식 때도 부르지 않았다. 청첩장엔 혼주 이름으로 언니의 이름을 당당하게 박았다. 결혼 말이 나오면서 나는 남편에게 약속을 받아냈었다. 미국식 결혼을 하고 싶다고, 부모도 없는데 얼굴도 가물가물한 일가친척 불러 모아 판에 박힌 축하와 덕담 받는 결혼식은 싫다고. 꼭 필요한 사람 몇몇만 초대하고 휑할 수 있는 부분은 어머니 아버지 영혼으로 채우고 싶다고. 간소하면서도 진짜인 미니멀 웨딩을 하고 싶다고 말이다.

그날 신부 혼주석에는 한복을 입은 언니가 혼자 앉았다. 그리고 언니의 옆자리에는 언니와 내 한복을 맞출 때 같이 준비한 어머니 아버지 한복이 잘 개켜져 나란히 놓였다. 물론 언니 가슴에 달고 있는 혼주 꽃 코사지도 두 분 한복 윗도리에 똑같이 꽂혔다. 내 친구들과 언니 친구들이 참 아름다운 결혼식이었다고 지금까지도 말하는 건 그 부분 때문이다. 그날 나는 남편과 동시 입장했다. 그리고 언니와 돌아가신 부모님의 배웅 속에 남편의 집안으로 조용히 입성했다. 요즘 유행하는 미니멀 웨딩이라는 단어는 그렇게 친구들 사이에선 내가 원조가 되었다.

언니를 요양병원에 넣고 마침 대학원 원서 배부 중이었던 모교로 가며 나는 중간에 세 번이나 갓길에 차를 멈췄다. 언니는 정신을 놓는 병에 걸려 요양병원에 있는데 대학원이라니, 남편에겐 그림자도 없고 인기척도 없는 귀신이 되어 있는 내가 대학원이라니, 미리 보는 저승의 삶에 울고 비명 지르다 공포가 삽관된 이시간 언제 끝낼지 사실 매일 유혹에 빠지는데, 그런데 대학원이라니…… 포기하고 싶었다. 되돌아가야 할 것 같았다. 사람들의 비아냥거리는 소리가 차 안을 흔들며 들려오는 것 같았다. 그러나 나는 마지막으로 전속력으로 유턴을 해 학교 정문으로 들어섰다. 내가 매달릴 수 있는 유일한 철봉을 두 주먹으로 잡듯이 정문을 통과하는 손등에 핏줄이 푸르게 튀어나왔다. 바늘로 찔러보면 포르말린 냄새가 날 것 같은 독기로 표백된 핏줄이었다.

그렇게 4학기가 지났고, 논문 초록 발표가 있던 날 나는 이미 완성된 논문을 가지고 있었을 만큼 뭐에 씐 듯이 원도 한도 없이 공부에 매달린 시간을 살았다. 평점 4.5 만점에 4.5로 이수한 전 과목 올 에이뿐의 성적표는 당연했다. 마지막 5학기 논문학기는 형식적으로 지도교수와 서너 차례 식사만 했을 뿐이다. 그리고 마침내 학위 수여식을 맞았다.

— 몇 시지?

얼마 만에 듣는 목소리인가. 아니 얼마 만에 나를 향하는 것이 분명한 남편의 목소리인가. 나는 드라이기를 끄고 출근하기 위해 현관에서 구두를 신고 있는 남편을 쳐다보았다. 방금까지 드라이기의 뜨거운 열기를 받은 오른쪽 머리카락이 따뜻하게 흔들렸다.

— 학위 수여식한다며?

신발장 서랍에서 구둣솔을 찾아내 밖에 나와 있는 구두를 털고 있는 남편의 시선은 여전히 아래로 향하고 있었다. 내뱉는 한 자 한 자가 모르는 사람에 대한 말을 하는 것처럼 공중으로 풀풀 날렸다. 나를 향한 말인 줄 모르는 것은 아니나 선뜻 대답하기가 민망했다. 나는 대답 없이 남편의 고개가 언제쯤 내 쪽으로 돌려지려나 바라보았다. 그는 오늘 있을 내 학위 수여식에 온다는 말을 하고 있는 것이다. 정말 오랜 만에 느껴 보는 남편의 관심이 낯설었다. 나에 대해서만은 일체의 모든 의무를 벗어 던진 사람처럼 지내온 사람이 아닌가. 지방에 있는 지점이나 해외 출장을 가도 말을 하지 않았고, 귀가 시간 역시 그가 들어오는 시간이 퇴근시간이었으며, 빨아주는 옷 외에는 어느 것도 내 손길을 필요로 하지 않았던 사람이었다. 어쩌다 자기가 입고 싶은 바지나 와이셔츠 다림질이 안 되어 있으면 해 달라는 말 대신 자기가 다림질을 해서 입고 나갔다.

— 열한 신데…… 신경 쓰지 않아도 돼요.

모처럼 베풀려고 했던 호의를 거절당했다고 생각했을까? 남편의 표정이 일시에 짜증으로 갈라졌다. 나는 그런 남편의 반응에 너무도 익숙하다. 남편은 내가 하는 모든 것은 보이지도 들리지도 않는 것처럼 묵살로 일관하다가도 자기가 어쩌다 하는 말에는 한마디 토를 다는 것도 못 견뎌했다.

— 신상 출시가 가까워진 걸로 알고 있는데 무리해서 오지 않아도 된다는 뜻이에요.

마음은 강하게 먹으려고 애쓰는 데도 나는 남편의 그런 말투와 눈빛에 당당해지지 못했다. 두 문장까지 말을 이은 걸 보면 그날도 역시 그랬다. 남편이 나가며 힘껏 민 현관문이 소리를 내며 닫혔다. 문이 닫힐 때의 여진이 남아 있는 현관에서 한동안 지금부터 내가 해야 할 일이 무엇인가 애써 마음을 가다듬으며 서 있는데 학원에서 세민이 돌아왔다. 세민은 방학 내내 새벽에 영수 단과를 듣고 있는 중이었다.

— 엄마, 아빠는 회사에 잠깐 들렀다가 학위 수여식 시간 맞춰 엄마 학교로 온댔어.

— 아빠 만났니?

— 응. 주차장 입구에서.

나는 소리 내어 숨을 토해냈다. 혓바닥이 따끔거리며 입안이 바싹 말라 있었다.

— 근데 엄마, 엄마 정말 대단해. 작년에 논문자격시험으로 본 엄마 영어 성적 말이야. 어떻게 만점을 맞을 수 있어? 작년에 엄마한테 그 말 들었을 때는 시험이니까 당연히 만점도 있을 수 있겠지 정도로만 생각했거든? 그런데 오늘 학원에서 영어 독해 시간에 독해의 중요성 어쩌고 하며 얘기가 나온 거야. 그래서 내가 우리 엄마는 석사 논문 영어자격시험에서 독해 만점을 받았다고 했다? 그랬더니 우리 학원 선생님들이 뭐라 한 줄 알아? 엄마 우리 학원 영어 강사로 모셔야겠대.

— 그건 통째로 책을 외워버려서 그렇지. 엄마 실력 아니야. 이

모의 번역이 워낙 탁월하기도 했고.

석사과정 3학기 차에 논문자격시험 준비용으로 나온 영문판 〈한국 현대미술사〉를 들고 언니에게 갔었다. 200쪽의 적지 않은 분량에다가 미술의 각 영역이 망라되어 있는 내용이라, 모두들 한숨을 비명처럼 쏟아냈었다. 그 안에서 무작위로 열 문단이 출제될 예정인데 그걸 번역해야 하는 게 영어시험이었다. 한 문단은 대략 적게는 열두 행, 많게는 스무 행이 넘어가는 것도 있었다.

— 언니, 이거 해 줘. 꼭 해 줘야 해. 이 시험 못 보면 나 논문도 못 내.

언니는 책을 보는 순간 급하게 집어 주르륵 펼쳐봤다. 치매를 앓고 있어 어쩌면 못할 수도 있겠다는 생각을 안 한 게 아니었다. 그러나 언니는 할 것이다. 그리고 언니는 왜 내가 자기에게 그걸 부탁하는지도 알 것이다. 나는 언니가 그렇게 해서라도 내게 느끼고 있는 미안함을 내려주고 싶었다.

언니의 번역은 완벽했다. 그리고 나의 기상천외한 외우기가 시작됐다. 문단마다 원문의 첫 문장과 중간 문장, 끝 문장을 먼저 외운 뒤 그 문단의 번역을 통째로 외우는 방식이었다. 영어자격시험이 있던 날, 출제된 열 개의 문단 첫 단어만 보고도 나는 언니가 번역해준 문장이 보고 쓰는 것처럼 술술 생각났다. 결과는 만점이었다. 논문 학기에 들어가고 지도교수 연구실에서 만난 황교수는 말했었다. 윤 선생, 매력 없어요. 학부도 아니고 무슨 공부를 그렇게 생사를 걸고 하나? 전공 시험도 만점, 영어도 만점, 뭐야? 하하하.

— 엄마, 남의 나라 말을 잘하는 방법은 외우는 거야. 우리 학교 영어 선생님은 자나 깨나 하루 다섯 문장만 외우라고 하셔. 엄마는 그걸 한 거야. 진짜 멋져.

나는 식탁에 앉아 떠드는 세민을 뒤로 돌아가 가만히 끌어안았다. 가만가만 숨을 쉬는 세민이의 속 깊은 배려가 꽃다발을 안은 것처럼 가슴에서 피어났다.

— 축하해, 엄마. 동기들이 어려도 단연 우리 엄마가 군계일학이네. 아, 나는 언제 이런 걸 쓰고 이런 가운을 입어보나?

꽃다발을 안겨주며 세민이가 카메라를 꺼내 들자 축하하러 와준 영란이가 세민을 내 옆으로 세우며 먼저 셔터를 눌렀다.

— 형부도 선배 옆에 서세요. 소나타 한 대 값 투자해 와이프 석사 만들었는데. 아니다. 선배는 장학금을 놓치지 않았으니, 돈은 아니고 시간과 관심을 투자했다고 하는 게 맞겠다.

난감했지만 남편도 나도 이 순간만큼은 탤런트가 될 수밖에 없었다. 돌아가며 몇 장의 사진이 찍히고 학위복을 반납하고 왔을 때 대운동장 옆 벤치에 앉아있던 남편이 일어섰다. 세민과 영란의 눈빛도 남편을 따라 내게 건너왔다.

— 어디야? 예약한 데가?

여전히 시선은 다른 데로 가 있으면서 내게 묻는 것은 분명한 남편의 목소리. 나를 보지도 않는 사람을 그 사람이 무심코 하는 행동까지도 눈에 담으며 아마 내가 자기를 쳐다봤을 것이다. 대답이 없자 그는 바로 인상을 썼다.

— 아, 식당 말이야. 오늘 같은 날 설마 예약은 했을 것 아냐?

세민이의 시선이 불안하게 흔들리는 게 보였다. 세민이에게서 불안감을 감지한 영란의 시선도 영문도 모른 채 웃음기가 거둬지고 있었다. 내 대학원 진학을 응원한 유일한 후배, 논문 쓸 때는 각종 참고자료를 찾아 집에까지 수차례 가져다주고, 제본을 부탁하면 인쇄소를 드나들며 책으로 만들어 주는 수고도 아끼지 않았던 사람이 영란이었다.

— 안 했어요. 식당 예약은 생각도 못했네요.

정말 그 생각은 못했다. 집에서도 같이 앉아 밥을 먹은 기억이 아득한데 외식이라니…… 낯설고 두려운 단어를 만난 것처럼 나는 내가 들은 말이 해석불가의 이국어 같아 순간 숨이 막혔다.

— 내 참 답답해서. 이렇게 번잡한데 뭘 어쩌자는 건지. 도대체……

영란이 일어나 우리 쪽으로 걸어오는 게 보였다. 건조한데다 설핏 노기까지 드리운 눈빛이 그녀의 발걸음보다 먼저 내 앞에 당도했다.

— 아무데나 가죠. 예약을 꼭 주인공이 해야 되나요? 그리고 형부, 그게 오늘 같은 날 주인공이 이렇게 힐난 받을 만한 잘못인가

　　　　　　　　　　　　　　보석함과 쓰레기봉투

요? 선배, 가요. 선배 잘못한 거 없어.

팔을 잡아끄는 영란을 따라 정문 쪽으로 걸어가는데 뒤따라오는 남편의 발짝 소리에 심장이 뛰며 숨이 차올랐다. 세민은 아빠 곁에서 아무런 말도 없었다. 달려와 내 팔을 붙잡지도 않았다. 많은 말을 누르고 있는 세민이 느껴졌다. 나는 세민이 우는 장면을 목격한 적이 있다. 자기 방에서 베개에 얼굴을 묻고 이불을 두 겹 세 겹말아 뒤집어쓴 채 울고 있던 아이는 처절했다. 처음으로 구체적으로 이혼을 결심하게 된 차고 넘치는 이유를 찾은 날이었다. 세민을 낳고 키우는 동안 그날처럼 손톱 발톱 모세혈관 하나까지 불에 타는 듯 가슴 아파 본 적 없다.

마침 학원이 쉬는 날이라 집에 있던 세민이와 저녁을 먹으려고 차리던 중이었다. 찌개를 놓으려고 식탁에 냄비 받침을 놓고 돌아서는데 현관이 열리며 남편이 들어왔다. 미리 식탁에 앉아있던 세민이 얼른 일어나 수저통에서 숟가락과 젓가락을 남편 자리에 놓았다. 남편은 양복 상의만 벗어 소파에 걸쳐놓고 식탁 앞으로 와서 앉았다. 나는 두 사람의 상을 차려주고 그대로 씽크대 앞에 서 있었다.

— 엄만?

방금 전까지만 해도 모처럼 혼자 밥 먹지 않게 되어 좋다고 했던 내 자리에 밥그릇이 없는 걸 보고 세민이 숟가락도 들지 않고 나를 바라봤다. 나는 속이 안 좋다는 시늉으로 손으로 배를 가리

키며 얼른 먹으라는 표정을 지어보였다.

— 그래도 엄마, 조금만 먹어.

세민은 아직도 숟가락을 들지 않았다. 나는 못 들은 척 이미 씻어놓은 컵들을 개수대에 넣었다. 남편은 수저를 번갈아 사용하며 밥을 먹고 있었다. 남편의 입에서 음식 씹히는 소리를 들으며 나는 수도를 틀었다. 멀쩡한 컵을 새로 씻어 컵걸이에 차례로 걸고 씽크대 안에서 역시 씻어놓은 냄비를 종류대로 꺼내어 수세미로 씻으면서 속으로 시간을 가늠해 보았다. 부녀의 식사가 끝났겠구나 싶은 시간이 흘러간 것 같았다. 수도를 끄고 돌아보니 멀리 거실 소파에 드러누워 티브이를 보고 있는 남편이 보였다. 세민은 자기 방으로 들어갔는지 보이지 않았다. 식탁을 치우려고 보니 세민이의 밥그릇은 아까 퍼준 그대로 손도 대지 않은 채 식어 있었다. 남편의 밥그릇은 고등어조림 양념이 묻은 서너 숟가락 정도의 밥이 남아 있었다. 나는 세민의 밥그릇을 가슴에 안으며 사물도 말을 한다는 또 한 가지 사실을 깨달았다.

설거지를 하려다가 갑자기 마음이 이상해 나는 물 묻은 손 그대로 세민의 방으로 쫓아갔다. 노크를 했지만 세민은 대답이 없었다. 잠들 시간은 아니었다. 나는 손잡이를 돌려 방문을 열었다. 불도 켜지 않은 방 침대에 세민은 둘둘 말린 이불을 뒤집어쓰고 엎드려 있었다.

— 불 켜지 마, 엄마.

물속에서 들리는 것 같은 목소리였다. 심장이 쿵, 하고 내려앉았다. 나는 침대 곁으로 다가갔다. 창문으로 아파트 가로등 불빛이 새어 들어온 방은 의외로 그리 캄캄하지는 않았다. 나는 왜냐고 묻는 대신 조심스럽게 세민이 뒤집어쓰고 있는 이불을 들췄다. 그리고 보았다. 무릎을 구부리고 엎드린 채 양손으로 베개를 잡아 머리를 누르며 울고 있던 세민이를. 소리를 내지 않으려고 침대 바닥에 머리를 묻고 그 머리를 다시 베개로 누르고 이불까지 뒤집어쓰고 있는 아이를 보는 순간 땅속으로 생매장당하는 사람처럼 나는 숨조차 쉬어지지가 않았다. 기가 막혔다. 이러다 아이를 죽이겠구나 하는 생각밖에 들지 않았다. 나는 세민이의 이름도 부르지 못한 채 모든 감각이 정지된 사람처럼 그냥 서 있었다. 아무 말도 할 수 없었다. 밖에서는 남편이 누군가하고 통화를 하는지 웃음이 섞인 유쾌한 말소리가 들려왔다. 얼마의 시간을 그대로 있었는지 모르겠다. 세민이 일어났다. 불을 켜지 않은 게 얼마나 다행스러웠는지, 서로에게 실루엣만 보일 뿐이던 그 순간, 세민의 목소리가 들렸다.

— 엄마, 나 정신과에 좀 데리고 가 줘.

오랫동안 호흡이 울음에 눌려 제 규칙을 잊은 목소리였다.

— 그래, 그러자.

내 목소리도 그랬을 것이다.

— 우리집, 무시무시하도록 이상한 기류에 자면서도 울어.

— 그래, 가자.

극도로 치받친 감정 상태에서는 모든 말이 단답형으로 되는 습

관대로 나는 그렇게 짧은 말만 할 수 있었다.

— 내가 어떨 거라는 거 아빠나 엄만 정말 몰라? 오늘 일만 갖고 이러는 거 아니야. 다른 집처럼 차라리 살림 때려 부수고 서로 치고받으며 피터지게 싸우란 말이야. 그런 부모는 내 친구 중에도 있어. 엄마도 알겠네? 708동 정연이, 걔 엄마 아빠는 한번 싸우면 그렇게 싸운대. 그리곤 다음날 딴판인 얼굴로 서로 웃고 말한대. 싸움도 화해도 화끈한 부모라 자기들은 그러려니 한대. 내일 되면 또 웃고 떠들 걸 아니까. 그런데 우리집은 뭐야? 우리집은 바닥이 없는 늪이야. 어디까지 내려갈지 알 수 없는 엄마 아빠 사이, 나는, 나는 어쩌라고. 도대체 왜, 뭐 때문에 이렇게 된 거야? 엄마 뭐 아빠한테 잘못했어? 아니면 아빠가 엄마한테 잘못한 일 있는 거야? 그럼 싸워. 싸우고 풀란 말이야. 이모도 많이 아프잖아? 이러다 엄마까지 병들면 어떡해? 저승 같아. 내가 죽어서 보고 있는 끔찍한 세계 같다고. 나 아무래도 이상해. 내가 살아 있는 것 같지가 않아.

그날 밤 나는 한숨도 자지 못했다. 어떤 식이든 결론을 내야 했다. 언니와 우병찬의 사건에 대해서 아무것도 모르고 있는 세민이는, 그래서 나보다 훨씬 더 위태로워 보였다.


학교 앞 식당들은 예상대로 만원이었다. 그러나 빈자리는 있게 마련이다. 자리 있는 곳을 찾은 건 영란이었다. 갈빗집이었다.

— 여기서 먹죠. 어때요?

종업원에게 네 명의 자리를 부탁하며 영란은 남편의 동의를 구했다. 남편은 말없이 자리에 앉아 시끌벅적한 주위를 둘러보았다. 나는 또 조마조마해졌다. 시끄럽다고 하면 어떡하나, 허름한 식당 외양에 눈살이라도 찌푸리면 어떡하나, 그러다가 또 예약하지 못한 걸 탓하면 어떡하나. 내가 느낄 두려움도 두려움이었지만 다시 그런 일이 벌어지면 영란의 반응이 어떨지가 더 걱정되었다. 그리고 그런 와중에 있어야 하는 세민이도 안타까웠다. 식탁이 세팅되기도 전에 벌써 가슴이 체한 것처럼 답답해 왔다. 다행히 남편은 어떤 말도 하지 않았다. 그날 고기의 맛이 어땠는지는 기억에 없다.

— 오늘 발렌타인데인데 세민이는 누구 초콜릿 줄 사람 없어?

이상한 세 식구 앞에서 영란은 많이 힘들었을 것이다. 나는 그녀가 가지 않고 식당까지 동행해준 인내심에 속으로 갈채를 보냈다. 그녀의 성격대로라면 아까 식당 예약을 하지 않았다고 내가 핀잔을 받았을 때 남편에게 한마디 하고 갔어야 했다. 영란은 참아준 것이다. 세민이 없다고 하자 영란의 시선이 나를 향했다. 웃고 있었지만 그녀가 화가 나 있다는 걸 나는 알 수 있었다.

— 선배와 형부는요? 유치찬란한 두 분의 전적, 저는 아직 기억하는데. 결혼한 사람들도 초콜릿 찾아 사탕 찾아 백화점 헤매다가 그것도 양에 안 차 수제로 맞추고 한다는 거, 선배 집 가서 한 개씩 집어먹으며 알게 됐잖아요.

세민이가 재빠르게 대답했다.

— 엄마 아빠 건 제가 준비했어요.

세민이 앞에 익은 고기를 놓아주던 남편의 입가에 처음으로 미소가 번졌다. 나는 가슴이 박하사탕을 문 것처럼 화끈거렸다. 저 미소를 참 사랑했었다. 인중이 천천히 펴지며 눈꼬리에 선한 주름이 잡히는 남편의 미소를 참 오랫동안 보지 못하고 살아왔다는 자각이, 불판에서 타고 있는 고기처럼 까만 세월을 눈앞에 흩어놓았다.

식당을 나와 우리는 각자 흩어졌다. 남편은 세민이에게 회사에 다시 가 봐야 한다며 제일 먼저 돌아섰고 세민은 도서관에 간다고 전철역으로 내려갔다.

— 차 마실까?

갑자기 어디로 가야 하는지 사거리에서 보는 거리는 막막했다. 마음 같아서는 아무도 없는 집으로 가서 드러눕고 싶었지만, 일부러 와준 영란을 거기서 그냥 보낼 수가 없었다.

— 아니, 선배 우리 술 마시자.

예상 못한 제의는 아니었다. 우리는 술집이 많은 골목으로 가기 위해 말없이 횡단보도를 향하여 걷기 시작했다.

술집은 한적했다. 학위 수여식이 있는 날이라 거의 만원사례였던 식당들과는 대조를 이루었다.

— 축하해요. 그리고 장해요.

자리에 앉자마자 두 손을 모아 아직도 코트 주머니에 있는 내 손을 빼내어 감싸며 영란은 진심을 다해 말했다.

— 와줘서 고맙다. 지금까지 있어 준 것도.

— 축하한다는 건 최고의 성적으로 석사된 거 축하한다는 거고 장하다는 건……

차게 얼린 맥주가 들어간 속이 비로소 편해지는 것 같았다. 나는 빈 술잔에 다시 맥주를 따랐다. 영란의 말은 좀체로 이어지지 않았다.

— 각자 양만큼 자작하자.

— 누가 들으면 주당들이라고 하겠네?

맥주가 여섯 병째 테이블에 놓여졌을 때부터 영란의 술 마시는 속도는 줄어들었다. 내 양대로라면 넘치게 마셨는데도 나는 전혀 취기가 돌지 않았다.

— 선배.

— 왜?

— 오늘 이렇게 보니까 역시는 역시네. 세월 앞에선 천하 없는 미모라도 담뱃재처럼 떨어진다던데.

— 애, 세월 앞에 장사 없다는 말은 들어 봤어도 미모가 담뱃재처럼 떨어진다는 말은 금시초문이다. 너 지어냈지? 암튼 그런 말 들으니까 좋네. 고맙다. 영란이 너 오래 살아라. 너 아니면 누가 그런 립서비스 해 주겠어?

— 왜 이래요? 그사이 능청이는 거야? 아님 그조차 잊을 만큼 전쟁을 치룬 거야?

눈을 힐긋거리며 영란은 다시 한 잔을 단숨에 들이키곤 술잔을 소리 나게 테이블에 놓았다.

— 능청? 전쟁? 조합은 안 되는데 참 절묘하네. 얘 영란아, 나 그걸로 논문 쓸 걸 그랬나 봐. 한국 미술은 능청과 전쟁으로 성장을 이루었다…… 뭐 그렇게.

— 선배. 윤은수 선배님.

자꾸 부르는 건 무언가 할 말이 있다는 징조였다. 그것도 쉽게 꺼낼 수 없는 아주 불편한 말, 말이다.

— 말해. 불편한 말이면 참고.

— 불편한 말인 줄 아는 걸 보니 해야겠네. 선배 부부…… 공대 교수 출신 가죽 사업가 진현기 대표와 여류화가 윤은수, 문제 있죠? 뭐랄까? 아주 난해하면서도 섬뜩한…… 얼음벽에 서로 등 기대고 돌아서 있는 마네킹 한 쌍을 보는 것 같았어요.

뜸들이던 것과는 상반되게 뒷말은 속사포처럼 흘러나왔다. 허리를 곧추세워 의자를 당기는 손이 남의 살처럼 무겁게 출렁거렸다.

— 전혀 엉뚱한 모함하는 거유? 내가?

— 모함? 하나 더 붙네? 한국 미술은 능청과 모함과 전쟁으로 성장을 이루었다…… 그렇게 보였니? 아, 우리가 그렇게 보이는구나.

— 뭐예요. 자꾸 농담으로 받는다는 건 정곡을 찔렸다는 것! 오늘 제가 본 선배 부부 모습 관전평할게요. 하지 말래도 이건 할

거예요. 너무 이상하고 너무 저질이며 너무 섬뜩해요. 소문난 잉꼬는 겨울잠에 들었나? 바람 타고 딴 나라로 날아갔나? 아님 애초에 잉꼬가 아닌데 조합이 그럴듯해 맘대로 지어 부쳐졌었나?

술집을 나올 때까지 그 이야기는 더 이상 이어지지 않았다. 뭘 어쩌란 말인가. 얼음벽에 서로 등 기대고 돌아서 있는 한 쌍의 마네킹 같다는 영란의 말을 들어서일까? 등에서 얼음덩어리가 수도 없이 굴러 떨어지는 것 같았다.

그날 밤 새벽 두 시가 넘어 들어온 남편은 옷도 벗지 않은 채 거실 창문 앞에서 밖을 보며 장승처럼 오래 서 있었다. 나는 방으로 들어와 남편에게 주려고 사 둔 초콜릿 상자에서 남편과 내 이름 이니셜 J와 Y 글자가 새겨진 초콜릿을 하나씩 빼내어 입에 넣었다. 발렌타인데이 특수에 맞춰 받는 사람과 주는 사람의 영어 이니셜을 새겨 넣어 주문제작 판매하는 곳에서 맞춰 온 초콜릿이었다. 그리고 오랫동안 샤워를 했다. 욕실을 꽉 메운 습기 사이로 마네킹 하나가 얼음처럼 서 있었다.

# 4 ─ 과

　우병찬과의 사건이 터진 후 언니는 딴사람 같았다. 삼 년이 지나도록 주변의 모든 지인들과 만남은 물론 전화 통화조차 하지 않고 집에 틀어박혀 번역만 했다. 번역 작가로서 이래저래 속한 모든 모임에도 나가지 않았다.

　한숨이 쏟아져 나왔지만 탓할 수는 없었다. 언니에게 우병찬이 차지했던 비중을 부정할 수 없었기 때문이었다. 내가 줄 수 없던 푸근함이나 자상함을 언니는 그에게서 찾았을 것이다. 언니가 아프면 그가 먼저 달려왔으며 언니에게 고민이 생기면 들어주는 쪽도 그였을 것이다. 오래전 어머니 아버지를 그렇게 떠나보내고, 죄인처럼 큰 숨 한번 제대로 쉬지 못한 채 내 눈치만 보고 살아온 언니였다. 그러다가 내 결혼으로 또 나를 떠나보냈다. 어쩌면 언니는 그제야 비로소 직면할 수 있었을 지도 모른다. 자신의 외로움, 분노, 억울함, 쓰라림…… 자신도 모르게 자신이 잠겼던 마음의 웅덩이…… 우병찬은 그걸 메워주는 흙과 삽을 들고 나타난 단 한 사람이었을 것이다.

그러나 언니의 사랑은 아무에게도 보호받지 못했다. 세상은 이스트를 만드는 공장이 되어 하루가 지나면 하루만큼 그 생산량을 늘렸고, 언니의 이름을 단 빵은 사방팔방으로 판매 1위의 맹위를 떨치며 팔려나갔다. 나는 그것이 언니에게 세상과 사람을 향한 두려움으로 이어지는 걸 고스란히 지켜볼 수밖에 없었다.

상처가 났던 자리에 다시 상처를 입으면 처음엔 다행히 잘 아물었다고 해도 결국 보기 싫은 흉터가 남는 법이다. 오래전 나를 고아로 만든 언니의 첫 연애가 언니에게 첫 상처였다면 우병찬은 그 자리에 다시 입은 두 번째 상처였다. 나는 언니 가슴에 생긴 두 번째 상처가 수술로도 지워지지 않는 흉터로 남길 빌었다. 이제 그 흉터가 언니를 지켜줄 것이다. 언니에게 또 다가올지 모르는 불행의 씨앗들을 쳐내줄 것이다. 그러면 언니는 이제는 안전할 것이다. 조소와 비난을 남들 열두 배 이상 언니에게 퍼부으면서도 나는 언니에게 생길 흉터를 기대하고 또 기대했다.

그랬는데 언니에게 치매가 찾아왔다. 늙지도 않았으며 자매지만 나와 달리 기저질환도 없는데다, 겨우 사십을 넘긴 아름답고 재능 많은 언니가 초로기 치매에 걸린 것이다. 흉터가 생기길 바란 내 바람이 저주로 둔갑된 것일까? 하느님은 내 기도를 오독하셨나? 자책과 후회는 오로지 내 몫이 되었다. 미안하다는 말도 내 몫으로 떨어졌다. 세상이 언니에게 돌을 던져도 하나뿐인 혈육인 나는 그러지 말아야 했다. 그런데 난 어쨌는가. 돌과 화살, 오물을 남들보다 갑절은 더 던지고, 그것을 맞은 상처까지 확인했다. 그리고 보기 싫은 흉터로 남으라고 악담까지 했다.

언니의 마지막 사랑이라고 할 수 있는 우병찬과의 이야기는 지금도 출판계에서 전설처럼 회자되는 걸로 알고 있다. 물론 그 후 언니가 젊은 나이에 치매에 걸렸다는 게 전설로서의 위력을 더해 줬을 수도 있다. 전문 학술서적 출판으로 유명하던 〈고천출판사〉에서 자회사로 설립한 〈명작출판사〉의 기획 시리즈로 발행 중이던, 해외 유명 작가 작품 번역을 언니에게 청탁한 건 하나도 이상할 것 없는 일이었다. 그러나 두 사람의 인연을 굳이 파고들자면 고천출판사 대표인 우병찬이 직접 언니에게 청탁했다는 것. 그것도 말 그대로 우병찬의 삼고초려 끝에 언니의 승낙을 받아냈다는 것 정도다. 나는 그 이야기를 이곳으로 이사 오기 직전에야 언니로부터 직접 들었다. 언니가 정신을 놓은 후 어쩌다 정신이 맑게 돌아왔던 날이었다.


— 새벽에 잠이 깨어 창문을 열어보니 건너편 동에 나팔꽃이 담을 타고 마구마구 올라가고 있었어.

언니의 이야기는 그렇게 시작되었다. 드물게 언니가 정신이 맑은 날이었다. 젊은 나이에 찾아와 정도가 얕은 초로기 치매로 진

단된 언니지만, 의사들도 이상사례라고 할 만큼 급속도로 진행되고 있었다. 어떤 약도 환자의 의지를 이길 순 없어요. 대체적으로 지적 수준이 높을수록 자신에게 찾아온 치매에 대항하는 힘이 강하거든요. 그게 높은 자존감이죠. 윤은초 씨에게는 그게 없어 보여요. 아니 스스로 자존감, 자긍심 같은 긍정의 힘을 빼고 있는 것 같아요. 의사와 간호사들은 내가 찾아갈 때마다 녹음기를 틀어주는 것처럼 그 말을 되풀이했다. 그날 언니의 기운은 정신이 없을 때보다 더 없어 보였지만 눈빛은 세상 어떤 거울보다도 맑았다. 방금 크리너를 묻힌 마른 수건으로 닦아낸 거울처럼 이쪽과 저쪽 세상이 동시에 그 속에 있는 것 같은 언니의 눈을 바라보면서 나는 귀를 기울였다. 기억을 놓은 사람에게는 나오는 말 한마디 한마디가 치료를 위한 도구가 되므로 더더욱 흘려들을 수가 없다.

— 유난히 길게 울리는 전화가 있었어. 그날 낮에! 사실 집 전화번호를 알고 있는 사람은 거의 없잖아. 그런데 계속 울리는 거야. 그래서 받았어. 아마 널지 모른다는 생각이 들었겠지? 핸드폰을 무음으로 해놓아 잘못 받는 내게, 넌 신경질을 부린 후 아예 집 전화로만 거니까.

요양병원 면회실 창문으로 고개를 돌리는 언니의 눈동자가 햇살을 받아 반짝거렸다. 창으로 보이는 누군가에게 잠깐 목례를 하며 언니는 말을 이었다.

— 한 남자의 목소리가 들려왔어. 뭐랄까? 너무 경쾌해서 나도

모르게 수화기를 놓아버릴 것 같은? 윤은초 선생이죠? 그가 말했어. 왜 보통 우리가 남의 집에 처음 전화하면 당사자일 것 같은데도 누구 씨 댁이죠? 이렇게 먼저 묻게 되잖아. 그런데 그 사람은 바로 너지? 하는 것처럼 말하고 있는 거야. 맞는 줄 아니까 대답해요. 이런 말이 또 들려왔어. 기가 막히더라. 얘, 은수야, 나 오늘 정신 맑은 거 맞지?

말을 끊으며 언니가 자신의 상태를 확인받고 싶은 표정으로 내 손을 잡았다. 나는 그녀의 손을 꼭 쥐었다.

— 그래, 오늘 언니 아주 좋아. 이러다 내일 퇴원하라는 거 아니야?

언니는 살며시 고개를 저었다. 그 표정이 얼마나 쓸쓸했는지 일시에 하늘의 해가 사라지는 그런 적막감이 몰려왔다.

— 꼭 해 줘야 될 작품이 있다고 하라는 거야. 그때 처음으로 내가 입을 열었어. 도대체 누군데 이렇게 무례하세요? 아마 이랬던 것 같아. 그때 들었지. 아, 저 고천출판사 대표 우병찬입니다. 아귀가 맞지 않는 장면 속으로 뚝 떨어지는 기분이었어. 학술 서적과 내가 무슨 상관이 있니? 게다가 내가 알기론 문학작품을 내는 자회사가 따로 있는 걸로 아는데 청탁을 해도 그 쪽에서 하는 게 옳은 거잖아. 잘못 선택했노라고 말한 뒤 끊어버렸어.

— 언니, 귤 먹어. 새콤한 게 언니가 좋아하는 딱 그 맛이야. 기억나지? 겨울이면 하루에 오십 개도 넘게 언니가 귤을 먹었다는 거. 동네 슈퍼에서 언니 보고 귤 귀신이라고 했던 거 말야.

언니의 말이 또 잠시 끊기자 나는 그녀 앞으로 깐 귤을 놓아주며 기억 하나라도 불러내려고 조바심을 냈다.

— 전화가 계속 왔어. 그리고 어느 날 집으로 찾아왔더라. 까미유 끌로델을 주인공으로 한 영어권 어느 작가의 책을 들고. 너무 식상하지 않나요? 내가 말했어. 작가들은 물론이고 영화와 드라마까지 얼마나 많이 벗겨 먹었니? 그 불쌍한 천재 까미유 끌로델 말이야. 그런데 또 재탕하라니, 당신이 해야 해요. 그가 말했어. 왜요? 내가 되물었지. 내 직관이오. 직관이라는 단어가 그때처럼 바로 가슴에 박힌 적은 그 전은 물론이고 그 후에도 없었어. 대답도 못했는데 차도 한 잔 안 주고 그를 보내고 나니까 내 손엔 그가 쥐어준 책이 들려 있었어. 아무 생각 없이 거실 창문 쪽으로 걸어갔어. 대낮이어서겠지? 전부 일제히 고개 숙인 나팔꽃 넝쿨이 보이더라. 나는 이 일을 하겠구나, 하는 생각이 들더라. 그가 말한 직관처럼. 그러자 가슴이 따뜻해 왔어. 오랜만에, 너무도 오랜만에 말이야.

직관! 언니 입에서 나오는 직관이란 단어가 머리와 가슴을 흔들었다. 남편을 처음 봤을 때, 그가 그냥 좋다며 다가왔을 때, 그림을 그리려면 손이 따뜻해야 한다며 막무가내로 내 손을 잡고 손가락 다섯 개 모양의 빨강색 가죽장갑을 끼워주었을 때…… 새벽빛처럼 투명하게 번지던 그 느낌. 시작되는구나. 이 사랑…… 머뭇거리지도 망설이지도 않고 훌쩍 건너가던 마음……

— 어쩌면 처음 전화로 그의 목소리를 듣던 순간부터 예감이 되

었는지도 몰라. 나중에 그가 말하더라. 내가 번역한 작품을 읽고 만난 적도 없는 나를 자기는 오래전부터 사랑해 왔노라고. 물론 작품 앞날개에 번역 누구누구하며 나온 내 사진을 여러 번 봤다고 하더라. 엄지손톱 네 개 정도 붙여놓은 것처럼 작은 사진 말이야. 유치하지? 그런데 나는 믿어졌어. 그것도 온전히! 백 년 전 세상에서 온 것 같은 그 사람의 그 유치한 말이 사랑은 필연이라는 걸 일러준 거야. 그가 또 말했어. 번역가 윤은초는 모국어를 누구보다도 잘 구사하고 사랑하는구나…… 마음을 나타내는 모국어를 이렇게 사랑하는 사람이라면 그 마음 참으로 진실하고 따뜻하겠구나…… 그런 생각이 들었대.

내가 나의 추억에 설핏 웃었던 걸까? 언니의 눈동자가 순간 커지더니 동시에 미간에 주름이 잡혔다.

— 웃지 마. 은수야, 정말 그런 일이 있어. 뭐라고 해야 네가 이해할까? 사실 언니도 아직 못 찾았어. 세상의 글자로는 도무지 맞출 수가 없는 그런……, 그런 게 있단다. 까미유 끌로델을 주인공으로 한 그 소설, 보자마자 내 생각이 났대. 그러면서 자기가 그동안 참 오래 참고 있었다는 게 느껴지더래. 더 이상은 지체할 수 없었다더라. 몇 번의 전화 통화 끝에 우리집으로 책을 들고 찾아오던 날, 내가 현관을 열었을 때 그는 봤다고 했어. 우리 두 사람이 이고 있는 하늘은 이미 세상과 다른 하늘이라는 걸. 분명히 아파트 복도였고 하늘이 보일 리 없는데도 너무 따뜻해서 울고 싶

은 하늘 밑에 우리 두 사람만 마주보고 서 있는 그런 느낌이었대. 오래 사랑해온 그 사람이 맞구나, 세상의 논리로는 도무지 맞출 수 없지만 내가 이 여자 이름 앞에서 숙연해지고 마음 저렸던 게 정말 사랑이었구나, 그런 확신에 내 손에 책을 쥐어주고 돌아가는 길에 바로 명동 성당으로 갔다더라.

저렇게 열심히 그것도 아주 구체적이고 사실적으로 말하는 언니를 본 적이 있던가. 말보다는 눈빛으로, 숨소리로, 나즉나즉한 걸음걸이로 자신의 존재와 자신의 속내를 알려주던 사람이 언니였다. 봇물 터진 언니의 말이 이어졌다.

— 그리고 십자가의 길을 거푸 세 번이나 했대. 너도 알잖아? 십자가의 길…… 죽음으로 향하는 예수님의 아픈 길. 부활이 기다리고 있지만 죽어야 하는 길…… 그는 왜 그 소설의 번역을 내가 해야 한다고 생각했을까? 왜 그랬을까? 종류는 다르지만 후에 내가 이런 병에 걸리리라는 걸 예감이라도 했던 걸까? 무조건 내가, 나만 번역할 수 있을 것 같았다.

까미유 끌로델이라는 이름을 듣는 순간 가슴에서 소낙비가 내리는 것 같았다. 나는 언니를 좋아하면서도 그녀가 말하는 설렘과 그로 인한 염문엔 다른 사람들보다도 훨씬 인색했고 무자비했으며, 그녀의 설렘이 내 감정에 이입되는 것에 단호한 선을 그어왔다. 그랬는데, 나는 언니를 바라보는 내 시선이 따뜻하길 속으로 빌었다. 까미유 끌로델을 명화극장에서 봤을 때 로뎅을 향한 그녀의 헌신적 사랑과 그 뒤의 수난 세월에 몰입되었던 그때의 심정이 되살아나는 것 같았다. 다른 때 같았으면 나는 이쯤에서 싫증난 표정을 짓거나 대놓고 말을 막았을 것이다. 그러나 그날 나는 그러지 못했다. 언니의 치료를 위한 경청에서 시작됐지만 이야기가 계속될수록 나는 빠져들었고 언제 언니가 돌변해 말문을 닫아버릴까 불안하고 초조했다. 다행히 언니는 꽤 오랜 시간 맑은 정신을 유지하고 있었다.

— 특이하게도 그 소설에선 로댕은 한 번도 나오지 않아. 조각가인 주인공이 하늘을 바라보는 장면이 많이 나오는데, 작가는 하늘을 통해 주인공의 기억과 상흔을 말하고 있더라. 물론 픽션이니까 작가의 권한이자 창의력이겠지만, 참 신선했어. 우린 둘다 처음 사랑을 하는 것처럼 순수했고 착하게 서로를 바라봤어. 나 이 말 하면서도 네가 웃을까봐 겁난다. 넌 언니의 사랑은 사랑이 아니라고 생각하잖아. 하지만 은수야, 그 사람 만나기 전까지 했던 다른 사랑도 언니에겐 진실 이외의 것은 섞이지 않은 투명한 감정이었어. 절대 웃거나 딴생각하지 말고 들어줘. 네게서 우리 사랑을 조금이라도 폄하하는 기색이라도 보이면, 너라도 용서 안 해.

— 그러지 않아. 그게 어떤 느낌이라는 거, 역시 표현은 안 되지만 나도 알 것 같거든.


남편을 처음 만났을 때, 그가 내게 처음 말을 걸었을 때, 두 발이 바닥에서 십 센티쯤 들어 올려 지던 것 같은 느낌에 전율했던

보석함과 쓰레기봉투

기억이 떠올랐다.

— 그냥, 그냥 좋아요. 이 말이 나도 너무 싱거워 다른 표현을 찾아보려 사전을 다 뒤졌지만 찾지 못했어요. 학교 행사로 공강이 되어 산책 겸 나왔다가 이 전시회에 들르게 됐어요. 그리고 봤죠. 당신.

첫 개인전이 열렸던 일주일, 남편이 마지막 날 연어초밥이 담긴 종이백을 불쑥 건네며 한 말이다.

— 꽃다발을 생각 안 한 건 아니지만, 모르는 사람이 하기엔 좀 유치한 듯해서요. 너무 감상적인 것 같기도 하고요.

액자들을 내리느라 먼지 묻은 손으로 얼결에 받아든 내가 물었다.

— 밥은요? 모르는 사람이 주는 밥은 뭐죠?

— 밥은 삶이니까. 명료한 현실이니까. 나를 감상으로 치부하지 말아달라는 무언의 압력이죠.

— 모르는 사람이 주는 압력이란 게 있나요? 있대도 그게 무슨 힘이 있을까요?

— 진현기라고 합니다. 대학에서 학생들 가르치고 있어요. 건축, 더 정확히는 구조역학 전공입니다. 이제부터 모르는 사람 아닙니다. 알았죠?


내게서 호의적인 표정을 읽었는지 언니는 까놓은 귤을 입에 넣으며 말을 계속했다.

— 사랑하고 사랑하고 또 사랑해도 부족했어. 너, 이 말 이상하게 생각하지 마라. 믿을 수 있겠니? 우린 남들이 생각하는 그런 일 안 했어. 그럴 필요가 없었어. 너 사랑하는 사람의 눈동자를 들여다 본 일 있니? 자세히 가까이서 말이야. 그 안에 내가 있어. 물론 내 눈동자엔 그가 있고. 너무 신기한 일 아니니? 어떻게 이 작은 눈동자에 사람이 담기니? 우린 만나면 서로의 눈동자만 바라봤어. 거기서 각자의 모습을 또 바라봤지. 너무 신비로웠어.

그래, 그게 사랑이지. 상대의 눈을 바라보고 거기 담긴 나를 찾는 거! 그러다 어느 날 내가 가득 차 있던 그 눈이 텅 빈 걸 본다면, 한생이 끝나는 이별이 온 걸 테지. 남편의 눈빛이 그랬지 않은가. 파헤쳐진 무덤처럼, 살과 피가 사라진 버석거리는 웅덩이……

— 아, 사랑이란 이런 거구나. 담겨지는 것, 상대의 가장 맑은 부분에 내가 평화롭게 안착하는 것. 살아오는 동안 언니가 가장 행복했고, 아니 행복이라는 단어 마음에 안 든다. 물리적인 어떤 게 끼어든 것 같아서 말이야. 가장 평화로웠다고 할게. 가장 깨끗하고 경건했다고 할게. 그 사람은 내가 가톨릭 신자란 걸 알고 있었대. 내가 번역한 책이 출간될 때마다 번역 윤은초 아셀라 라고 꼭 세례명도 함께 쓰잖아? 그래서 자기도 세례를 받았다더라. 내게 보지도 않고 전도한 탁월한 신자라고 해 많이 웃은 기억이 나네. 우린 주로 성당을 다녔어. 참 많은 성당을 순례했구나, 그러고 보니.

해는 지는데 언니의 말을 듣고 있는 내 가슴은 일출 직전처럼 환한 무언가가 안에서 꿈틀거리고 있었다. 그 꿈틀거림이 너무도 강렬해 나는 가슴을 부여잡았다. 견고한 아름다움, 이라는 말이 내 입에서 흘러나왔다. 그 말을 들었는지 언니가 갑자기 성호를 긋더니 두 손을 모아 가슴에 대고 눈을 감았다. 무슨 기도를 하는 걸까? 나는 조용히 언니의 기도가 끝나기를 기다렸다. 한참 후에 언니가 눈을 뜨며 쑥스러운 듯 웃었다.

— 미안, 떠오를 때 하지 않으면 안 돼. 정신을 놓고 나서 제일 서러웠던 게 뭔지 아니? 그 사람을 위해 기도를 할 수 없다는 거였어. 여기 간호사들 말 들어보면 그래도 가끔 기도하는 모습을 보인대 내가. 그래서 정신이 돌아왔나 하고 가까이 와서 보면 아니래. 무의식으로 하는 행동 같다더라. 정신 있을 때는 너를 위한 기도도 언니 많이 해. 나 때문에 진 서방이랑 사이가 뜬 것 같아서…… 나 때문에 엄마 아빠가 돌아가신 것도 부족해 이젠 너에게 남편까지 내가 없애나…… 하는 생각하면 정신 돌아오는 게 싫어. 하나밖에 없는 내 동생인데 너는.

— 언니 때문이 아니야. 살다보면 그럴 수 있는 일이 내게 생긴 것뿐이지. 사랑도 사람이 하는 일이라 쉬어갈 때도 돌아설 때도 있지 않겠어? 그리고 언니,

언니 사건 때문에 우리가 이렇게 된 것이 아니라, 이렇게 될 어떤 시점에 이미 우린 있었는데, 마침 언니 사건이 터져 외관상 타이틀이 된 걸지도 모른다는 말이 삼켜졌다. 사랑은 마음이다. 마

음은 그 자체로 존재한다. 그 자체로 생기고 그 자체로 소멸한다. 무엇 때문에 라는 건 가장 그럴싸한 이유 찾기에 불과하다.

— 그래도 언니가 그 동기를 만든 건 분명해. 근데 은수야, 참 이상해. 그런 우리를 왜 사람들은 가만 놔두지 못했을까? 말리는 것까지는 이해해. 그 사람은 가정이 있으니까. 하지만 어디서 그런 단어들을 집어 올렸는지 들을 때마다 정말 아프더라. 제일 무서웠던 건 우리들의 욕정을 포장하기 위해 하느님까지 팔아먹는다는 말이었어. 성당을 자주 가다 보니 본 사람들이 있었나 봐. 욕정이라니, 어떻게 감히 그런 말을, 아닌데, 정말 아니었는데. 은수야, 아니었어.

나는 갑자기 우병찬은 뭘하고 있는지가 궁금했다. 그동안 관심도 없었지만 그 사건이 터진 후론 금기시 된 이름이라 누구도 내게 말을 해 주지 않았고 누구에게도 물어볼 수 없었다. 언니는 이야기 중에 그때 기억이 몸서리쳐지는지 입술을 파랗게 떨었다. 나는 복도에 있는 정수기에서 뜨거운 물을 가져다 언니 앞에 놓았다. 컵을 잡는 그녀의 손 마디마디가 하얗게 보였다. 언니는 김이 나는 컵 속의 물을 오랫동안 바라봤다. 마치 그 속에서 무슨 소리라도 들리는 것처럼 귀를 기울인 자세였다.

— 마셔. 이제 다 식었겠네. 그런데 언니.

물속에서 사람의 얼굴을 찾고 그의 말을 듣고 있는 것 같은 언니를 부르는 것이 곤히 잠들어 있는 사람을 깨우는 것만큼 안쓰

보석함과 쓰레기봉투

러웠지만 면회 시간이 끝나가고 있었다. 내가 부르는 소리에 언니의 고개가 들려졌다.

— 가야 되지? 나는 여기 있을 수밖에 없지만 내 동생은 늘 혼자 저 길을 다니겠구나.

들릴 듯 말 듯 한 목소리였다. 고개를 끄덕이는데 볼을 타고 흘러내리는 언니의 눈물이 보였다. 그녀는 울고 있었다. 정신을 놓은 후론 처음 보는 눈물이었다. 언니는 알 수 없는 말을 중얼거리거나 벙어리처럼 눈만 멀뚱거리며 허공만 바라보다가, 사람만 지나가면 상처받은 짐승이 된 모습으로 울음을 토해내지도 못하고 주먹으로 벽을 두드렸다. 그랬던 언니가 울고 있었다. 나는 언니의 시선을 피해 창밖으로 고개를 돌렸다. 면회가 끝난 사람들이 돌아가고 있는 모습이 보였다. 적으면 둘, 많으면 넷, 다섯 명 정도로 몰려 나가는 사람들을 보며 나는 두 손으로 목을 감싸 안고 가만가만 만졌다.

— 네가 왔다 돌아갈 때마다 너 혼자 걸어가는 모습을 보면서 내가 늘 운다고 그러더라. 그러면서 여기 간호사들이 그래. 왜 동생이 가면 잠깐이라도 맑은 정신이 드는지 모르겠다고. 그 사람도 저 길을 걸어 나갈 때 뒷모습이 꼭 너 같았어. 구두 뒤축에 천 근만근 돌덩이를 매단 것처럼 휘적휘적, 은수야, 사람의 뒷모습이란 게 얼마나 많은 말을 하는지 아니? 눈도 입도 보이지 않는 등에서 그 사람의 눈도 보고 말도 듣고 생각까지 글자를 읽는 것처럼 다 느낄 수 있어. 나보다도 더 많이 아프구나, 더 많이 외롭

구나, 더 많이 사랑하는 구나, 그래서 더 많이 힘들구나. 그렇게 다 알 수가 있단다.

용기를 내기로 했다. 우병찬이 여기에 왔다 간 것도 오늘 처음 알게 된 사실이었다. 왔다 갔다면 지금도 오고 있는지 아니면 세월을 따라 이젠 언니를 잊었는지, 아니 이런 표현은 언니의 사랑을 모독하는 것이다. 묻었는지 알아야 했다. 나는 빠르게 물었다.

— 언니, 그 사람은 어떻게 됐어?

속사포처럼 내뱉은 말에 혹시 언니가 못 알아들은 건 아닌가 걱정이 됐지만 그건 기우였다. 예상 답안을 말하듯 언니의 목소리가 들렸기 때문이었다.

— 저기 변산반도에 있는 적벽강, 들어봤니? 수세기 동안 파도가 만든 물결이 바위에 새겨진 곳. 거기서 가까운 곳에 정말 작고 예쁜 성당 공소가 있어. 그 사람 다니는 성당 교우 중에 선교사 교육을 받은 사람이 있어. 그 사람하고는 친동기간보다도 더 영적으로 가까운 사인데 나도 두어 번 뵌 적 있어. 그분이 거기 공소 회장으로 가 계셔. 아마 그분 고향이 거기라지? 거기 간댔어. 그분 일도 도와드리며 거기 살 거라고…… 매일 묵주기도 오십 단과 세 번의 십자가의 길을 하고 성무일도를 바치며 지낸다고 하더라. 그 사람, 기도하는 모습이 얼마나 아름다운지 아니? 성당에서 나, 앞에 계신 십자가의 예수님 안 보고 그 사람만 보다 나올 때도 많았어. 그 모습이 보고 싶다.

적벽강이라면 나도 가본 적 있다. 남편과 사이가 좋았을 때 내 개인전 오픈이 코앞에 닥치자 온몸이 데인 것처럼 허둥거리는 나를 무조건 차에 태워 남편이 간 곳이 그곳 해변이었다. 언젠가 남편과 TV를 보는데 리포터의 동선을 따라 적벽강이라는 곳이 나왔다. 적벽! 이름이 너무 좋아. 그때 내가 한 말을 남편은 기억하고 있었던 것이다. 작업 중이던 차림 그대로, 물감이 덕지덕지 묻은 앞치마와 양팔에 낀 토시를 벗지도 못한 채 그 해변에 섰을 때, 마침 해가 지고 있었다. 겨울이었다. 손가락 하나라도 움직이면 눈앞의 바다가 밀려날까 온몸을 숨죽이며 바라봤던 세계. 하늘과 바다와 바위를 두른 수백 개의 띠가 한눈에 담겼다. 세월은 그냥 흐르는 게 아니구나. 파도는 그냥 왔다 가는 게 아니구나. 세상이란 이름에 속한 그 무엇들은 자의든 타의든 저렇게 흔적을 걸어놓는 거구나. 바위에 새겨진 촘촘한 띠를 보며 우리는 그 앞에서 사진을 찍었다. 팔을 올려 손바닥으로 바위를 사뿐히 들어 올린 포즈였다. 언니의 그 사람이 거기에 있구나. 모든 것이 숨죽여 지던 그곳에. 만 년의 세월이 확인되던 그곳에. 남편을 떠올리자 울음처럼 붉었던 적벽강의 바위에 내가 또 한 겹의 띠가 되어 둘러지는 것 같았다.

— 너, 지금 진 서방 생각했지?

내 침묵이 길었던 모양이다. 그리고 그런 나의 침묵이 남편과 연관된 것이란 생각이 들었나 보다. 내가 생각하는 동안 그 시간을 기다려준 언니 입에서 정곡을 집는 말이 흘러나왔다. 나는 순순히 고개를 끄덕였다.

— 너희들 참 예쁘게 사랑했는데, 진 서방, 나한테 와서 너랑 결혼한다고 했을 때 언닌 참 행복했다. 이미 그 전에 진 서방이 나한테 보낸 편지를 받고 고맙고 감사해서 울었던 적도 있었지만.

처음 듣는 얘기였고 궁금했지만 나는 묻지 않았다. 나는 늘 그랬다. 남들과 대화할 때는 어떤 당혹스런 이야기에도 표정을 바꾸지 않는다. 그 자리에 없는 사람의 소문을 듣게 될 때 상대방이 말하는 만큼만 듣지 거기에 추가된 호기심이나 질문을 해본 적도 없다. 나는 처음 듣는 말인데 내가 알고 있다고 생각하고 하는 말일 때는 모르고 있었다는 내색도 하지 않는다. 그것은 소문을 퍼트린 주인공이 될 수밖에 없는 사람의 민망함을 줄여주기 위한 배려도 조금은 포함되어 있다. 알고 있는 사람에게 한 말과 몰랐던 사람에게 처음 말한 것이 되는 것의 차이는 클 것이기 때문이다. 기다리면 되는 것이다. 물어주고 궁금해 하면 말을 하는 사람이야 신나고 소문을 퍼뜨린 데 대한 나름대로의 명분도 서겠지만, 나는 그런 데 인색하다. 왜냐하면 이미 말을 꺼낸 사람은 결국 자기가 하고자 했던 말의 분량을 다 쓰는 법이니 말이다. 오늘 내가 언니에게 우병찬의 이야기를 질문도 해 가며 듣고 있는 건 아주 특수한 예외라고 할 수 있다.

— 너 결혼 전에 말이야.

언니도 예외는 아니었다. 내가 가만히 있자 생각난 걸 말해 줘

보석함과 쓰레기봉투

야 되겠다는 생각이 든 건지 말을 이었다.

— 자세히는 기억 안 나는데……, 무조건 그냥 은수가 좋다. 웃는 것도 그냥 좋고 삐치는 것도 그냥 좋고 네 생각만 하면 그냥 좋다. 이유를 댈 수 없는 것도 그냥 좋다. 그냥이란 말 만큼 전부를 나타내는 말도 없다. 그래서 결혼하고 싶다. 뭐 이런 내용이었던 것 같은데 한 편의 시를 읽는 느낌이었어. 그랬던 사람인데……, 왜 너희들 사이가 이렇게 됐을까? 아무리 내가 진 서방을 수치스럽게 했다고 해도 그것으로 무조건 그냥 좋다던 너에 대한 사랑이 거둬질 수 있을까? 책 출간을 앞두고 터진 내 소문 때문에 진 서방이 얼마나 부끄럽고 화가 났을지는 너무 이해 돼. 내가 일반 직장인이라면 그렇게 드러나진 않았을 거야. 우리가 부모가 안 계시다보니 내가 진 서방으로선 처갓집인데다, 거기다 내 일이 번역 일이니 진 서방 처형이 윤은초라는 게 알려질 수밖에 없었잖아. 그러니 내 동생인 네가 미워질 수는 있겠지. 그러나 그렇게 생면부지의 사람처럼 변할 수 있을까?

— 언니, 우리가 알고 있는 모든 게 '진짜'는 아닌 것 같더라. 추측과 기대지 정답이 있는 공식은 아니더라. 특히 사람 마음이 야말로 '현상' 같은 거더라. 그날의 날씨 이상도 이하도 아니더라. 맑았다 흐렸다 바람 불고 비 왔다 뜨는 해 지는 해…… 사랑도 그런 거 같더라. 정답을 만들어놓고 거기에 맞추려다 보니 의심과 분노와 상실감, 나아가 배반감 같은 쓸데없는 사지선다형 오답들이 생겨나는 거더라. 답은 현상, 그 이상도 이하도 아닌데

말이야.

 사랑이 오는 것도 그 사랑이 거둬지는 것도, 무슨 이유와는 별개라는 생각이 들었다. 그래, 현상! 아침에 맑았다가 대낮에 후드득 떨어지는 소나기처럼 이해하면 그만이다. 그냥 내가 좋다던 남편은 그냥 내가 싫어졌을 것이다. 미워지는 데는 크든 적든 이유가 존재하지만, 싫어지는 데는 이유가 없다. 때문에 남편의 변화는 감정이 변했다는 현상이다. 거기에다가 그래서, 그것 때문에, 라는 건 각자가 편한 대로 붙이는 허울이고 부끄러운 명분일 뿐이다. 나부터 그랬다. 내가 싫어진 남편을 언니 때문에로 알고 싶었다. 남편에게 내가 싫어진 존재가 됐다는 게 견딜 수 없었다. 어떻게 사랑이 변하니? 드라마에서 본 남자 주인공의 대사가 주문처럼 읊어졌다. 그 대사가 진짜 품고 있는 의미는 '그래서 사랑도 변한다'라는 걸 알면서도 말이다.


 ─ 혹시, 뭐 눈엔 뭐만 보인다고 그래서 든 생각인데, 진 서방도 혹시 그 사람처럼 나 같은 여자를 사랑하게 되었나? 그냥, 그냥, 좋은 어떤 사람이 생겼는데, 그래서 네가 있던 자리가 빈방이 되어 버렸는데, 사회적 도리와 의지와 책임으로 견디고 있는 중인데, 마침 그 시기에 내 사건이 터진 건 아닐까? 쓸데없는 생각도 많이 했어. 정말 쓸데없지? 진 서방이 이 말 들으면 미쳤다더니 정말이네하며 기막혀 하겠다. 그지?
 모르는 것은 모르는 채로 사는 것도 생의 한 방편이라는 생각이 다시 들었다. 결과는 이미 도출되었는데 그 이유가 왜 중요한가? 사람 관계의 끝남이 한 가지 이유만으론 성립되지 않는다는 건 이미 알고 있다. 드러내 놓든 숨길 수밖에 없든 첩첩이 쌓여가던 요인 속에 그것을 덮을 수 있는 거대한 복병이 출현했을 때 인간은 교활하게 그것을 이용한다. 언니 말대로 언니와 우병찬 사건은 남편과 나 사이를 설명하는데 커다란 호재가 되었을 수도 있다. 머리 좋은 사람들은 명분찾기에 달인이지 않은가. 나는 더 이상은 우병찬이든 남편이든 아무런 말도 듣고 싶지 않았다. 적벽강이라는 지명이 나온 것만으로도 불편했다. 남편의 편지는 이미 과거일 뿐이다. 절실했던 과거일수록 현재의 상처는 깊고도 암울할 뿐인 것이다. 그런데 언니는 말을 잇고 있었다. 어느새 기억은 다시 우병찬에게로 이동해 있었다.

─ 다행히, 이건 내 표현이 아니고 그 사람이 쓴 표현이야. 부인과 자녀분들이 보내줬대.

언니는 그 사람의 자식들을 자녀분들이라고 표현하고 있었다. 내가 거슬려한다는 걸 언니는 알았을 것이다. 잔잔하게 고개를 몇 번 끄덕이더니 다시 말을 이었다.

─ 난 늘 그렇게 말해 왔어. 이미 성년들이고 그리고 그 사람 자식이니까. 이렇게 표현해도 그 귀함은 만분의 일도 표현할 수 없어. 간간이 자녀들 이야기할 때가 있었는데 난 그 이야기 들을 때가 참 좋더라. 아버지로서의 그 사람이 참 좋아 보였어. 남은 시간 평생 기도 속에 속죄하며 살라고 했다더라. 자기들한테 말이

야. 그리고 우리가 정말 사랑한 거라면 죽을 때까지 만나지 말아 보라고 했대. 그러고도 눈 감는 순간까지 그 마음이 계속되면 그 땐 욕정에 미쳐 하느님까지 팔아먹었다고 한 말은 거둬들이겠다고. 그래서 그 사람 대답했다더라. 보지 않고도 사랑할 수 있다고, 처음부터 보지 않고도 나를 사랑해 왔다고 말이야. 그러면서 빌었대. 아프게 해서 정말 미안하다고, 그건 정말 진심이라고. 진심으로 정말 미안했대. 많이 울었다더라. 그 사람 여기 마지막으로 왔다가 가면서 한 말이 뭔지 아니?

— ……?

— 우린 같은 세상에 있는 거라고 했어. 절대로 다른 세상에 있는 게 아니라고. 그래서 내가 정신을 놓을 때도 이젠 두렵지 않아. 정신을 놓았을 때 내가 있는 세상에 그도 있으니까. 기도하면 아니 두 손만 모으면 그가 느껴져. 아, 그도 지금 기도하려고 손을 모으는구나 하고.

두 손을 모으는 언니의 왼쪽 검지에서 화이트골드로 된 링 반지가 보였다. 십자가를 양쪽으로 잇고 있는 모양의 그 반지는 8미리 정도의 굵기였다. 생각해보니 오래전부터 언니는 저 반지를 끼고 있었다.

— 이 반지?

손가락을 펴 보이며 반지에 입을 맞추던 언니가 자신의 손가락에 시선이 멈춰 있는 나를 향해 손을 내밀었다. 나는 얼결에 그녀가 내민 손을 잡았다.

보석함과 쓰레기봉투

— 그 사람도 똑같은 반지를 끼고 있어. 그때 공소에 갔을 때 거기서 맞췄어. 공소 교우 중에 시내에서 보석상을 하는 사람이 있었거든. 이거 우리가 디자인한 거야. 맞춰 놓고 뒤에 그 사람이 가서 찾아왔어.

— 예쁘다. 나중에 나 줄 거야?

— 아니, 이건 안 돼. 은수야.

소스라치게 소리 지르며 손을 빼는 언니가 당황스러워 나는 엉거주춤한 자세로 언니를 바라보았다.

— 나중에, 나중에 말야. 나 죽거든 이 반지 절대 빼지 말고 함께 보내줘야 해. 알았지? 혹시 내가 살이 더 빠져 손가락이 헐렁하게 되면 목걸이 줄 하나 사서 거기에 매달아 목에 걸어 줘. 이건 정말 지켜줘야 해. 나 분명히 말했다. 응?

— 그럴게. 그렇게 할게.

대답을 하면서도 쓸쓸해졌다. 나는 언니를 바라봤다. 언니는 한참 전부터 나를 보고 있었는지 내 시선을 받자 환하게 웃었다. 저 웃음 속에 우병찬이 있다. 나는 그녀의 웃음을 지속시키고자 다시 화제를 우병찬에게로 돌렸다.

— 그래서, 정말 안 와? 그 사람?

— 그러자고 했어. 우린 그럴 수 있거든. 정말이야. 우리 소원이 뭔지 아니? 우리로 인해 욕보인 하느님 깨끗하게 만들어 드리고 나중에, 나중에 그 나라에 같이 가자고, 거기서 한 발자국도 나오지 말자는 거야.

— 한날한시에 죽어야겠네? 그 나라 문을 같이 들어서려면?

언니를 기분 좋게 만들려고 해 본 말이었다. 돌아가기 전에 우병찬에 대한 기억으로부터 그녀를 빼내어놓고 가야 할 것 같았다. 오늘 너무 젖게 만들었다. 그것이 혹여 그녀의 병세를 짙게 하는 건 아닌가 겁이 났다. 너무 깊게 파고들지 말아요. 그럼 거기에 함몰돼요. 모든 걸 그때 상황으로 돌려 거기에 빠져들거든요. 터치하듯 건드려야 해요. 놓친 기억은. 주의를 주던 정신과 원장 닥터의 말이 떠올랐다. 나는 실컷 꾸중했다가 수업 끝나는 종 치기 일 분 전에 안색을 바꾸어 '이놈들, 너들 잘되라고 한 꾸중이야. 칭찬보다 더 큰 사랑의 뜻이 담겨 있다고.' 하며 교실을 나가는 선생처럼 언니 앞에서 우스꽝스런 표정을 지어 보였다. 사람이든 기억이든 그것에 빠뜨리는 건 쉬워도 건져내는 건 힘들다. 떠날 채비를 해야 하는 시간에 언니의 감정을 금이 안 가도록 제자리에 돌려놓기 위해 나는 입술이 탔다. 그러면서 괜히 소리 내어 웃었다. 입만 겨우 웃는 웃음이었을 것이다. 얼굴 근육이 보기 흉하게 일그러지고 있다는 느낌 속에 나는 제발 눈도 웃어지기를 간절하게 빌며 일어섰다. 언니는 앉은 채로 가방을 어깨에 메는 나를 올려다봤다. 나는 언니를 일으켜 앞에 세우고 가만히 그녀의 몸을 끌어안으며 말했다.

— 호호백발 되도록 오래오래 내 곁에 있다가 그 사람 손잡고 유치원 입학하듯 그 나라에 가. 알았지? 언니, 미안해. 같이 있어

보석함과 쓰레기봉투

주지 못해서.

　가슴 안에 들어온 언니는 가냘펐다. 언니가 점점 작아지고 있다는 느낌에 나는 그녀의 등을 두르고 있던 팔에 힘을 주었다. 가슴 안에서 언니의 목소리가 들렸다. 정말 내 가슴속에서 들리는 듯 깊은 울림이 느껴지는 음성이었다.

　— 은수야, 한집에 있어야만 같이 있는 거 아니야. 그리고 오래 살란 말은 하지 마. 내가 나를 놓는 이 병에 걸리고 나니 얼마나 두려운 줄 아니? 정신없을 때 죽음이 올까 봐 무서워. 내가 누군 줄도 모르고 누구를 찾아가는 줄도 모르게 되는 건 아닌가 끔찍해. 분명히 쉽게 울 너, 저 여자가 왜 저러나, 왜 생면부지의 나를 보고 우나 하며 죽게 될까 봐 정말 무서워. 난 오늘처럼 정신이 명료할 때 죽고 싶어. 다른 건 아무것도 바라는 게 없는데 그게 정말 소원이야. 정신없을 때 가서 그 사람도 몰라보면 어떡해. 따로 가더라도 먼저 온 사람이 기다리기로 했는데, 혹시 내가 먼저 간다면 저만치서 걸어오는 그 사람도 몰라볼 것 아냐? 은수야, 언니 맑은 정신일 때 가게 해 달라고 기도해 줄래?

　돌아올 때는 정문으로 나오지 않고 정원을 돌아 뒷문으로 나왔다. 내 뒷모습에서 언니가 읽을 말이 두려웠다. 올 때마다 더 헐렁해지는 언니의 환자복, 언젠간 언니는 사라지고 저 옷만 걸려 있는 걸 보게 될 것이다. 집으로 오는 길은 늘 공포에 질린 아이처럼 가슴 안쪽이 딱딱했다.

# 5 — 쓰

닷새째 빗속에 갇혀 있다. 뉴스에선 이른 봄 장마라고 했다. 거실 창 앞에서 밖을 내다보다가 커피를 마시려고 돌아서는데 장식장 위에 놓인 결혼사진 액자에 시선이 붙들린다. 이 집에 이사 온 후 세민이가 남편을 따라 홍콩으로 떠난 뒤 제일 먼저 한 일이 저 사진을 찾아 새로 액자에 끼운 일이다. 그리고 현관에서 바로 보이는 거실 중앙 장식장 위에 놓았다. 결혼하고 바로 액자에 넣어 세민이가 태어나고도 한참까지 집의 가장 환한 곳에 걸려있던 사진이었다. 서랍 속으로 들어간 건 아이를 키우는 집 대개가 그렇듯이 커가는 세민이의 사진이 많아지면서부터였다. 그날 낮에 집에 들렀던 하은과 경옥은 현관을 열자 바로 보이는 그 사진을 보고 놀란 표정과는 달리 아무런 말도 하지 않았다. 나는 그들이 말을 하고 안 하고 에는 사실 관심이 없었다. 한순간 민망함만 참으

보석함과 쓰레기봉투

면 될 일이었다. 사진을 놓으며 갈팡질팡 마음이 어수선했던 건 이제 곧 방학을 맞아 홍콩에서 집에 올 세민이 때문이었다. 세민이는 홍콩으로 떠나기 전 이 도시로 나를 따라와 4개월 정도 어학학원에 다녔었다. 그쪽 학교 학사일정에 맞추느라 서울의 다니던 고등학교에는 일단 휴학계를 제출한 상태였다. 그런데 자기가 떠날 때까지는 보이지 않던 사진의 돌연한 출현을 아이는 어떻게 받아들일까?

나의 이런 행동이 명분이 없는 건 표면적으로 남편은 그 상황을 그대로 지키고자 했고 나는 그것을 이혼과 갈라섬으로 뒤엎었다는 데 있었다. 그랬던 내가 결혼사진을, 그것도 새삼스럽게 액자까지 새 것으로 갈아 떡하니 바깥에 내어놓은 걸 세민은 어떤 식으로 받아들일까. 하루 종일 머릿속이 불 지른 숲 같았다. 사실나도 그때까지 내가 왜 저 사진을 찾아 새 액자에 끼우면서까지바깥으로, 그것도 집안이 훤히 보이는 거실 중앙에 놓을 생각이들었는지 잘 모르고 있었다. 이웃 시선 때문이었을까? 그건 아니었을 것이다. 이 집에 이사 오고도 나는 성당에 나갈 생각을 한참동안이나 하지 않았고, 나간다고 하더라도 원래 이웃이나 교우들과 어울리는 성격이 아니므로 사정을 잘 모르는 사람들이 올 일은 없었기 때문이다.

나는 남편의 부재를 못 받아들이고 있었다. 같은 곳을 바라보며 같은 계획을 세우고 어디든 함께할 수 있는 동반자를 상실했다는…… 허전함. 같이 늙어가며 서로의 흰머리를 연민과 고마움으로 바라볼 수 있는 그런 따뜻한 관계를 상실한 허허로움은 예상보다 깊었다. 결혼사진은 내게도 동반자가 있었다는 사실을 일깨워주는 증표였다.

사진뿐만이 아니었다. 바깥 욕실 칫솔 통에도 나는 세 개의 칫솔을 두었다. 그리고 남편이 썼던 화장품 하나도 버리지 않고 유리 선반 안에 정리해서 넣어뒀다. 함께 살 때 남편의 속옷이 있었던 제일 위 칸 서랍장에는 이사 전날 남편이 목욕하며 벗어둔 채 못 가지고 간 그의 팬티와 양말을 빨아 넣어두었다. 서랍 크기에 비해 너무도 작은 남편의 물건을 볼 때마다 가슴이 쓰리면서도 다른 물건들로 그 서랍을 채우고 싶지는 않았다.

— 언니, 이혼한 사람 맞아요?

집에 와서 욕실에 들어갔다 나올 때마다 경옥은 매번 똑같은 소리를 하곤 했다.

— 자위예요? 자학이에요? 그것도 아니면 위선이에요? 위악이에요? 갈라 선 사람 물건을 이리도 반질반질하게 닦아 갖고 있는 이유가 뭔데요? 혹시 하은 언니처럼 오매불망 그 사람이 있어야 내가 살 수 있어. 뭐 그거예요? 다들 정말 왜 그래요? 맘에 안 들어 죽겠어.

내 앞에서 하은의 심정이 이랬을까? 나는 경옥이의 힐난을 피해 몇 개 되지도 않는 빨래를 세탁기에 돌렸다.

— 내 이럴 줄 알았어. 이 서랍장은 왜 이렇게 비워놓는 건데? 아저씨가 달랑 벗어놓고 간 팬티 한 장 양말 한 켤레뿐이구먼. 이

큰 서랍장에 다시 아저씨 속옷 채워지길 기다리는 거유?

— 너 지금 뭐하는 거야? 왜 뒤지는 거냐구?

방에다 대고 소리치자 서랍장이 쾅 닫히는 소리가 나며 성큼 걸어 나오는 손엔 어디서 찾아냈는지 스타킹 한 짝이 들려 있었다.

— 오면서 보니 스타킹이 나갔더라구요. 그래서 언니 거 하나 찾아 신으려고 서랍장을 연 것뿐이에요. 방에 들어올 때 스타킹 하나 찾을게요 했는데, 언니가 세탁실에 있어서 못 들은 거고요. 암튼 언니는 하은 언니 책망할 권리가 없어요. 더하면 더했지 절대 지지 않아. 언니 자존심에 사랑이니 운명이니 만 안 할 뿐이란 말예요. 하은 언니는 이진수가 좋아 죽겠는 명분이라도 있어요. 그가 어떤 사람이든 좋다는데 뭐, 사실 할 말 없잖아요? 그런데 언니는? 자기감정 표현은 털끝만큼도 안 하면서 하고 있는 행동은 언제라도 돌아오소서, 이게 아니고 뭐유? 우리한테도 자존심이 필요해요? 온 천하가 다 아는 그 차가운 자존심이?

줄이 간 자기 스타킹을 벗고 서랍장에서 찾아낸 스타킹으로 갈아 신으며 심드렁한 목소리로 경옥이 대꾸했다.

대답할 말을 찾지 못하는 시간은 길었다. 아니다. 잃어버린 사람에 대한 애착이기보다는 잃어버린 관계에 대한 애착이라고 말해주고 싶었지만 그 어떤 설명도 해명도 하기 싫었다는 게 더 맞는 말일 것이다.

— 외로워서 이런다는 건 알아요. 산 세월이 얼만데 쉽기야 하겠어요?

— 네가 아는 그게 다는 아니야.

— 다가 아니면요?

— 말하기 싫어. 너희는 내가 너네 친구 같니? 어디서 꼬치꼬치 묻고 따지는 거야? 너 이렇게 버릇없이 굴려면 지금 가.

핵심에서 벗어난 사람의 말을 계속 듣는 것은 지루하고 무겁다. 그때 내가 그랬다. 스타킹을 다 신은 경옥이 식탁 앞에 바르게 앉는 것이 보였다. 단정한 자세였다.

— 버릇없게 보였다면 죄송해요. 하지만 언니, 우리가 어디서 처음 만났는지 생각해 봐요. 병원 응급실이었어요. 그러고 보니 벌써 4년이 넘었네?

응급실, 내리쬐는 햇살마저도 푸르던 그날의 풍경이 눈앞에 한기를 몰고 오며 펼쳐졌다.

— 언니는 숨이 안 쉬어져서 119에 실려 왔었고, 저는 그날 남편을 짐 싸서 내보내고 위경련이 나 남동생한테 업혀 간 곳이 거기였어요. 지금 생각해도 신기한 건 서울에 살지도 않는 하은 언니에요. 하필 그날 처녀 때 한동안 얹혀살았던 큰이모 팔순잔치에 왔다가 식당 계단에서 넘어져 인대가 끊어질 건 뭐예요? 남편 전화를 받고 허둥대다가 그랬대죠. 진통제를 맞고도 뒤틀리고 있는 위가 진정되지 않아 웅크리고 있는데 언니가 실려 왔어요.

안 좋은 기억이 들춰지는 건 괴롭다. 더구나 내 자의가 아닌 남에게 듣는 건 더더욱 싫다. 이 아이들과 함께 하는 한 저 이야기는 방영이 끝난 뒤에도 공짜로 언제든지 볼 수 있는 불멸의 프로가 될 것이다.

— 바로 의사가 바퀴 달린 어떤 기계를 끌고 오더니 언니 코에 푸른색 링거 줄 같은 걸 삽입하며 정말 부산하게 움직이더군요. 그런데 시간이 아무리 지나도 언니 보호자가 안 오는 거예요. 의사나 간호사들의 처치로 보아 예사롭진 않은데 말예요. 아무리 낮이고 남편이 직장에 나간 시간이라고 해도 언니는 끝까지 혼자였어요.

방영되는 프로의 주제어가 드디어 나온다. 혼자였어요……

— 뒤에 어떤 처녀의 부축에 의지해 들어온 하은 언니는 그때 제 눈엔 참 신기했어요. 의사가 만지자 자지러지게 소리를 치면서도 통화를 계속하는 거예요. 들을래서 들은 건 아니지만 남편 같았어요. 무슨 내용인지는 정확히는 모르겠지만 어떤 여자의 이름이 계속 나오더라고요. 장난이라니, 여자 만나는 것도 장난이라고 하느냐, 그런 말을 자꾸 반복해서 하는 걸 보니 남편 여자 문제 같았어요. 그날 남편을 내보낸 저로서는 딴 세상 사람 구경하는 것 같았죠. 저렇게나 좋을까, 아마 그 생각을 했던 것 같아요. 남편 여자 문제로 옥신각신할 수 있다는 거, 아직 정이 남아 있다는 거잖아요.

두 번째 주제어가 나온다. 정.

— 게임에 미쳐 처자식 나 몰라라 하더니 결혼해서 겨우 마련한 연립조차 빚으로 날리고 오합지졸처럼 가족을 뿔뿔이 흩어지게

한 남편이 생각났어요. 내보내긴 했지만 어디로 갔을까, 걱정도 됐죠. 결혼 육 년 만에 옷 보따리만 달랑 든 채 양손에 하나씩 아이들 손잡고 친정에 들어섰을 때 아무 말 없이 손자들을 안아주던 엄마의 슬픈 눈도 생각났고요. 우선 밥이나 먹으라며 엄마가 상을 차려 주는데 생일상 같은 거예요. 웬 반찬을 이렇게 많이 했냐고 물으니 잘 먹어야 힘내서 아이들 키울 것 아니냐며 열심히 살아보자 하시는데 그만 가슴이 콱 막히는 거예요. 그래서 탈이 났나 봐요. 우린 그렇게 만났어요.

그랬다. 상처 입은 짐승들처럼. 응급실에서 우린 만났다.

— 더 희한한 건 그날 그 시간 응급실에 환자는 우리 셋밖에 없었다는 거예요. 너무도 맑은 하늘이 창으로 보였는데 우린 거기서 몸으로 소리치고 있었죠. 그렇게 친해진 우리였어요. 불행은 불행을 알아본다고 다들 어느 정도 정신이 들자 각자 침대에서 일어난 우리는 서로를 향해 웃었죠.

생각난다. 내 아픔을 당신들이 지키고 있었구나, 그런 웃음이었다. 그렇게 처음부터 가장 괴로운 상태를 보이며 우린 만났고 만나자마자 피붙이처럼 한데 묶였다. 119에 직접 내가 전화했었다는 말을 간호사에게 들은 후 링거가 끝나기를 기다리는 동안 나는 하은과 경옥을 보았다. 입구에서 제일 안쪽의 침대에 경옥이 웅크려 있었고 내가 누운 자리 두 칸 건너 하은이 앉아 있었다. 경옥은 증상을 묻지 않아도 속이 아파 왔다는 게 느껴질 만큼 두 팔로 가슴을 싸안고 엎드려 있었다. 간간이 신음소리도 들렸다.

보석함과 쓰레기봉투

하은의 통화는 계속되었다. 남자 간호사가 휠체어를 가지고 와 엑스레이실로 가야 한다며 부축하는 동안에도 그녀는 전화를 끊지 못했다.

— 그럼 걔 혼자 당신을 좋아한단 말이야? 당신은 말 그대로 장난이었고?

휠체어에 앉는 하은의 얼굴이 잠시 찡그려졌는데 나는 그녀가 인대가 끊어진 부분이 아파서 그런 건지 전화 내용 때문에 그런 건지 잘 분간이 되지 않았다.

— 그럼 왜 만나냐고. 장난칠 게 없어서 자기 좋아한다는 여자를 상대로 장난해? 장난이 아니면? 뭐? 만나줬을 뿐이라니? 그럼 앞으로도 당신 좋다하는 여자는 다 만나주겠네? 어떻게 나한테 이럴 수가 있지?

하은이가 실려나간 뒤에도 복도에서 하은의 목소리는 계속 들려오고 있었다. 내가 본의 아니게 하은의 통화 내용에 귀를 기울이고 있을 때 웅크리고 있던 경옥이 간호사를 부르는 소리가 들렸다.

— 통증이 왜 이렇게 안 가라앉죠?

멀어서 잘 보이진 않았지만 창백한 표정이 극심한 통증을 말해주고 있었다.

— 그러게요. 링거에 진통제와 이완제를 넣었는데 좀만 더 기다려 봐요. 원래 심한 위경련은 애 낳는 것보다 더 아픈 법이에요.

응급실 레지던트가 경옥의 블라우스를 들어 올려 명치 부분을 몇 차례 꾹꾹 누르고는 차트에 무언가를 적었다. 그사이 하은은 엑스레이를 찍고 다리에 부목을 댄 채 응급실로 돌아왔다. 통화는 끝난 모양이었다. 하은과 같이 온 여자가 원무과에 계산을 하기 위해 나가는 모습을 보던 나는 깜짝 놀랐다. 지갑도 카드도 수중에 없다는 것이 떠올랐기 때문이었다. 링거병을 봤더니 거의 끝나가고 있었다. 나는 간호사를 불렀다.

— 이제 빼도 되겠네요. 거의 다 들어갔어요. 그런데요. 집에 혼자 계시면 안 되겠어요. 오늘만 해도 얼마나 운이 좋았나 몰라요. 아셨죠?

팔에서 주삿바늘을 빼준 뒤 솜으로 눌러주며 간호사가 내 안색을 들여다봤다.

— 저기요.

지갑을 안 가져왔다는 말을 하기가 난감했다. 정신이 들고 보니 차림새도 엉망이었다.

— 약은 수납하시면 처방전을 드릴 거예요.

— 그게 아니라 제가 혼자 있다가 이런 일을 당해서 지갑을 못 챙겼어요. 어떡하죠? 집에 가서 갖다드리면 안 될까요? 저 실어와 준 119 사람들이 저희 집 알고 있을 테니……

의심하지 마라는 말을 하려는데 경옥이 간호사를 부르는 소리가 다시 들렸다.

— 잠깐만요. 이 환자분과 이야기 끝내고 갈게요. 환자분, 다른데 연락할 곳도 없으세요?

보석함과 쓰레기봉투

경옥을 돌아보던 간호사가 난감한 표정으로 물었다.

— 아이는 학교 가서……

그때 다시 경옥이 소리쳤다.

— 그 환자분 치료비 제가 낼게요.

응급실에 있던 사람들 모두 경옥에게로 시선이 몰려갔다.

— 저는 지갑을 가져와서 그래요. 밖에 있는 제 남동생이 갖고 있으니 동생 좀 불러주세요.

경옥을 바라보자 아까보다는 화색이 돌아온 얼굴로 웃고 있는 모습이 보였다. 나는 아무런 말도 하지 않았다. 괜찮다는 말도 미안하다는 말도 고맙다는 말도. 보호자 없이 응급실에 누워 있으니 불쌍해 보이는 모양이다. 그런 생각만 들었던 것 같다. 자존심 상한다는 창피함도 이상하게 들지 않았다. 숨도 제대로 못 쉬는 상태에서 스스로 119를 부르고 퇴원을 해야 하는데도 데리러 와달라고 부를 사람 하나 없이 있는 그 자체만으로도 상할 자존심은 이미 거덜 난 뒤였다. 후에 경옥은 그때 나를 이렇게 말했다.

— 독신인 줄 알았어요. 일반적으로 보면 결혼은 했을 나인데 남편 있는 여자처럼은 보이지 않았어요. 고전무용하는 사람인가 생각했죠. 긴 생머리를 허리까지 늘어뜨린 여자가 실려 오는데, 살풀이춤 추는 무용수가 쪽머리를 풀어 내리면 저 모습이겠다, 문득 그런 생각이 들더라고요. 그런데 보호자가 없는 거예요. 집에 갈 때까지요. 나도 그날 기분이 엉망이었거든요. 짐 싸서 남편 내보내고 네 살, 두 살 된 아이들과 친정으로 들어간 날이었어요.

그래서 위가 뒤틀렸었나 봐요. 나도 아파 죽겠는데 언니가 실려 오자 내 병은 아무것도 아닌지 의사들과 간호사들이 언니 옆에만 붙어 난린 거예요. 침대는 멀었지만 이상하게 언니 보고 있으니 자꾸 눈물이 나는 거 있죠? 얼굴이 보였는데 의식이 없는 상태의 언니가 너무 우울하고 어두워 보이는 거예요. 뭔가에 절망한 여자 같다는 생각이 들면서요.

치료비를 대신 내주겠다는 경옥을 바라보고 있는데 옆에서 제가 내드려도 되는데, 하는 하은의 음성이 들렸다. 나는 하은의 얼굴을 쳐다봤다. 전화할 때의 표정과 달리 아직도 젖살이 남아있는 것 같은 동글동글한 얼굴에 입 매무새가 귀여운 얼굴이었다. 내가 자기를 바라보자 하은은 쑥스러운 듯 웃었다.

— 아까 제 전화 때문에 시끄러웠죠? 죄송해요. 병원에서 그렇게 길게 통화하면 안 되는데 아깐 자제할 수가 없더라고요. 다리까지 다쳐서 더 속이 상했어요.

나는 대답 대신 고개를 저었다. 괜찮다고 해도 그녀는 이미 무안함을 느끼고 있는 상태였으므로 괜찮아질 리 없었고, 못 들었다고 하기엔 내 눈빛이 태연해지지가 않았다.

그날 우리는 우리집까지 같이 와 오후까지 함께 있었다. 위통증이 멎은 걸 확인한 경옥의 남동생만 돌아가고 하은의 여동생까지 합류한 네 명의 소대였다. 공교롭게도 같이 병원 문을 나서게 되었고, 내가 돈이 없는 걸 아는 하은이 나를 태워 주겠다며 택시를

　　　　　　　　　　　보석함과 쓰레기봉투

기다리자, 경옥도 남동생을 보내고 따라나선 것이다. 뒤에 하은의 동생 하유는 걸핏하면 말했었다.

— 다른 데도 아니고 병원 그것도 응급실에서 만난 여자 셋이서, 게다가 친구가 될 수 있는 동년배도 아닌데 단숨에 엮이던 모습이 저는 아직도 납득이 안 돼요. 이산가족을 찾은 사람들 같았다니까요.

하유의 말처럼 친해질 이유가 하나도 없는 관계였다. 우선 나이 차이가 그 첫 번째 이윤데 세 사람의 나이가 다 달랐다. 나, 하은, 경옥의 순서였다. 하은의 막내 고모가 나와 동갑이라고 했을 때 경옥은 일찍 결혼한 자기 엄마가 나보다 겨우 열두 살 많다고 해 한참을 웃었던 기억이 난다. 하는 일도 각자가 너무 달랐다. 내가 그림을 그리다 십 년 전부터 그림에 손 놓고 전업주부 역할을 하고 있다면, 하은이는 고등학교를 졸업한 뒤 직장을 다니기 시작해 지금은 사장 포함 몇 안 되는 직원이 전부인 전자 부품 판매 회사에 다니고 있다고 했다. 전문대학 일본어과를 졸업했다는 경옥이는 결혼 후부터 전공을 살려 학습지 일본어 교사를 하며 중학교 특기 적성 일본어 강사로 네 군데 학교에 수업을 나가고 있었다. 취향은 물론 성격도 세계관도 어느 하나 동질의 것을 발견할 수 없을 정도로 각자 딴판이었다. 학연이나 지연은 말할 것도 없었다.


직장생활을 하던 중 선배의 소개로 지금의 남편을 만나 남편 고향 S시로 내려가 살고 있다는 하은은 천성이 밝고 매사에 긍정적인 여자였다.

— 직장 선배가 소개시켜줄 남자가 있다기에 나갔는데 첫날 처음 보는 순간 그렇게 좋더라구요. 남자를 사귀는 게 처음이기도 했지만 딱 제가 좋아하는 스타일인 거예요. 얼굴이 뽀얗고 눈썹이 짙으며 무엇보다 대학생이란 게 맘에 너무 들었어요. 제가 대학을 못 가서 그런지 애인은 꼭 대학생을 사귀고 싶었거든요. 회사 사람들이나 친구들이 애인이 뭐하는 사람이냐고 물을 때 대학생이라고 대답하는 것이 왜 그렇게 좋던지요. 고1 때 아버지가 갑자기 돌아가신 후 집안에서 제가 장녀다 보니 커 오는 동안 늘 보호자가 필요했었나 봐요. 아버지처럼 안아주고 품어줄 그런 남자 말이에요. 스무 살 때 만나 결혼할 때까지 우리 남편 바람도 폈었어요. 웬만하면 연애할 때는 바람 안 핀다잖아요. 근데도 그 사람은 그랬어요. 그때마다 쫓아다니며 여자들 자르느라고 얼마나 제가 애 썼게요.

후에 나는 하은에게 이렇게 말한 적이 있다.

— 결혼해서도 아니고 연애할 때 바람피우는 걸 쫓아다니며 처리하고 그럴 필요가 있었어? 미리 예고해 줬는데도 그걸 무시했으니 결혼 후에 본방송이 방영될 밖에. 그것도 재방 삼방까지 해가며.

— 그렇게 해서라도 나는 결혼하고 싶었어요. 그 사람하고요. 그만큼 제가 좋아했어요. 그리고 친정도 싫었고요. 엄마랑 사이

가 좋지 않거든요. 저는 엄마한테 받은 상처가 깊어요. 고등학교 졸업하고 회사에 들어가서 첫 월급을 받은 날이었어요. 엄마한테 봉투째 내밀며 옷 한 벌만 사달랬더니, 이깟 몇 푼 되지도 않는 돈 벌어왔다고 유세냐며 방바닥에 패대기쳐서 돈이 사방으로 날리며 흩어지는데…… 저 사람이 엄만가 싶더라구요.

— 엄마라고 스무 살짜리 딸이 벌어온 돈이 왜 귀하고 안쓰럽지 않았겠어? 속상하고 불쌍해서 그러셨을 거야. 공부도 잘했다며? 대학을 보냈어야 되는데 그걸 못한 엄마 마음이 역으로 표출된 걸 테지.

내 말이 교과서처럼 들렸을까? 하은이 한참 고개를 저었다.

— 그날 이후로 어서 이 집을 벗어나야지 그것만 생각했어요. 그래서 더 남편한테 집착했는지도 몰라요. 엄마한테서 날 빼내 줄 사람이라는 생각에서요. 그랬는데 여자 문제만이면 좋게요? 이 남자가 자생력이라곤 없이 나약한 거예요. 돈은 쓰고 싶고 그러다 안 되면 카드 긁고. 그때마다 수습은 제 몫이었죠. 아무에게도 말 못했어요. 친정에선 대학 나온 사위라고 대접받는 사람이니까 그걸 무너뜨리고 싶지 않은 거예요. 아니 그것보단 남편의 허물을 드러내면 제가 더 얕잡아 보일 것 같았어요.

하은의 결혼생활이 어떻게 진행되어 왔을 지가 그려졌다. 악의 라고는 하나도 없이 순수한 얼굴이었다. 심성이 따뜻한 여잔데 많이 힘들었을 거라는 생각에 정이 건너가는 게 느껴졌다. 하은 이 말을 하는 동안 경옥은 물끄러미 바라보기만 했다. 경옥의 작은 계란형 얼굴이 맑은 피부를 더 도드라져 보이게 하고 있었다. 모르는 사람의 병원비를 선뜻 내줄 수 있을 만큼 속 깊은 여자였다. 후에도 경옥은 자기가 한 어떤 일에도 생색을 내는 법이 없었다. 인간적인 정도 정이지만 처신이 명확한 여자라고 할 수 있었다. 나이는 하은보다 어렸지만 세상살이에선 분명히 하은보다 노련했다. 무엇보다 처음부터 내가 신뢰를 느낄 수 있었던 건 자기 감정에 충실하면서도 결정이 내려지면 그대로 밀고 나가는 결단력이 있음을 읽었기 때문이었다. 감정에 질척댄다거나 허둥댐을 최대한 자제하고자 하는 냉정한 이성이 경옥에겐 있었다. 하은에게선 발견 못한 점이었다. 나는 성격적으론 경옥과 더 잘 맞았고 인간적인 정은 하은에게 더 갔다. 그러나 고백한다. 둘은 내 자아의 양날이었다. 하은을 보면 숨겨온 내 자아의 반쪽을 보는 것 같았고, 경옥을 보면 남은 반쪽이 채워졌다. 나는 하은에게 서슬 퍼런 질책을 할 때마다 사실 그건 나를 향한 자아비판이었음을. 경옥의 당참과 냉정한 이성을 칭찬할 때마다 그것은 나에 대한 인정이고 지지였음을 안다. 하은과 경옥은 그래서 더 소중했다. 내 동생들이라는 엄청난 촌수 비약은 당연했다.

— 그렇게 만났어요. 우리.

내가 생각에 잠겨있는 동안 경옥은 석 잔째 물을 마시고 있었다. 물을 거푸 마신다는 것은 아직도 할 말이 남았다는 증거다. 뱉어내지 못한 말들이 요동치는 입안은 질 나쁜 벽지처럼 꺼칠꺼

칠한 돌기를 만든다는 걸 나는 안다.

— 나도 줘.

빈 잔을 식탁 가장자리로 밀치자 경옥이 일어나 물을 따라줬다. 물이 따라지는 소리와 함께 경옥의 목소리가 들렸다.

— 언니, 저는 말이에요. 드러내는 상처보다 속에 묻고 있는 상처가 더 위험하다고 생각해요. 바꾸어 말하면 차라리 노골적인 하은 언니가 낫다는 거예요. 상대가 남편인데 어떤 잘못을 했건 사랑해서 살아야겠다는 걸 무슨 수로 말리겠어요?

— 그런데?

다음에 나올 말이 뻔해서 나는 다그치듯 물었다.

— 언니는 드러내지도 않고, 표정으로라도 말예요. 그런데…… 하나도 끝내지 못한 것 같아요. 아저씨하고요. 전 언니가 저랑 참 닮은 성격이라고 생각했어요. 그런데 언니 집에 올 때마다 너무 속이 상해요. 저한텐 언니가 처음부터 아주 강렬하게 각인된 사람이에요. 응급실에서 돌아갈 때까지 보호자가 없었던 사람! 병원비가 없어도 데리러 와 달라고 전화할 곳이 없었던 사람! 어쨌거나 저와 하은 언니는 동생이라도 보호자가 있었잖아요.

— 너흰 형제가 있으니까.

— 물론 언니는 집에 혼자 있다 실려 왔으니 혼자 왔는 게 이상할 건 없죠. 그런데 정신이 든 후에도 언니는 아저씨에게 전화도 못 걸었어요. 그건 부부의 모습이 아니잖아요? 전화를 걸만 했으면 언니는 걸었을 거예요. 병원에선 나가야 되고 돈은 없고 그런

상황에서 언니는 차라리 모르는 사람인 제 도움이 더 편했던 사람이란 말이에요. 그게 남편 있는 여자의 모습이에요? 그것만으로도 언니는 자신이 아저씨에게 어떤 사람인지 충분히 알고 있다는 증거예요. 물론 병원인데 돈이 없다면 아저씨는 왔을 거예요. 그런데 중요한 건 그 당연한 일을 언니 스스로 못했다는 거죠. 그만큼 아저씨는 언니 보호자로서 멀고 먼 사람이었어요.

이런 주변의 평가를 듣는다면 남편은 뭐라고 할까? 숨을 못 쉬겠다며 그를 불렀는데도 못 들은 척 소리 나게 현관을 닫고 나가던 그의 모습이 다시 떠올랐다. 이젤을 넘어뜨려 겨우 방문을 열고 도움을 청했는데 말이다. 그런 남편에게 응급실에서 돈 한 푼 없이 누워 있으면서도 나는, 전화하지 못했다. 그는 이미 내 사정을 알릴 수 있는 사람이 아니었다. 그때 기억을 떠올리자 부정하고 싶은 슬픔이 또 차오른다. 차라리 분노에 떨 수 있다면 얼마나 좋을까? 그런데 슬픔이라니, 그의 마음 밖으로 내동댕이쳐져 있는 나를 확신하는 일은 나에겐 분명 슬픔이었다.

— 그 당시에 집에 가서 보면 언니는 산사람이 아니었어요. 세민이하고 있을 때나 세민이와 관계되는 일이 아니면 생각이 어디에 가 있는지도 알 수 없을 만큼 공허해 보였다구요. 저러다 잘못된 생각하면 어쩌나, 돌아올 때마다 가슴이 졸아들었더랬어요. 그래서 연락도 안 하고 불시에 가곤 한 거예요. 언니는 예의도 모르냐며 나무랐지만요. 하지만 저는 분명 느낄 수 있었어요. 언니가 많이 외롭구나, 그래서 내가 온 게 반갑구나, 하는 거요. 아저

씨 너무 연연해하지 않았으면 좋겠어요. 다 양보하고라도 아플 때, 위급할 때 부를 수 없다면 그게 어찌 부부겠어요? 언니, 이혼했잖아요? 아저씨 놔요. 놔야 언니가 살아요.

— 경옥아, 결혼사진? 너무 의미 부여하지 마. 그냥 내놓고 싶었어. 그게 이유야. 그냥 내놓고 싶었을 뿐이야.

— 혹시 아저씨도 지금 언니 마음이랑 같을 거라고 믿고 있는 거예요? 왜 사람은 자기가 하는 생각이나 행동 그대로 상대방도 그러려니 한다잖아요? 하지만 그건 혼자만의 착각일 수가 태반이 래요.

— 그 사람이 내 생각이랑 같고 안 같고에 마음 끓이지 않아. 다 를 수 있어. 아니 다르겠지. 기억을 묻는 속도는 사람마다 다르니 까. 기억이 추억이 되는 사람이 있다면 기억이 망각이 되는 사람 도 있을 테지. 그래, 난 이혼했어. 앞으로 혼자 살아가야 해. 여긴 내 집이야. 그래서 내가 꾸미고 싶은 대로 꾸미는 거야. 사진도 그런 의미고.

심각하게 말하는데 자기 의도대로 상대가 받아들이지 않으면 화가 나는 법이다. 경옥을 화나게 하고 싶지는 않은데 그렇다고 그녀 말에 덩달아 따를 순 없지 않은가. 투정부리는 아이를 바라 보는 심정으로 나는 경옥을 향해 웃었다. 입술 선이 고운 경옥의 입매가 삐쭉하고 토라지는 게 보였다.

— 주위에 보니까 원수처럼 이혼했어도 마누라 형광등도 못 갈 면 어떡하나 걱정되어 그때는 언제든지 전화하라고 헤어지는 순

간에 그런 말을 한대요. 아플 때도 전화하고 벽에 못 쳐야 할 때도 전화하고 누가 시비 걸면 쩔쩔매지 말고 당장 전화하라고 그렇게 신신당부한다고 그러더라구요. 그럴거면 뭐하러 이혼하나 싶지만 그게 아이 낳고 살아온 부부의 정, 의리, 고급지게 표현하면 연민이래요. 언니는 아저씨한테 그런 말 한마디라도 들어봤어요? 왜 하은 언니 일에는 그토록 명석하게 사리 분별해 방향을 제시하면서 정작 본인은 이러느냐구요. 드러내지도 못하면서 말이에요.

경옥은 눈도 깜빡거리지 않고 정지된 정물 같은 표정으로 나를 바라봤다. 나는 경옥의 표정에 마지막 붓질을 휘갈기듯 말했다.

— 세민 아빠 내 근황을 걱정하는 전화 한 통 없는 건 맞아. 하지만 난 오히려 그게 날 살게 해. 이혼하고도 친구처럼 잘 지내는 사람들? 난 우리가 그렇게 된다면 정말 죽거나 미쳤을 지도 몰라.

생각은 그러지 않았는데 목소리에 날이 섰던 모양이었다. 다음 말이 뾰족한 내 안의 칼에 걸려 잘 나오지 않았다. 헛기침으로 목을 가다듬어도 마찬가지였다. 내가 자꾸 기침을 하자 경옥이 다시 물을 따라주었다.

— 무례했다면 용서하세요. 전 언니가 싱싱해졌으면 좋겠어요. 지금 언니는 응지에 놓인 식물 같아요.

— 경옥아, 우린 말이다. 아니, 이제 우리라는 말로 그 사람까진 묶지 않을게. 난 말이다. 적당히가 안 되는 사람이야. 동그라미 세모 가위표 중에 세모를 제일 싫어하는 것도 그래서야. 이것도

　　　　　　　　보석함과 쓰레기봉투

아니고 저것도 아닌 상태는 내겐 증오를 불러일으켜. 헤어지는 마당에, 상대에 대한 걱정? 연민? 보호자 자리를 내 놓으면서 보호자 역할을 자청한다? 얼핏 들으면 정이 넘치네. 하지만 나는 세민 아빠가 그런 거 안 해줘서 이만큼이라도 꼿꼿할 수 있어. 헤어지고도 안부 전화하고 필요하면 도움 청하고? 난 그거 못해. 안해. 어떻게 세민 아빠하고 내가 그런 사이가 될 수 있어? 그건 남들하고나 하는 거잖아?

— 그래요. 그 남들 속에 이젠 아저씨도 포함된다고요. 이혼이 뭔데요?

— 물론 이혼하면 남이 맞아. 하지만 처음부터 남이었던 것과는 다르지 않니? 난 세민 아빠도 이 부분만큼은 나와 생각이 같을 거라고 믿어. 아니 알 수 있어. 그래서 그가 고마워. 연인에서 아내, 그 외의 관계로는 날 대해주지 않아서 말이야.

잔뜩 날 선 속으로는 물조차 잘 넘어가지 않았다. 몇 번에 걸쳐 물을 마시는 동안 경옥은 또 자기 잔에 물을 붓고 있었다. 겨우 한 잔의 물을 다 마셨을 때 기다리고 있던 경옥이 입을 열었다.

— 언니, 말을 듣고 보니 그럴 것도 같네요. 이혼하고 친구처럼 지내는 게 얼핏은 좋아 보이지만 참 슬픈 관계, 맞네요.

힘이 빠졌다. 남편에게 전화 한 통 없는 걸 서운해 하지 않은 건 아니었다. 하지만 시간이 흐르면서 그렇게 하는 남편이 고마웠다. 어떻게 우리가 각자 다른 곳에 살며 안부 전화나 하는 사이가 될 수 있는가. 그러면 정말 남남이 아닌가. 남남이라는 단어가 목에 걸렸다. 나는 그것을 부정하고 싶은 것인가. 아니면 더 처절히 새기고 싶은 것인가.

— 언니, 돈이 얼마라도 남아 있다면 다시 그림을 그리세요. 다행히 얼마 전에 후배가 언니 그림 두 점을 사 줬다면서요. 하은 언니한테 들었어요.

지난달에 영란이 집에 와서 삼십 호짜리 유화 두 점을 가져간 걸 말하는 것 같았다. 그림 그리는 사람이 다른 사람의 그림을 사는 건 이례적인 일이었으므로 그때 나는 영란에게 이유를 물었다.

— 이유가 어딨어요? 누가 사다 달래서 나는 심부름하는 거예요.

— 누가? 왜 하필 내 그림을?

— 선배, 너무 숙이는 것 아니유? 하필 언니 그림이라니, 그게 무슨 말이에요? 그건 그동안 선배 그림 사 간 사람들 무시하는 거예요.

— 그럼 말해. 누가 사다 달랬는지.

— 컬렉션 이름 밝히지 않는 게 불문율이라는 것쯤은 아실 텐데?

그렇게 나는 벽에 걸려 있던 그림 두 점을 내려 주는 걸로 이사 와서 처음으로 통장에 입금이라는 걸 해볼 수 있었다. 영란을 떠올리자 마음에 기차가 지나가는 것처럼 아련한 그리움이 몰려왔다.

보석함과 쓰레기봉투

— 언니는 살아있는 사람이라고요. 왜 재능을 썩혀요? 아저씨랑 함께해 온 시간에 대한 미련이 왜 깊지 않겠어요. 그렇지만 이젠 현실을 직시해야죠. 두 분은 이제 남남이에요. 언니는 앞에 있는 사람이 추위에 벌벌 떨릴 만큼 차가우면서도 실상 속으로는 너무 여려요. 처음에 저 결혼사진을 보고 정말 던져버리고 싶은 걸 겨우 참았어요.

— 경옥아.

이상하게 말이란 듣는 사람보다 하는 사람이 결국 울게 만드는 효력이 있다. 그것이 말을 듣고 있는 사람의 현실적인 아픔이나 상처에 관계되는 말일 때는 더욱 그렇다. 내가 경옥을 부르자 그녀는 손등으로 눈물을 훔치고 나를 바라보았다. 이미 볼을 타고 내리는 눈물이 얼굴에 작은 물길을 내고 있었다.

— 시간이란 건 말이야. 결코 아무것도 남기지 않는 법은 없어. 나는 그것을 그저 바라볼 뿐이야. 결혼이 실패로 끝난 것에 대한 나 나름대로의 애도의 기간을 보내고 있다고 생각하렴. 죽은 사람에 대해서만 애도의 시간이 필요한 건 아니야. 어떤 부분에 실패를 인정한다면 그것이 무엇이든 마음속에서 삭여질 수 있도록 충분히 슬퍼하는 것도 중요하다고 생각해. 좋았던 나빴던 내가 지나온 시간을 묻어버리고 싶진 않아. 그런 시간들을 거쳐 지금의 내가 있는 거니까 내가 걸어온 길을 돌아보는 시간이 필요해. 세민이 아빠랑 같이 살 때는 불가능했어. 후회도 자책도 반성도 할 수 없을 만큼 내가 피폐했으니까. 그래서 이제야 그런 시간을

내게 된 거고. 평화롭게 바라볼 수 있을 때까지 나는 그러려고 해. 연애를 하고 결혼을 하고 자식을 낳은 사람이라면 그 자체만으로도 비길 데 없이 소중한 존재 아니니? 이혼으로 끝났다고 그 세월이 어떻게 아무 의미가 없을 수 있어?

— 그래서 저렇게 정리해 놓고 바라보니까 편해져요?

— 아니, 아직은. 어쩌면 영원히 편해지지 않을 수도 있겠지. 그러면 그렇게 느끼면 되는 거야. 아, 이렇게 오래가는 기억을 그가 남겨 줬구나. 그러면 돼. 그런데 참 신기한 것은 말이야.

나는 잠시 말을 끊었다. 몸 안에 잔뜩 섰던 날이 가라앉는지 맥이 풀리는 느낌이었다. 식탁 의자에 앉아 있기도 버거울 만큼 허리가 자꾸 숙여졌다. 내가 겨우 일어서자 경옥이 얼른 내 팔을 붙잡고 소파 쪽으로 걸어가 나를 먼저 앉혔다. 결혼사진이 보였다. 우드 액자에 담긴 한 쌍의 남녀는 행복해 보였다. 나는 옆에 앉아 있는 경옥을 불렀다.

— 경옥아, 있었던 일은 있었던 그대로 두는 것도 사는 방법이더라. 있었던 일을 없었던 일처럼 하려고 하는 데서 감정에 전쟁이 나는 거야. 몇 개 없는 세민 아빠 물건도 그래. 그냥 두고 간 거니까 두는 거야. 일부러 버리고 찢고 하는 거, 사실 의미 없잖아? 그 사람의 가장 큰 흔적이랄 수 있는 자식은 보물처럼 아끼고 살 떨리게 사랑하면서 물건 몇 개 그게 뭐라고 버리고 난리치니? 그래도 이런 내 행동이 언제든지 돌아오소서. 그런 거로 보이니?

— 글쎄요.

보석함과 쓰레기봉투

― 그래, 그 대답이 정확하겠다. 근데 말이야, 저 물건들이 세민 아빠만의 흔적일까? 나랑 한 공간에 살 때 그가 쓰던 물건이면 내 흔적일 수도 있지 않을까? 내 눈에 익은 그의 물건, 그래서 두는 거야.

― 세민이는 어떨까요? 아빠 따라 유학 가 있는 세민이는 어떤 생각을 하고 있을까? 혼자 있을 언니가 많이 걱정될 텐데요. 사실 아저씨 유학 제안에 세민이가 선뜻 응했을 때 하은 언니와 저는 세민이한테 서운하더라고요. 낯선 도시에 엄마는 혼자 있는데.

― 신나고 즐거웠으면 좋겠어. 우리 딸. 많은 거 보고 좋은 강의 듣고 엄마 생각 가끔 잊어버릴 만큼 머리에 가슴에 행복이 가득 했으면 정말 좋겠어.

남편을 따라 세민이가 홍콩으로 떠나던 날 아침, 나는 세 가지를 손가락을 접으면서 말했다. 세 개의 캐리어 앞에 선 세민이는 울음이 가득찬 입을 막느라 양볼을 풍선처럼 부풀린 모습이었다.

― 신날 것. 행복할 것. 엄마는 안심할 것. 약속이다? 알았지? 지켜야 돼.

고개를 끄덕이던 세민이가 다가와 두 팔을 내 허리에 감았다. 울음이 섞인 목소리가 들렸다.

― 엄마도 세 가지. 잘 먹을 것. 잘 잘 것. 나 안심할 것. 알았지? 지켜야 돼.

― 그럼, 당연하지. 약속은?

― 지키는 것!

세민이는 그날 나를 참 오래 안았다. 그 온기는 지금도 고스란히 남아있다.

― 그건 언니 욕심이에요. 부모가 이혼했는데 무슨⋯⋯
― 그렇지 않아. 이혼은 부모가 했는데 왜 아이가 같이 불행해야 돼? 이혼이란 나한테 남편이 없어진 거지 아이한테 아빠가 없어진 게 아니야.

나는 고개를 저었다. 내 표현이 부족했을까? 더 이상 경옥과의 대화가 원활하게 소통이 되지 않는다는 게 느껴졌다. 나는 쿠션을 가슴에 안으며 그런 경옥을 바라보았다. 어떻든 마무리를 해야 한다는 게 부담스러웠지만 잘못 생각하고 있는 것은 바로 잡아야 한다는 생각이 들었다. 한 가지의 오해라도 타인에게 남기기는 싫었다. 그것은 언젠가 나를 무겁게 하는 돌이 될 것이다. 나는 그게 싫었다. 박힌 돌을 그대로 끌어안고 이집으로 이사 오면서 얼마나 무거웠던가. 짐은 사다리차로 다 올릴 수 있었지만 내 몸은 끌어올려지지 않았다. 낯선 도시 낯선 동네 낯선 아파트 입구, 내가 살아가야 할 이집 앞에서 몸을 안으로 밀어 넣는 게 얼마나 힘들었는지 나는 지금도 그날의 무거웠던 발걸음을 생생하게 기억하고 있다. 한 걸음 한 걸음 앞으로 내딛을 때마다 쿵, 하고 의식 전부를 흔들어 대던 발소리, 한 세상이 새로 열리는 소리라고 억지로 생각하려 해도 그것은 분명 아니었다. 오히려 익숙했던 세상이 끝나는 소리였다. 익숙하다는 게 죄라는 생각도

보석함과 쓰레기봉투

그때 했었다.

내게 남은 말이 있다는 걸 아는지 경옥은 계속 내 시선을 받으며 나를 바라보고 있었다. 나는 번거로웠지만 말을 이었다. 번거로움도 살아가는 동안 꼭 견뎌내야 할 필수 항목인 것이다. 번거롭지 않으려고 피해 왔던 모든 것을 그런 이유로 놓쳤다. 그중 가장 큰 것이 남편이다. 나는 지난 십 년 동안 남편에게 그의 마음이 변한 이유와 나를 죽은 사람 대하듯 하는 이유에 대해 겨우 몇 번 따졌다. 겨우 몇 번 소리치며 울었다. 겨우 몇 번 대들었다. 언니의 해명도 겨우 몇 번 전했다. 그리고 멈추었다. 그 결과가 이혼이었다.

— 자식이란 부모의 상황이 어떻게 변해도, 누구랑 살게 되도 공평하게 두 사람의 자식이어야 한다고 생각해. 같이 사는 한쪽 부모 비위에 맞추려고 떨어져 사는 부모에게 소홀해서도 안 되고 정이 멀어져서도 안 된다는 게 내 지론이야. 그걸 세민이는 잘하고 있어. 그만 가라. 쉴래. 오늘은 말을 많이 해서 너 가고 나면 무지 허탈할 것 같아. 이래서 난 말을 하기가 싫어. 무슨 소용이 있니? 이런 말들이. 말이란 건 너무 공허해. 아, 난 이런 기분이 정말 싫어. 쓸데없고 그래서 허무하고. 속이 텅 빈 것 같은 이런 기분.

— 거의 십 년을 집 안에서 침묵 속에 살았는데 그럼 안 그래요? 언니는 말하기 싫은 게 아니라 언니 말을 듣고 있는 사람이 있다는 것에 아직 적응이 안 된 것뿐이에요.

서울로 돌아갈 막차 시간을 보며 엘리베이터 앞에서 경옥은 기어이 한마디 대꾸를 하고 내려갔다.

세민이가 정신과에 데리고 가 달라는 말을 하며 가슴을 뜯고 울었을 때가 생각났다. 그날 밤을 꼬박 새운 나는 바로 병원에 예약 신청을 해서 보름 뒤로 상담 날짜를 잡았다. 그날은 세민이의 기말고사가 끝나는 날이었기 때문이었다. 그러나 학교에서 돌아온 세민이는 병원 가기를 거부했다. 원인을 알고 있는데 생각해보니 병원이 불필요하다는 게 이유였다.

— 그래도 전문가의 의견이 있을 것 아냐? 가 보자. 공부해야 하는 학생인데 조금이라도 도움이 된다면 가는 게 맞아. 너도 필요하다고 생각했으니까 병원 생각을 했을 거고.

병원 갈 준비를 하고 학교에서 돌아오기만 기다리고 있던 나는 세민이의 거부에 다시 가슴이 철렁 내려앉았다.

— 아니야, 엄마. 안 갈래. 안 가고 이길래. 생각해 봤어. 병원에서 뭘 해 줄 수 있을까 하고. 내 말을 들어주고 안정제 같은 약 처방? 그 정도겠지? 병원에 가서 상담을 한댔자 의사가 우리 집안 공기를 바꿔 준다거나 엄마 아빠 사이를 예전으로 돌려놓을 수 있는 건 아니잖아. 차라리 이 집안의 딸로서 정면으로 대응할래. 지금은 이런 시기를 살아야 할 땐 거 같아. 그리고 나만 이렇게 괴롭겠어? 엄마는? 아빠는?

그래도 우린 어른이라고 말하려는데 교복을 벗은 뒤 팔에서 시계를 풀어 책상 위에 놓던 세민이가 다시 시계를 팔목에 차는 모습이 보였다. 나는 그 모습을 의아하게 바라보았다.

— 엄마, 나 독서실 지정 좌석표 좀 끊어줘.

— 독서실이라니?

난데없는 요구였다. 조용한 걸로 치자면 우리집을 따를 곳이 어디 있냐는 말을 하려는데 세민이의 목소리가 먼저 흘러나왔다.

— 한 달씩 표를 끊으면 지정받은 좌석이 한 달 동안은 내 것이 되는 거야. 어쩌다 내가 안 가는 날도 한 달 동안은 남이 앉지 못하는 거지. 새벽 세 시까지 하니까 학원에서 엄마가 나 태워오면 거기서 공부하고 세 시에 올게. 상가 이층에 있으니까 안심해도 되잖아. 집에서는 사실……, 공부가 안 돼서 그래. 조용하지만, 너무 이상하게 조용한 거잖아. 나 집에서는 잠만 잘래. 학원 안 가는 주말은 독서실에서 보낼 거야. 거기가 싫증나면 여기저기 도서관에도 가고. 지금 끊어주면 안 돼? 나, 가능하면 엄마 아빠 함께 있는 모습 덜 보고 살래. 손 쓸 수도 없는 환자의 상처 부위를 보고 있는 의사의 심정이 아마 나 같을 걸? 이럴 수도 없고 저럴 수도 없고…… 엄마가 잘못했건 아빠가 잘못했건, 아니면 다른 이유건, 내가 끼어들 수 없는 거라면 모른 체 할래. 궁금해하고 내가 뭘 어떻게 해 보려 하다간 엄마 아빠 자식으로서 내가 몹쓸 생각에 사로잡힐 것 같아. 엄마 알잖아? 유치원 때부터 중학교 때까지 존경하는 사람 적으라는 란에 내가 늘 부모님이라고 적었던 거. 진짜 난 그랬어.

― 그래. 알지.

― 그랬는데, 이젠 엄마 아빠라고 적어. 왜지 알아?

― ……

― 엄마 따로 아빠 따로는 여전히 좋아하고 존경하지만, 엄마 아빠가 부부로 합쳐진 부모님으로는……

뒷말은 듣지 않아도 읽혔다. 가슴에 대못이 박혀진 날이었다. 우리는 그날 병원 대신 함께 상가 이층에 있는 독서실로 가서 한 달 표를 끊었다. 세민이가 배정받은 좌석 번호는 20번이었다. 그 날부터 내겐 새벽 한 시에 학원에서 세민이를 태워 와 상가 앞에 내려준 다음 다시 세 시 십 분쯤 데리러 가는 날이 시작되었다. 집안 분위기는 여전했지만 그 속에 있는 것과 그곳을 떠나 있는 것은 확실히 달랐다. 자는 시간을 제외하곤 집에 있는 시간이 거 의 없게 스케줄을 조정한 세민이는 전교 10등 안에 드는 성적을 한 번도 놓치지 않았다. 의사의 처방보다 훨씬 정교하고도 정확 했던 처방을 세민이는 스스로 내린 것이다.

# 6 —— 레

시어머니의 칠순을 한 달 앞두고부터 난 희망에 부풀어 있었다. 그날을 계기로 어쩌면 남편과의 사이도 좋아지지 않을까 그때까지도 그런 기대를 했었던 것 같다. 나는 그때 이미 큰동서의 지시에 따라 자식들마다에 배당된 돈을 일 번으로 부쳤고, 별도로 시아버님 시계와 시어머니 오팔반지를 선물로 준비해 놓은 상태였다. 학위를 마친 남편이 바로 모교에 전임이 되었을 때도, 사업을 시작해 사세를 확장해 나갈 때도, 제일 공을 많이 들인 자식이라던 어머님 말씀이 귀에 익은 탓만은 아니었다. 자기 부모님께 잘하고 그분들이 기뻐하시면 남편의 마음도 좀 풀어지지 않을까 기도처럼 절실하게 그런 생각이 들었던 것이다.

언니의 안부를 한번만 물어줬으면, 스테인레스처럼 차가운 목소리라도 처형 어때? 라는 말 한번만 들어봤으면, 아니 언니는 버려두고라도 사십대 초반에 치매에 걸린 언니의 생 앞에 던져진 내게 안쓰러운 눈빛 한번만 보여줬으면. 어림없는 바람인 걸 알면서도 나는 기다렸고 매일 절망했다. 한번만 그런 말을 들었다면, 그런 기억이 있다면, 죽은 사람 취급 아니라 귀신 취급을 당해도 나는 남편을 떠나지 않았을 것이다. 언니는 내게 부모이고 친정이었으므로 언니에 대한 관심은 곧 나에 대한 존중이고, 부부란 관계의 지속성을 내포한다고 믿었기 때문이었다. 그래서 더 시부모님을 기쁘게 해드리고 싶었다. 부부란 서로의 가족에게 잘하면 백 가지 앙금이 풀린다는 말을 그때까지 나는 믿었다. 가족이란 확대된 자신이 아닌가. 선물을 고르느라 백화점 귀금속 코너를 순례를 하면서 내 기도는 점점 확신으로 다가왔다. 오랜만에 설레는 마음으로 보낸 한 달이었다.

시어머니의 칠순은 토요일이었다. 다음 주부터 중간고사가 시작되는 세민이는 볼멘소리로 몇 번이나 내게 다짐을 받고서야 따라 나섰다. 서울에서 울산까지는 네 시간에 가까운 시간이 소요되는 거리였다. 울산은 서울이 고향인 시아버지가 정년퇴직 후 여생을 보내겠다며 가신 곳이었다. 퇴직 전 시아버지는 친구들과 남은 생은 집장촌을 이루어 살자고 약속했다며 수년에 걸쳐 전국을 다니셨다. 그때 발견한 곳이 울산이었다. 울산, 따뜻한 이름이어서 좋았어. 멋대로 해석한 거지만 울이 우리 같잖아? 거기다 바다도 있으니 시간도 무료하지 않을 것 같고.

　　　　　　　　　　　　　　　　　보석함과 쓰레기봉투

나는 열차표를 예매해 뒀었다. 이틀 전 차를 긁어 공장에 넣었기 때문이었다. 소나기가 세게 내리는 새벽 한 시에 학원에서 세민이를 태우고 와 주차하던 중에 벌어진 일이었다.

— 엄마, 약속 꼭 지켜야 돼. 오늘 밤차로 꼭 와야 하는 거 잊지 마. 내일 학원에서 기출문제 총정리 있는 거 알지? 일요일인데도 학원에서 특별히 해 주는 거란 말이야. 정말 엄마 믿고 가는 거야. 아빠가 자고 오자고 해도 꼭 와야 돼. 응?

— 알았어. 몇 번이나 말해? 오는 차표도 끊어 놓은 거 봤잖아? 온 가족 함께 저녁식사하고 좀 놀다가 열 시쯤 나오면 마지막 기차 탈 수 있어. 그럼 기차에서 자고 내일 학원 가는 데는 문제 없을 거 아니야?

세민이에게 서울역에서 만나자고 말하며 남편은 아침 일찍 외출했다. 나는 마음이 바빴다. 차표를 내가 들고 있기 때문에 혹시나 먼저 도착한 남편이 또 짜증을 내는 건 아닌가 싶으니 세민이에게 친절할 여유가 없었다.

— 아빠도 오늘 밤에 오는 거 알고 있지?

— 차표 예매할 때 우리는 오늘 와야 하는데 어떡할 거냐고 물으니 같이 오겠다더라. 그러면서 세 장 끊으라고 했으니 오늘 오는 건 제발 걱정하지 마. 엄마도 할머니 칠순이 아니고 그냥 생신이면 시험 앞둔 너 가자고 하지 않아. 그리고 좋은 날 가는데 인상 좀 풀어. 그게 할머니 칠순 축하하는 손녀 표정이니?

— 나 시험 끝나고 태어나셨으면 내가 이러겠어? 할머니 만수

무강 영원무궁 불로장생하옵소서, 하며 기쁘다 우리 할머니 오셨네, 하지.

가방에 문제집 두 권을 넣고 툴툴거리며 따라 나서는 세민이와 서울역에 도착하니 남편은 아직 나오지 않았는지 보이지 않았다. 출발 육 분 전이었다. 이미 개찰이 시작된 개찰구에서 마음을 졸이며 사방을 훑어보는데 롯데리아 앞에 있는 의자에서 일어서는 남편의 모습이 보였다.

— 거기 앉아 있었으면 좀 부르죠. 차 못 타는 줄 알고 얼마나 마음이 졸았는데.

대답하지 않을 걸 모른 건 아니지만 집에서부터 세민이 설득하느라 진이 빠진 내 입에서 보통의 부부처럼 푸념이 나왔다. 더구나 오늘은 자기 어머니 칠순을 맞아 멀리 울산에 가는 날이 아닌가. 내 푸념 따위는 들리지도 않는다는 표정으로 남편이 손을 내밀었다. 나는 내가 들고 있는 짐들을 달라는 것인 줄 알고 바닥에 내려놓았던 가방을 들었다. 남편이 아주 짧게 고개를 저었다. 나는 그를 쳐다봤다.

— 차표. 다 달라고.

어차피 같이 움직일 걸 왜 굳이 달라는지 이유도 모른 채 나는 핸드백을 열어 여섯 장의 차표를 건네줬다. 울산에 머무를 시간을 계산하는지 차표를 보는 남편의 손가락이 하나 둘 접혀졌다. 차를 타고 가는 내내 남편은 한마디도 하지 않았다. 세민이가 음료수를 권해도 남편은 고개만 저을 뿐 받지 않았고 롯데리아 앞에서부터 들고 있었던 신문만 볼 뿐이었다. 누가 봐도 우리를 한 가족으로 볼 사람은 없었다.

울산에 도착해 시댁으로 가는 택시 안에서도 남편은 고개를 젖혀 눈을 감은 채 우리와는 별개의 개체로 행동했다. 같은 택시에 합승한 서로 모르는 사람들이라고 해도 그 정도로 서먹하게 있진 않을 것이다. 오랜만에 모인 식구들은 우리가 들어선 지 몇 분도 안 되어 모두들 근심스러운 표정으로 바뀌었으나 아무도 쉽게 말을 꺼내지 못했다.

작은시누이가 큰맘 먹고 차렸다는 칠순 잔칫상은 화려하면서도 푸짐했다. 케이크에 촛불을 켜고 생신 축하 노래를 부른 다음 촛불을 끄는 모든 행위에서도 남편의 태도는 바뀌지 않았다. 세민이도 그런 아빠 옆에서 말이 없었다. 나는 준비해 온 선물 상자를 꺼냈다. 기절할 만큼 간절하게 내 기도가 헛되지 않기를 빌면서 말이다.

— 이게 다 뭐냐?

내가 내민 선물 상자 뚜껑을 열어본 시부모님들이 동시에 소리쳤다. 긴 교자상에 죽 둘러앉아 있던 식구들이 동시에 몸을 일으켜 시부모님들께로 시선을 보냈다. 사람들의 소란에 잠깐 상자 쪽으로 눈길이 간 남편의 시선이 금방 아래로 떨어지는 게 보였다.

— 어머님, 칠순 축하드려요. 아버님도 더불어 축하합니다. 많이 부족한 저 예뻐해 주신 거 오래오래 잊지 않겠습니다. 두 분은

부모님이 안 계신 제가 유일하게 아버지 어머니라고 부를 수 있는 분이에요. 정말 건강하셔야 해요. 어떤 걸로도 보답이 안 되겠지만 열심히 고르고 골라 준비한 건데 맘에 드셨으면 좋겠네요.

기쁜 마음으로 쾌활하게 하려 했던 말이 자꾸 물기에 젖어 한마디 한마디가 무거워지고 있었다.

— 동서, 큰 힘썼네. 우린 생각도 못했는데. 돈 거둬서 여행 보내드리는 것에만 신경 쓴 내가 부끄럽네. 어머니, 죄송해요.

큰동서가 시어머니 손에 들려 있는 반지를 손가락에 끼워 위로 들어 올려 사람들에게 보여줬다.

— 셋째 형님은 참 저런 거 잘 골라요. 만날 때마다 끼고 오는 목걸이나 팔찌 같은 걸 보면 그냥 악세서리 같은데도 디자인과 색깔이 예사롭지 않잖아요? 화가라서 그런가?

막내 동서가 그 말을 하며 나를 재빠르게 훑는데 시동생이 툭 치며 끼어들었다.

— 아버지 어머니 좋으시죠? 역시 잘난 아들은 그 값을 하네. 엄청 비싸 보이는데?

갑자기 분위기가 소란스러워졌다. 눈물을 막느라 고개를 숙이고 있으면서도 나는 남편의 목소리를 기다렸다. 칭찬 같은 건 바라지 않았다. 다만 선물에 대한 한마디 표현을 기다렸을 뿐이다. 언제 이런 걸 준비했어? 잘 골랐는데? 뭐 이런 정도의 말 말이다. 아니 그것까진 바라지 않았다. 내가 내놓은 선물들을 향한 형제들의 갖가지 소감 나열에 약간 겸연쩍은 웃음 한 조각만이라도

보석함과 쓰레기봉투

흘려주기를 기다렸다. 그것만 해도, 남편과 내가 한식구라는 것을 나는 넘치도록 느꼈을 것이다. 내 그런 마음을 읽었는지 말없이 앉아 있던 세민이가 남편을 툭 치는 게 보였다.

— 아빠, 역시 엄마 안목은 베스트야, 그지? 되게 예쁜데?

세민이의 말끝에 미역국 그릇을 들고 나머지 국물을 들이 킨 남편이 국그릇을 놓는 소리가 들렸다. 남편은 끝내 선물에 대해선 한 마디도 하지 않았다. 그날 나는 알았다. 나만 그에게 보이지 않는 게 아니라 나와 관계되는 어떤 일도 그에게 보이지 않는다는 사실을. 설령 내가 죽어가는 그의 부모에게 손가락을 잘라 그 피를 먹여 살려낸 일을 했다고 해도 그것이 내가 한 일이면 그에게는 보이지도 들리지도 않겠다는 걸. 남편을 감동시키는 일은 불가능하다는 사실이 다시 깨달아졌다.


식사를 끝내자 큰시누이 남편이 단란주점을 예약해 뒀다며 사람들을 일으켰다. 상을 치우려고 쟁반을 들고 오던 나는 시계를 바라보았다. 저녁 여덟 시가 넘어가는 시간이었다.

— 엄마, 우린 못 간다고 해. 조금 있다가 나가야 되는데 어떻게 단란주점엘 가? 놀다 보면 시간을 놓칠 수도 있잖아?

아무리 계산해도 세민이 말이 맞는 것 같았다. 게다가 스무 명이 넘는 식구들이 먹은 상을 치우는 것도 일이었다. 어질러진 상을 그대로 두고 다들 몰려나갔다 돌아오자마자 서울 간다며 나오기에는 마음이 편치 않을 것 같았다.

― 다녀들 오세요. 제가 상을 치우고 있을 게요.

― 왜? 다녀와서 같이 치우면 되는데.

둘째 동서가 쟁반을 빼앗아 상에다 놓으며 내 팔을 잡아끌었다.

― 사실 저희 식구는 오늘 밤차로 가야 해요. 월요일부터 세민이 시험이라서.

― 그래? 식구가 다 간다고? 세민아, 너 공부 잘하잖아? 오늘같이 놀고 내일 가면 안 돼?

큰시누이가 세민이 눈치를 살폈다.

― 큰고모, 봐 줘요. 차표도 미리 끊어 왔어요. 저 시험 치르고 언제 주말에 다시 한번 올게요.

― 애, 너 참 별나다. 공부 잘하는 것들이 더 으악스러워요. 하루 안 했다고 시험 망칠 성적이야? 네가?

신발을 신다가 우리 때문에 행동이 지체되자 둘째 동서가 세민이를 향해 쏘아붙쳤다.

― 작은 큰엄마, 저 전교 1등 하는 애 아니에요. 그러니 공부 잘하는 뭐 그런 말씀하지 마세요. 민망하니까.

말은 둘째 동서에게 하면서도 세민이의 시선은 남편에게 가 있었다. 아빠가 뭐라고 좀 해 줘. 여긴 아빠 식구가 모인 집이잖아. 그런 말이 건너가고 있는 모습이었다.

― 동서, 그냥 내일 가. 서방님 암말 안 하는 걸 보니 서방님은 가고 싶지 않은 것 같은데. 딸내미 공부 그만하면 됐어. 너무 별나게 굴지 말고. 암튼 동서 별난 건 알아줘야 해. 그렇게 꼭 분위

보석함과 쓰레기봉투

기 깨면서까지 이 밤에…… 그리고 얘, 세민아. 너도 그렇다. 입시가 코앞인 고3도 아닌 얘가 벌써부터 뭘 그렇게 시험, 시험하니?

둘째 동서의 말에 작은시누이도 거들었다.

— 언니, 다 오랜만에 만났는데 같이 놀자. 세민아, 기본 실력 있잖아? 이참에 그거 한번 시험해 봐. 알았.

그때였다. 작은시누이의 말이 채 끝나기도 전에 내 앞으로 패대기쳐지는 차표 두 장이 보였다. 그리고 남편의 목소리가 들려왔다.

— 세민이 가방 챙겨 지금 가. 당장.

갑자기 집안은 숨소리조차 들리지 않았다. 세민이를 보니 하얗게 질린 채 남편을 바라보고 있었다. 말문이 막힌다는 게 어떤 건지 실시간으로 방영되고 있는 장면을 보는 것 같았다. 어떤 몸짓으로 어떤 표정으로 있어야 될 지도 모르는 상태가 극에 달하는 분노 속에서 이어졌다. 바닥에 던져진 차표들이 눈앞에 떠올랐다 간 가라앉고를 반복했다. 그 누구도 차표를 줍는 사람은 없었다.

— 지금 아빠, 차표 집어던진 거야? 던진 거 맞지? 왜? 내가 안 온다는 거 엄마가 당일치기 약속을 해 줘서 겨우 온 거란 말이야. 다 알면서 왜 그러는 건데? 우리가 거지야? 표를 집어던지게? 엄마, 가자. 아빠가 저럴 수는 없는 거야. 세상에 여기가 어딘데, 어디라고 우리한테 저래?

기어이 세민이가 울음을 터트렸다. 그때 남편이 방으로 들어가

문을 쾅 닫는 소리가 들렸다. 나는 바닥에 떨어져 있는 차표를 주워 주머니에 넣은 다음 세민이도 한쪽 방으로 밀어 넣었다. 사태가 너무 어이없었는지 놀란 눈으로 우리를 지켜보던 사람들이 서로 무슨 말인가를 하며 밖으로 몰려나갔다. 그들이 다 나갈 때까지 아까부터 눈을 감은 채 소파에 앉아 있던 시아버지가 일어서서 주방 쪽으로 가는 게 보였다. 밤이 늦은 시간이라 현관이 닫혔는데도 엘리베이터 앞에서 하는 그들의 말소리가 또렷이 들리고 있었다.

— 동서 대하는 서방님 눈빛 봤어? 살기도 아니고 뭐라 그래야 돼? 들어올 때부터 공기가 싸해서 장거리에 피곤해서 그러나보다 했는데……

큰동서 목소리였다.

— 셋째가 별나게 굴잖아요. 시어머니 칠순에 와서 꼭 저런 꼴 보여야 돼요? 시험 한 번에 자식 인생 망하는 것도 아니고.

둘째 동서 목소리였다.

— 쟤들이 저러니 내가 살맛 안 나네. 얼마나 예쁘게 사는 아이들이었는데. 지금 본 게 현실인지 아닌지도 모르겠어. 대체 뭔 일이야. 이게?

큰시누이 목소리였다.

— 살다보면 제아무리 닭살 부부래도 저럴 수 있지 뭐. 우린 뭐 안 싸우고 사나?

작은시누이 목소리였다.

— 부부가 싸워도 저렇게는 안 싸우죠. 오늘만 본다면 끝나도 예전에 끝난 사이 같지 않아요? 우리 다 보는데서 어떻게 와이프한테 차표를 던져요? 셋째 형님이 뭐 크게 잘못한 일이 있는 거 아닐까요? 그러지 않고서야 아주버님이 저럴 수 있나? 아니면 아주버님 혹시 바람나셨나? 새 여자 생기면 제일 꼴 보기 싫은 게 와이프라잖아요. 왜.

막내 동서 목소리였다.

— 바람나면 외려 와이프한테 잘해. 우리 동민 아빠만 봐도 그렇던데?

다시 큰시누이 목소리가 들렸다. 바로 막내 동서가 그 말을 받았다.

— 셋째 아주버님은 뭐 때문에 척할 수 있는 그런 성격이 못 되잖아요?

— 서방님 바람난 거 아니야. 바람난 사람의 눈빛이 아니잖아. 화가 나 있어.

둘째 동서 목소리였다.

— 화라니? 왜, 뭣 때문에? 쟤들이 서로 화내고 싸울 애들이야?

어딘가 자신 없어 보이는 큰시누이 목소리가 다시 들렸다.

— 말들 보태지 마라. 세민 애비 잘못이야. 아무리 못난 놈도 자기 집에 와서 제 마누라 저렇게 욕보이진 않는다. 배움이나 짧아야지. 식구들 다 모여 있는 데서 박사씩이나 공부했다는 위인

이…… 세민 에미가 뭘 잘못했냐. 오늘?

시어머니 목소리였다.


나는 세민이 있는 방으로 들어갔다. 하얗게 질렸던 세민의 얼굴이 이제는 시퍼렇게 멍든 것처럼 굳어 있었다.

— 세민아.

나는 침대에 앉아 있는 세민을 가만히 끌어당겨 안았다. 놀란 아이가 경기하는 것처럼 세민은 온몸을 떨며 울었다.

— 아빠 정말 어디 크게 병 난 거 아냐? 이상하잖아? 어떻게 저래? 우리 아빠가 아닌 것 같아. 사람이 변했잖아. 가자. 엄마. 어서 이 집에서 나가자고.

— 세민아, 오늘은 그냥 여기 있자. 네가 양보해.

— 싫어. 사촌들 보기 창피해서도 못 있겠어. 걔들이 엄마를 어떻게 볼 거야? 얼마나 무시하겠냐구?

고개가 떨어져라 흔드는 세민을 나는 더욱 힘을 줘 끌어안았다.

— 무시는 본인이 허락하지 않으면 아무런 위력이 없는 타인의 감정일 뿐이야. 어차피 시간이 늦었어. 지금 나가도 우리가 예약한 차는 못 타.

나는 세민을 두고 방에서 나왔다. 많은 식구들이 먹은 상이 그대로 있는 거실은 그야말로 아수라장이었다. 남은 음식을 따로 모으고 빈 그릇은 포개어 정리하고 있는데 주방에서 커다란 쟁반을 들고 시아버지가 옆으로 왔다.

　　　　　　　　　보석함과 쓰레기봉투

— 두세요. 아버님.

— 여자가 몇 명인데 이 상을 이대로 두고 나가다니. 너도 하지
마라 하고 싶지만 들을 너도 아닌 것 같으니 여기 상 치우는 것은
놔두고 넌 가서 씻는 거나 해. 그릇들은 내가 옮겨주마.

— 제가 다 해요. 아버님은 그냥 계세요. 왜 아버님이 이런 일까
지 하세요?

나는 시아버지 손에서 쟁반을 빼앗았다. 그러나 뺏으면 다시 집
고 뺏으면 다시 집고를 반복하는 동안 상 위는 깨끗해졌다. 설거
지는 거의 한 시간이나 걸렸다. 남편이 들어간 방문은 그때까지
닫혀 있었다. 며느리 설거지를 도와준 시아버지 앞에서 간간이
코고는 소리만 들릴 뿐인 그 방문을 바라보는 일이 힘들었다.

— 맘에 두지 마라.

손을 씻고 주방에서 나오는데 거실에 서 있던 시아버지가 말했
다. 다시 목이 떨리며 등이 커다란 돌을 지고 있는 것처럼 욱신거
렸다.

— 저러다 말겠지. 영리한 사람이니까. 자기가 한 짓 모르기야
하겠냐? 지 자식과 부모 형제 조카들까지 다 있는 데서 마누라 욕
보인 거 저도 알거야. 내가 오늘 도대체 무슨 꼴을 봤는지 모르겠
다.

돌을 지고 있는 등짝을 누가 후려갈긴 듯 두 다리에 힘이 빠졌
다. 나는 아랫배에 힘을 줘 간신히 두 다리를 곧추세웠다.

— 세민이 있는 방에 들어가거라. 곧 다들 몰려올 텐데. 마주쳐

171

봤자 입에 올려 풍선 불듯 부풀리기나 하지. 한 치만 건너도 속 알아줄 사람 없는 게 여자한테는 시집이야. 어서 들어가.

시아버지는 아무것도 묻지 않았다. 차라리 무슨 까닭이냐고 물어주었다면 나도 모르겠다고 소리 지르며 정말 미친년처럼 발광이라도 했을 것이다.

— 어서 들어가. 밑에서 무슨 소리가 들리는 걸 보니 다들 오나 보다. 그리고 너 밖에 있는 소리 들리면 세민 애비 또 뛰쳐나와 헛짓 할까 무섭다.

시아버지의 마지막 말이 귀에서 걸렸다. 나는 귀를 털어내듯 손바닥으로 양쪽 귀를 두드리며 돌아섰다. 시아버지가 해야 했을 일은 설거지를 도와주는 일이 아니었다. 맘에 두지 말라며 내 참을성만 부추겨서는 더더욱 안 되는 일이었다. 문 닫고 들어간 아들을 불러내이 나랑 같이 앞에 앉혀놓고 자초지정 정도는 물었어야 했다. 부모 형제 앞에서 무슨 추태냐고 호통치지는 못할망정, 아들이 다시 그런 행동을 보일까봐 며느리를 방에 밀어 넣진 않았어야 했다. 걸음을 떼는데 차표가 던져졌던 거실 바닥이 덜 굳은 아스팔트처럼 푹푹 꺼졌다.


— 은수야, 안 자면 나와 봐.

울다가 잠이 든 세민이 옆에 누워 있는데 밖에서 큰시누이가 부르는 소리가 들렸다. 나는 침대에서 일어나 앉았다. 세민이 돌아누우며 내 손을 잡았다. 잠결에도 밖에서 부르는 소리가 들렸던

보석함과 쓰레기봉투

모양이었다. 반응이 없자 다시 밖에서 말소리가 들렸다.

— 이 많은 설거지 다하려면 시간 많이 걸렸을 텐데 안 잘 거예요. 다시 불러 봐요.

— 울고 있는 거 아냐? 용케 눈물 잘 참던데. 나 같으면 울고불고 대들고 오늘 구경났을 거야. 도대체 무슨 일인지, 보는 것도 민망해 혼났어.

— 이런 지경이 됐을 때는 이유가 있을 거 아냐? 좀 살가운 애들이었냐구?

— 부부간에 정 멀어지는 거, 그거 순간이에요. 셋째 형님 자존심에 안 자더라도 나와서 얼굴 보이기 싫을 거예요. 설거지 해 놓은 것 좀 봐요. 우리 같으면 그거 할 엄두나 냈겠어요? 자존심이 대쪽 같으니 그 와중에도 할 수 있었을 거라구요.

나는 문을 열었다.

— 뭐…… 하실 말씀들이 있으세요?

내 말투가 냉랭했는지 방문 앞에 몰려 서 있던 둘째 동서와 막내 동서가 주춤거리며 주방 쪽으로 돌아서 갔다.

— 은수야, 너와 이야기 하고 싶어서 불렀어. 나와. 우리끼리 맥주 한잔하게.

큰시누이가 잡아끄는 대로 하는 수 없이 주방으로 가니 술상이 차려진 식탁 앞에는 이미 네 여자가 둘러앉아 있었다. 모두들 단란주점에서 한잔들 하고 왔는지 얼굴이 붉게 상기되어 있었다.

— 형님, 한잔하시고 맘 푸세요. 자, 건배해요.

막내 동서가 내 잔에 맥주를 따라주며 눈치를 살폈다. 나는 맥주잔을 입으로 가져가다 말고 막내 동서를 바라봤다.

— 뭘 건배할 건데? 어머니 칠순 축하 건배는 이미 했고, 왜 또 뭐 축하할 일이라도 있어?

마음은 그렇지 않은데 말이 곱게 나오지 않았다. 막내 동서가 움찔하더니 둘째 동서와 눈을 맞추는 게 보였다.

— 거 참 말 한번 곱게 하네. 기분 풀어주려고 잠 안 자고 모여 앉은 사람들 무색하게. 부부싸움은 누구나 할 수 있는 거 아냐? 생전 안 싸우고 살 줄 알았어? 동서도 그래. 왜 그렇게 융통성이 없어? 차표를 끊어 왔다고 하더라도 분위기가 못 갈 분위기면 포기할 줄도 알아야지 아이 시험 한번 망친다고 인생이 거덜이라도 나? 하루 공부 안 한다고 시험 망칠 세민이도 아니고 말이야. 서방님도 안 가고 싶으니까 그렇게 화를 내는 거잖아? 더구나 다른 형제들은 다 안 가고 있는데 동서만 애 데리고 간다고 하니 화 안 나? 오랜만에 부모 형제 만났는데 체면이 서겠냐구. 서방님 성질 알잖아? 체면에 죽고 사는 사람을 그렇게 구겨놨으니 그 정도 한 것도 다행인 줄 알아. 나 같으면 더한 꼴도 당했을 거야. 나는 깜짝 놀랐어. 세상에 시어머니 칠순에 와서 아이 시험이라고 그날로 간다는 며느리가 어디 있어? 기껏 준비해온 비싼 선물 생색도 안 나게. 많이 배웠다는 사람이 그렇게도 꾀가 없나? 부모님들이 좋은 분들이니 망정이지 어지간한 분들이었으면 신랑이 뭐라 하기 전에 먼저 난리 났을 거야. 안 그래요?

　　　　　　　　　　　　　　보석함과 쓰레기봉투

단숨에 잔을 비운 둘째 동서가 동의를 구하는 눈짓으로 주위를 둘러보며 한참을 말했다.

— 자자, 그러지 말고 다들 들어가 자. 나는 은수하고 이야기 좀 할 거니까.

떠밀어내다시피 사람들을 일으키며 큰시누이가 말하자 다들 자리에서 일어나 주방을 나갔다. 정수기에서 컵에 물을 받아들고 나가던 둘째 동서가 뒤를 돌아보며 한마디 덧붙였다.

— 큰아가씨가 말 좀 잘해요. 이 좋은 날 이게 뭐예요?

그때 거실 쪽으로 걸어가던 큰동서가 몸을 휙 돌리더니 둘째 동서를 가로막았다. 작은시누이와 막내 동서는 이미 방으로 들어가고 없었다.

— 둘째도 그만해. 초록은 동색이라는데 편은 못 들어줄망정. 어머님도 암말 안 하시고 나도 가만있는데 둘째가 이 집 어른이야? 사정이야 어찌됐든 시집 식구들 틈에서 그렇게 차표를 바닥에 팽개치는 게 있을 수 있는 일이야? 설령 셋째가 죽을죄를 졌다고 해도 자기 식구들 앞에서는 감춰줘야 그게 남편이지. 어디 남들 앞에서 그렇게 할 수가 있어? 자기 얼굴에 침 뱉기지. 둘째 같으면 어땠겠어?

— 시계다 반지다 애는 다 쓴 것 같은데 저 꼴을 당했으니 안타까워 그러죠.

— 그게 안타까워서 하는…… 하여간 그만해. 우린 들어가자고.

잠자코 듣고만 있었다. 졸지에 도마 위에 오른 생선 꼴이었다. 핀잔과 동정을 겹쳐 받으며 나는 두 잔째 맥주를 따라 마셨다. 차게 얼린 맥주가 들어간 속에서 뜨거운 무엇인가가 자꾸 솟구쳤다. 팔을 턱에 괴고 한참을 말이 없던 큰시누이가 세 잔째 맥주를 따라주며 조용히 은수야, 하며 나를 불렀다. 남편과 연애가 시작되고 시댁 식구들 중에서 제일 먼저 만난 사람이었다. 우리 형제들 중 가장 감수성 지수가 높은 사람이야. 남편은 말했었다. 그래서 자기가 다치는 연애에도 용감해. 몇 번 아슬아슬한 연애를 하여 집 식구들 모두 한숨 쉬게 했지. 큰시누이를 말하는 남편을 보며 나는 그가 자기 누나를 많이 사랑한다는 걸 느낄 수 있었다. 내가 바라보자 큰시누이는 고통스런 표정으로 내 손을 잡았다.

— 힘들어 보여. 말해 줄 수 있니?

할 말이 없다는 것노 대답이 될 수 있다면 했을 것이다. 뭘 말해 달라는 건지 모르는 건 아니었지만 그 말하라는 부분을 나 자신도 모르고 있으니 무슨 말을 할 수 있는가. 불 꺼진 방에서 스위치도 못 찾고 앉아 있는 것 같아요. 입안에 고이는 문장을 생각하는데 큰시누이가 거푸 두 잔의 맥주를 마시더니 다시 말을 이었다.

— 오늘 난 참 마음이 아프다. 내가 아끼는 사람들이 너무 많이 상한 모습을 보여서 말이야. 너희 연애할 때부터 죽 봐 온 나 아니니? 정말 예쁘게 사랑했어. 너흰. 커피 마실래?

— 네. 제가 끓일게요.

내가 일어서자 큰시누이가 나를 앉히고 자기가 씽크대 쪽으로 가서 물을 얹었다. 가스렌지에서 점화된 푸른 불꽃에 주전자는 금방 물 끓는 소리를 냈다. 커피를 반쯤 마셨을 때 다시 나를 부르는 큰시누이의 음성이 들렸다.

— 은수야, 난 오늘 네가 참 불쌍해.

시선이 마주친다는 게 불편했다. 나는 주방 유리문 너머로 보이는 거실로 시선을 옮겼다. 남편의 남자 형제들이 곤하게 잠들어 있었다.

— 어머니 아버지 선물 준비하느라 애썼어. 나부터 다들 내라는 돈만 내고도 생색은 있는 대로 냈는데, 너는 선물까지 마음 써 줘서 고마워. 속이 깊은 사람이라고 늘 생각은 했었지만 오늘 또 한번 실감했다.

— 언니, 그건 제가 속이 깊어서가 아니에요. 선물은……

무의식중에 튀어 나온 말이 중간에서 멈췄다. 큰시누이의 온몸으로 내쏘는 듯한 시선이 계속 나를 향하고 있었다. 선물이 뭐 어쨌다고? 라며 묻고 있는 것 같았다. 나는 남아 있는 커피를 한 모금 마시고 시누이의 시선을 정면으로 받았다. 갑자기 마음속에서 말들이 끓어올랐다.

— 선물을 준비한 건, 그래요. 솔직하게 현기 씨한테 잘 보이고 싶었어요. 제가 준비한 선물을 받으시고 부모님이 기뻐하면 그의 마음이 한결 부드러워지지 않을까. 혹시 나에게 고마움을 느끼지 않을까. 그러면 차갑게 얼어 있는 그의 마음이 좀 녹아주지 않을

까. 그 생각만 했어요. 그래서 한 거예요. 내가 이랬으니 제발 나 좀 잘 봐 달라 그런 생각이요. 사실…… 저희 이런 상태…… 꽤 됐거든요.

정리되지 못한 생각이 말을 하는 동안 아주 체계적으로 정리되는 수가 더러 있다. 짐작할 수도 없었던 막연함이 어쩌다 불쑥 내뱉게 된 말 속에서 완벽하게 모양새를 갖추게 되는 때도 적지 않다. 그날이 그랬다. 남편에게 잘 보이고 싶었다는 말을 하며 나는 그것이 정말 내 뜻이었음을 확인할 수 있었다.

— 그래서 더 안타깝고 네가 불쌍해. 얼마나 무색했을까? 시집 식구들 다 모인 자리에서, 네 자식 보는 자리에서, 아까 그 장면 생각하면 정말 내 일처럼 마음이 아파. 그렇게 신경 써서 현기 맘에 들려고 노력했는데…… 그런데 은수야.

말을 하던 큰시누이가 주방문 쪽으로 고개를 돌렸다. 거실에서 자고 있던 둘째아주버님이 일어나 화장실에 가려다 주방 유리문을 열고 얼굴을 내밀었던 것이다.

— 제수씨. 속상했죠? 우리 형제들이 그렇게 소갈머리가 없어요. 쟤는 그래도 나은 편이었는데…… 한 잔 마시고 털어버려요. 세민 애비도 잘못한 거 알 거예요. 차표를 패대기치다니, 그건 폭력이에요. 원 사람을 놀래켜도 분수가 있지 딴사람 같아서 적응이 돼야 말이죠.

— 오빠, 우리 지금 대화 중이니까 어서 문 닫고 가요. 설마 여기가 화장실인 줄 알고 문 연 건 아니지?

보석함과 쓰레기봉투

— 얘가 사람을 치매 환자로 만드네. 화장실이 유리문으로 되어 있는 거 봤어?

오누이의 대화를 듣고 있는데 언니 생각이 났다. 언니에게 다녀온 지 벌써 한 달이 넘어서고 있었다.

— 그런데 나는 내 동생 현기가 더 불쌍하다?

둘째 아주버님이 주방문을 닫는 것과 동시에 큰시누이는 말을 이었다. 나는 얼굴을 들어 큰시누이를 바라봤다. 아까보다 더 짙은 연민이 그녀 얼굴을 덮고 있었다.

— 클 때부터 참 자랑스러웠던 동생이었어. 공부 운동 노래 그림 하다못해 바둑이나 기타까지 못하는 게 없는 그 애를 난 얼마나 사랑했는지 몰라. 걔가 처음 너를 데리고 왔을 때 난 얼마나 속이 상했는지, 질투였겠지? 아, 세상에서 제일 멋진 놈을 뺏기는구나, 절망했지. 너 참 청순했거든. 그러면서도 애잔해 보였어. 저 모습에 내 동생 현기가 넋을 뺏겼구나, 하고 생각했지.

— ……

— 은수야, 너 불쌍해. 정말 불쌍해. 하지만 그렇게 멋진 놈이었던 내 동생 현기가 저렇게 변한 걸 보니 난 왜 너보다 걔가 더 불쌍할까? 만약에 지금 너희가 불행하다면, 이런 말해서 미안해. 걔가 더 불행한 것처럼 보여. 내 동생이라서 더 그렇게 느껴지는 걸까? 그렇겠지? 아까 난 걔 눈빛을 봤어. 그건 짐승의 눈빛이었어. 포악하고 잔인한 그러면서도 뭔가 텅 빈, 도저히 자기 와이프한테 보낼 수 있는 눈빛이 아니더란 말이야. 너 어쩌다 쟤 저렇게

만들었어? 미안하다. 하지만 너도 알잖아? 참 고왔던 남자란 걸. 은수야, 너희 뭔가 많이 잘못 되고 있는 것 같아.

여기가 시댁이고 나를 위로한답시고 내 앞에 앉아 있는 사람도 시누이일 뿐이라는 사실이 깨달아지는 순간이었다. 말이 길어지는 동안 큰시누이의 감정은 격해져 고함만 지르지 않을 뿐 원인을 나한테서 찾으려는 의도가 드러나고 있었다. 일어나서 커피잔을 씽크대 개수통에 넣은 뒤 식탁을 닦기 위해 행주를 물에 적시는데 큰시누이가 일어나 다가왔다.

— 은수야, 쟤 저런 애 아니었잖아?

— 그럼 저는 이런 애였나요?

— 뭐라구? 뭐 보기 좋은 풍경 보여줬다고 너 지금 날을 세우는 거야?

큰시누이가 내 손에 들려 있던 행주를 빼앗아 바닥에 집어던지며 앞으로 바싹 다가서 고개를 쳐들었다. 자연히 내 고개도 그녀의 얼굴 각도에 따라 치켜 올라갔다.

— 날을 세웠다고 하셨나요? 언니 같으면 어떨 것 같으세요? 저 사람 저렇게 된 거 제게 추궁하고 싶으신 거 같은데 그 마음은 이해해요. 하지만 누나잖아요? 동생한테는 왜 제게 하시듯 이런 말씀을 안 하시는데요? 저 사람 들어가 있는 방문은 왜 한 사람도 열지 못하면서, 오히려 또 성질부릴 것만 겁내 하시면서, 저한테만 이유를 묻는 건데요?

— 너희 모양새를 봐. 누구한테 원인이 있게 보이는지.

보석함과 쓰레기봉투

— 원인이요? 진심 나오시네요. 어떤 상황이 생겼을 때 어떻게든 잘 풀어보려는 사람과 자기 성질만 앞세워 그대로 끌고 가는 사람이 있다면, 남들한테는 잘 풀어보려고 애쓰는 사람이 원인제공자처럼 보이나 보죠?

— 너를 의심하는 꼴이 됐다만 너도 오늘 우리 입장이 돼 봐.

— 무슨 입장이요? 한식구 한핏줄 입장이요?

— 애가 정말? 지금 내가 한식구 한핏줄이라서 현기 편드는 것처럼 보여? 생판 남이 봤대도 생각은 같을 거야. 지가 잘못했다면 양심 갖다버리지 않고서야 저렇게 서슬이 시퍼럴 수 있어? 식구들 다 있는데서 어떻게 너에게 패대기치니? 차표를? 그게 차표일까? 네가 패대기쳐지는 것 같았어. 난.

기가 막혔다. 아군이라곤 한 명도 없는 사지에 홀로 버려진 것처럼 외로웠다. 나는 발밑에 떨어져 있는 노란색 행주에 시선을 고정시키고 눈썹을 깜빡이지 않으려고 눈에 힘을 모았다. 한번만 깜빡이면 기어코 치욕의 눈물을 보일 것 같았다. 행주 색깔이 점점 옅어지면서 자꾸 커 보였다. 울어선 안 돼. 입술을 깨물고 억지로 숨 조절을 하는데 큰시누이가 던진 말이 행주에 박혔다.

— 너희 하루 이틀 된 게 아닌 것 같은데 이러다 쟤 진짜 버리겠어. 저런 애 아닌데, 넌 또 무슨 꼴이야. 이게? 네 언니도 아니? 너희 이렇게 사는 거? 안다면 네 언니도 나랑 같을 거야. 너 불쌍해서 숨이 말릴 거라고.

바싹 마른 입안에 숨이 가득 모아지고 있었다. 수치와 모멸감이 이빨 아래서 잘근잘근 씹혔다. 씽크대 난간을 잡고 있는 손이 얼음을 쥐고 있는 것처럼 얼얼하며 감각이 없어졌다. 나는 손톱 끝을 더 깊게 박으며 힘을 주어 난간을 움켜쥐었다. 손에서 시작된 냉기가 어깨로 얼굴로 올라오고 있었다. 후드득 얼음 알갱이 같은 눈물이 떨어졌다. 뿌옇게 날이 새고 있었다. 모멸과 수치의 햇살은 따가웠다.

심장이 후들거리며 목이 답답해진다. 나를 죽은 사람 대하듯 하는 남편을 보는 일은 정말 무서웠다. 어쩌다 남편과 둘만 있게 된 시간이면 나는 늘 내가 죽은 건 아닌가 하고 혼란스러웠다. 남편이 한참 재밌게 보고 있는 축구를 리모컨을 눌러 딴 화면으로 돌려보기도 했고, 책을 보고 있는 남편 주위로 굉음을 내며 청소기도 돌려봤다. 실내 슬리퍼를 일부러 소리 나게 끌며 온 집안을 돌아다녀 보기도 했다. 밤에는 소파에 남편이 앉아 있는데 온 집안의 불도 꺼보았다. 그러나 남편은 석고상 같았다. 캄캄한 상태에서 그대로 오랫동안 소파에 앉아 있으면서도 집안의 작은 등 하나 켜지 않았다. 무의식적인 인상이라도 썼으면, 사람이 자지 않고 거실에 있는데 왜 불을 끄냐고 소리라도 질렀으면 아, 내가 살아 있구나. 그래서 내 행동이 거슬리는구나, 하고 안심했을 것이다. 도무지 아무 일도 없는 것처럼 미세한 변화조차 없는 남편을 보는 일은 정말 무서웠다. 자기에겐 이미 나는 죽은 사람이라는 뜻일까? 아니면 죽은 듯이 살라는 건가? 그것도 아니라면 진짜

보석함과 쓰레기봉투

나는 죽은 게 아닐까? 죽었는데 죽은 줄도 모르고 이 집에 머물며 저 사람 탓만 하고 있는 건 아닐까? 죽은 이는 산 이를 보고 그들의 목소리도 들을 수도 있지만, 산 이는 죽은 이를 볼 수도 들을 수도 없다고 하지 않는가. 그래, 나는 죽은 게 맞다. 언제 죽었을까? 왜 죽었을까? 마신 커피 잔을 십 분 뒤에 만져보는 버릇은 그렇게 생겼다. 내가 죽은 게 맞다면, 저 커피 잔은 차가울 것이다. 죽은 사람은 아무것도 할 수 없으니까. 따라서 마시질 못했으니 온기 같은 건 없을 것이다. 그러나 하루에도 몇 차례나 마신 커피 잔은 한 시간 뒤에 만져도 뜨거운 게 담겼던 걸 분명히 드러냈다. 식었지만 차가운 것과는 분명히 달랐다. 내가 마신 게 맞아. 입술에 남아 있는 커피 향과 식은 잔에서 나는 향도 분명히 같은 거잖아. 죽지 않았어. 물에 떠오른 시체를 만난 것처럼 후들거리며 내뱉은 말이다.

차라리 집안 살림을 때려 부순다거나 와이프를 폭행하는 남자라면 그렇게 무섭진 않았을 지도 모른다. 입만 열면 욕하는 그런 남자였어도 환멸은 느낄지언정 무서움을 느끼진 않았을 것이다. 그런데, 어떻게 설명해야 그에게 느끼는 나의 무서움을 이해받을 수 있을까? 한두 마디 말로는 도저히 그를 설명할 수 없다는 게 나를 더 불행하게 했다. 살림을 부순 적도 없고 멍든 눈으로 나를 내보낸 일도 없으며 가난에 찌들게도 하지 않는 남편을 가진 내가, 사람들에게 나의 무서움과 숨을 잘못 쉬는 증상을 이해받을 방법은 어디에도 없었다. 하은이마저도 저 같으면 살았을 거예요. 하지 않는가.

　삶의 모든 부분이 다 그렇겠지만 특히 결혼생활이란 어쩌면 객관성과 보편성이 존재하지 않는, 아니 존재할 수 없는 특수한 부분인지도 모른다. 저러고도 어떻게 살아, 나 같으면 못 살아. 저 정도로 헤어져? 나 같으면 살 수 있는데. 하는 것 자체가 통용될 수 없는 개별성을 가지고 있는 것이다. 너는 살아도 나는 못 살수 있고 나는 참을 수 있어도 너는 못 참을 경우가 있다. 그런데도 사람들은 자기들이 보는 걸 객관이라고 믿고 대개 익숙한 것들을 보편이라고 단정한다. 내가 하은이를 못마땅해 하는 것도 내 객관과 내 보편을 적용시켰기 때문일 것이다. 하은이가 참을 수 있다는데, 그런 짓을 저지른 남편이라도 좋다는데 제삼자인 내가 왈가왈부한 것 자체가 사실은 잘못된 일이다.

　위가 뒤틀린다. 이제는 가스 활명수가 아니라 진경제가 필요하다. 나는 약상자가 들어있는 서랍을 열기 위해 허겁지겁 돌아선다. 거실로 돌아오는데 결혼사진 속의 남편이랑 눈이 마주친다. 위가 꼬인 통증이 몰려오지만 나는 억지로 인상을 쓰지 않으려 애쓴다. 지난 십 년 그도 나에게 웃는 모습을 보이지 않았지만 나 역시도 그를 향해 웃은 일이 없다는 게 맘에 걸린다. 사진 속의 사람이라도 이제 그 앞에서 최소한 찡그리고 싶지는 않다. 서로를 기억하는 모습이 똑같을 거라는 것에 생각이 미치자 갑자기 등뼈가 서늘해진다.

　　　　　　　　　　　　　　　　　　보석함과 쓰레기봉투

성당에 다시 나가기 시작하면서 매일 아침이 부산해졌다. 밤새도록 잠을 이루지 못하다가 새벽녘에야 겨우 잠이 드는 탓에 새벽미사는 엄두조차 내지 않았다. 대신 오전 10시에 있는 매일미사 참례는 습관이 됐다. 하루치의 용기와 하루치의 인내와 하루치의 위로를 그렇게 나는 성당에서 받았다. 더구나 오늘은 남편의 생일날이다. 나는 새벽에 일어나 미역국을 끓였고 남편이 좋아하는 검은콩을 넣어 밥도 새로 했다. 제일 먼저 남편의 국과 밥을 떠서 식탁 왼쪽 남편의 자리였던 곳에 놓는다. 그리고 세민이 국과 내 국을 떠서 상을 차린다. 이 집에 이사 온 후 두 번째 맞는 남편의 생일, 세민이마저 유학 중이라 집을 떠나 있으니 두 사람의 빈자리를 바라보는 시간이 위로 붕 뜨는 것 같다. 하루 한 끼 정도 밥을 차려 먹으면서 남편과 세민이의 자리에도 밥과 수저를 놓는 것은 이미 습관이 됐다. 나는 앞으로도 이럴 것이다.

겨우 미역국만 반 정도 마시고 설거지를 하는데 두통이 느껴진다. 어제도 새벽 세 시까지 평화방송을 보다가 겨우 잠자리에 들었다. 이사 오기 전에도 몇 년을 안방에서 혼자 잤지만 거실이나 서재에 남편이 있을 때는 불을 끄고 잤었다. 남편과의 사이가 예전 같지 않아지면서 악몽에 시달리거나 깊게 잠들 수 없는 날이 많았지만 그래도 무서움은 크게 들지 않았다. 세민이도 자기 방에 있었고 무엇보다 집안에 남편이 있기 때문이었다. 그러나 이사 온 뒤 혼자 자는 것은 달랐다. 우선 안방 불을 끌 수가 없다는 게 가장 큰 변화였다. 불을 끄면 숨을 쉴 수 없을 만큼 답답했고 무서웠다. 더구나 세민이도 없는 집안에 오직 나 혼자뿐인 남은 공간은 주체할 수 없을 만큼 황량했다. 그것은 곧바로 무서움으로 연결되었다. 사방에서 유령이 들끓는 것 같았고 그것들에게 머리채가 휘어잡힌 채 끌려다니는 것 같은 상상에 저절로 비명이 터져 나왔다. 불면증은 엄격한 공식처럼 당연한 지병이 되었다.

성당 마당에 있는 성모상 앞에서 인사를 하고 성전으로 올라가려는데 로비에 있던 하은과 눈이 마주쳤다. 두 눈 자위가 검게 물들어 있는 얼굴을 보자 걱정에 보태진 짜증이 인다. 이진수가 집을 나갔을 때도 저렇게 상하진 않았다. 창원에서 붙잡아 데리고 들어온 날부터 하은은 더 조급해 했고 허둥댔으며 이랬다저랬다 말과 행동에 두서가 없었다. 이진수를 보고 있으면 재래식 변기에 빠진 것 같다며 시댁으로 보냈다가도 이틀을 못 넘기고 불러들인 게 부지기수였다. 그래서 같이 있으면 살 것 같다고 좋아하다가도 내내 떠나지 않는 은주 생각에 먹지도 자지도 못한다고 울먹인 것은 또 몇 차례였는지 모른다. 아침에 하는 말 다르고 저녁에 벌어진 상황은 또 다른 하은에게 이젠 내가 질릴 지경이었다. 그녀에게 느끼는 피붙이 같은 연민이 커갈수록 하은의 아픔이 내 아픔이 되고 있다는 증거였다.

— 월차라며 늦잠 좀 자지. 뭘 평일 미사까지 와?
꺼칠해 보이는 게 속상해 해 본 말이었다. 이진수가 돌아온 후

보석함과 쓰레기봉투

말과 상황을 계속해서 뒤집는 하은을 보는 건 나로서도 괴로운 일이었다. 하은이 최종적으로 어떤 시도도 그만두고 무조건 같이 살겠다는 말을 한 것은 열흘 전이었다. 고시원으로 이진수를 내보냈다가 일주일 만에 불러들인 다음날이었다. 들락날락하는 게 시어머니 보기가 뭣해서 아예 고시원으로 보냈다는 말을 어느 날 하은은 자랑처럼 말했었다.

— 얼마나 그렇게 떨어져 있을 건데? 없으면 못 살겠다더니 왜 그런 생각을 한 거야?

미덥지 못한 생각은 바로 말이 되어 나왔다.

— 두세 달 정도요. 이대로는 사는 게 아니더라구요. 언니, 이런 느낌 아세요? 그 사람이 왔다 갔다 하면 막 소름이 끼치는 거예요. 더럽고 불결한 물건에 손닿은 것처럼 말이에요.

— 네가 참을 수 있겠어? 못 참겠으면 괜히 돈 없애가며 그런 시도하지 마. 수애 보기도 부끄럽잖아? 오늘은 아빠가 있다가 내일은 또 없고, 도대체 지금까지 네가 일관성 있게 한 게 뭐야? 네 마음이 가는 대로 나가라고 했다가 오라고 불렀다가. 그 사람인들 안 헷갈리겠어? 제대로 용서를 빌 체계나 갖춰 줬냐고? 전에 몇 번이나 말했잖아. 그 사람 없이 못 살겠으면 그냥 눈과 마음 꽉 여물게 먹고 중심을 잡으라고. 돈 사고? 칠 수 있다. 바람? 그것도 필 수 있어. 내가 이 사람이 없이는 못 살겠는데 그까짓 거 다 봐줄 수 있다. 이렇게 말이야.

— 언니 말이 맞아요. 불러들일 때는 정말 마음 다 비우고 잘살

아 보겠다는 마음으로 불러요. 그런데 보고 있으면 그게 안 되는 거예요. 그래서 내보내면 또 금방 걱정이 돼요. 밥은 먹고 있나, 잠은 잘 자나…… 이러다 나하고 안 살겠다고 나오면 어쩌나. 나가 있는 동안 은주랑 연락하는 건 아닐까 불안해서 미칠 것 같은 거예요.

— 하은아,

불러놓고도 다음 말이 목구멍 안에서 멈춘다. 아니 한마디 한마디가 분해되어 날아간다고 하는 게 맞다.

— 언니도 이혼은 했지만 아저씨 걱정 많이 되죠?

대화란 둘 이상이 하는 것이므로 어쩔 수 없이 내용의 조연으로 또 내가 삽입된다.

— 그러면서도 겉으로 표시 한번 안 하는 언니를 보면 저는 왜 이 모양일까, 그런 생각 많이 했어요. 대체 저 언니 속은 얼마나 까맣게 탔을까? 얼마나 탔으면 저리도 흐트러짐이 없을까……

맡은 역할은 대사든 몸짓이든 있는 법이다. 녹화 직전에야 쪽대본을 받은 조연처럼 나는 내 대사를 감정 없이 읽는다.

— 감정이란 게 내보이기 시작하면 걷잡을 수가 없어. 나오는 순간 그 위력이 엄청나서 자신이 휘말리게 되거든.

— 언니, 이번엔 꼭 참아 볼게요. 계속 이렇게 오락가락하다가는 제가 미쳐버릴 것 같아요. 잘 정리해서 서로 마음 깨끗하게 비워지게 한 다음 살아도 살 거예요. 좋은 모습 보여 드릴게요.

이진수가 고시원으로 간 날부터 나는 매일 저녁 하은을 만났다.

그녀가 느낄 쓸쓸함을 채워주려는 마음도 있었지만 결심이 흐트러지게 하지 않으려는 생각 때문이었다. 하은이네로 가서 자정경에야 돌아오는 날이 계속되었다. 다행히 하은은 잘 참고 있는 것처럼 보였다. 이진수에게 걸려 오는 전화도 감정을 가라앉힌 목소리로 차분히 짧게 받았고 수애한테도 예전의 따뜻한 엄마로 돌아간 듯 살뜰하게 대했다. 나는 그런 하은을 보며 이 시기가 잘 지나 두 사람이 합쳐질 때는 정말 건강하고 아름다운 모습이기를 빌었다. 그러나 하은은 일주일도 안 돼 다시 원점으로 돌아갔다. 그날도 나는 하은이 집에 있다가 자정이 좀 넘어서야 집으로 돌아왔다. 샤워를 막 마치고 나오는데 핸드폰이 울렸다. 하은이었다.

— 왜? 잠이 안 오니?

— 아니에요. 잘 거예요. 언니가 혹시 전화할까 봐요.

— 내가 이 시간에 전화한 적 있어? 그리고 여태 같이 있다가 왔는데.

그때였다. 수화기를 통해 하은이 집 현관이 덜컹거리는 소리가 들렸다. 대문도 없는 연립 지하에 사는 하은이네로서는 골목과 집을 분리하는 유일한 경계라고 할 수 있는 문이었다.

— 언니, 누가 문을 잡고 흔드나 봐요. 이 시간에 누굴까요? 무서워요. 나가봐야겠어요.

잔뜩 겁먹은 목소리로 하은은 다급하게 전화를 끊었다. 나는 하은의 집이 길가 집이라 온갖 생각이 다 들었다. 도둑일까? 술 취한 취객일까? 만약에 그렇다면? 불안한 허둥댐이 진정이 되지 않았다. 전화를 했지만 받지 않던 하은에게 톡이 온 것은 한참 지나서였다. 이진수가 왔다는 내용이었다. 순간 살이 파르르 떨렸다. 모처럼 마음먹고 잘 참고 있는 하은을 이번엔 이진수가 흔들고 있다는 생각에 나는 바로 문자를 보냈다. '왜? 설마 네가 또 오라고 한 건 아닐 테고'. '아니요. 자기가 왔어요. 어떡하죠? 이 시간에 올 줄 몰랐어요. 신경질 나서 죽겠어요.' 어쩔 수 없는 부부라는 생각이 들었다. 자기가 저지른 잘못에 대한 반성보다는 하은이 자기에게 목매고 있다는 걸 너무 잘 아는 이진수에게 화가 났다. 언제든 가면 받아줄 것이다. 오히려 목 빠지게 자기가 오길 기다리고 있을 것이다. 이진수가 하은에게 가지는 그런 안일함을 뒤집어야겠다고 생각한 건 그 때문이었다. 언제까지 하은이 기운 상태로 시소를 타게 할 수는 없었다. 예고 없이 동의도 구하지 않고 오밤중에 들이닥친 이진수를 하은은 지금 어떤 표정으로 대하고 있을 것인가. 이번엔 정말 결심이 단단해 보였는데 그 결심이 다시 흩어지는 건 아닌가. 사람을 상대로 한 결심에선 혼자만의 힘으로는 결심의 성과를 기대하기가 어렵다. 하은의 결심을 믿었으므로 나는 이진수에게 진심으로 협조를 부탁해봐야겠다는 생각이 들었다.

다음날 하은이 퇴근했을 시간에 맞춰 그녀의 집을 찾아갔을 때 문을 열어준 것은 이진수였다. 수애 방에서 컴퓨터로 다운받은

보석함과 쓰레기봉투

영화를 보고 있다가 나온 것 같은 이진수 옆에 안방에서 놀란 눈으로 뛰어나온 하은이 있었다. 하은은 나를 보자 파랗게 질린 표정으로 이진수를 수애 방으로 밀어 넣었다. 방으로 들어가는 이진수 입에서 왜? 하는 소리가 들렸다. 당당하고 힘에 넘치는 목소리였다. 자기가 약속을 어기고 들어온 데 대한 자책보다는 남의 집에 온다는 전화도 없이 들이닥친 나를 힐난하는 목소리였다. 나는 못 들은 체 안방으로 들어갔다. 이진수를 밀어 넣고 안방으로 따라 들어온 하은이 구석에서 떨고 있었다. 들릴 듯 말 듯 하은이 먼저 입을 열었다.

— 언니, 어쩐 일이세요? 생전 전화 없이는 안 오시잖아요.

— 내가 못 올 데 왔니? 너 왜 이렇게 떨고 있는 거야? 또 싸웠니?

— 그런 게 아니라.

— 그럼 왜 표정이 그래?

하얗게 변한 하은의 얼굴이 형광등 불빛 아래서 굳어가고 있었다.

— 어제 왔는데 몸이 안 좋다고 오늘 하루만 집에서 쉬겠다고 해서 보낼 수가 없었어요. 그래서 짜증도 나고…… 아프다고 왔는데 어떡해요? 내일 갈 거예요. 간다고 했어요.

그때 안방 문이 소리 나게 열리며 이진수가 들어왔다. 하은이 그의 다리를 붙잡으며 밖으로 밀어내려고 하자 이진수가 뿌리치며 내 앞에 앉았다. 나는 이진수를 정면으로 쏘아봤다. 이진수도 내 시선을 피하지 않았다. 오히려 나보다 훨씬 여유 있고 느긋해 보이는 눈빛이었다. 담배에 불을 붙여 한 모금 깊게 빨아들인 이진수의 입에서 연기와 함께 나를 향한 질문이 흘러나왔다.

— 왜요? 뭣 때문에 이 사람이 이렇게 절절매고 있는 겁니까?

— 수애 아빠, 그러지마. 그러지마.

구석에 있던 하은이 이진수 앞으로 다가오며 사정했다. 하은이 잡고 흔드는 통에 이진수가 터는 담뱃재가 재떨이에 담기지 못하고 방바닥으로 떨어졌다. 필터까지 빨아들일 듯 인상을 쓰며 담배를 태우던 이진수가 하은의 손을 뿌리치며 내 앞으로 한 발 다가앉았다. 하은이 다시 그의 팔을 붙잡고 소리 내어 울음을 터트렸다. 나는 그런 두 사람의 모습을 그대로 바라보았다.

— 그쪽은 우리가 잘사는 게 그렇게 싫습니까?

이진수의 목소리는 세 옥타브쯤 올라가 있었다. 하은이 울며 사정하는 것과는 정반대의 모습이었다.

— 왜 우리를 못 떨어뜨려놓아 환장이냐 그 말입니다. 이 사람이 그쪽 눈치 보여 저랑 편히 살지도 못하고 저와 그쪽 사이에서 삼각관계처럼 전전긍긍하는 거 보이지 않아요? 얼마나 그쪽이 제 문제로 이 사람을 괴롭혔으면 그쪽이랑 있을 때는 제 전화도 받지 않습니다. 아니 못 받는다는 게 맞겠네. 계속하면 받을 때도 있지만 아주 사무적으로 받아요. 그럼 저는 아, 당신이 옆에 있구나, 하고 알아차리지요. 왜 우리가 그래야 되는 데요? 당신이 우리한테 뭔데요? 제 친누나라도, 이 사람 친언니라도 됩니까? 남

보석함과 쓰레기봉투

이잖아요. 남.

— 수애 아빠, 제발 그만해. 언니한테 그러지 말라고. 제발 그러지 마.

손으로 이진수의 입을 막으며 하은은 거의 발작할 정도로 울고 있었다. 나는 온몸이 떨리는 걸 표시 내지 않으려고 두 손을 다리 밑으로 집어넣었다. 힘을 주고 앉아 있으려니 어깨가 빠지는 것 같았다. 이진수는 내가 멍석을 깔아준 게 됐는지 연거푸 담배에 불을 붙여가며 자기 할 말을 다하고 있었다.

— 제가 이 집에 온 게 열 뻗치게 한 거 같은데 제가 왜 왔겠습니까?

— 아파서 쉬러 왔다더군요.

— 수애 아빠, 제발, 제발, 그만해. 부탁이야.

하은의 목소리가 다급하게 이진수를 부르고 있었지만 그는 못 들은 체 계속 말을 이었다. 이진수의 목소리는 뼈가 들어 있는 것처럼 날카롭고 딱딱하면서도 어느 한편으론 스스로가 찔려 간헐적인 아픔을 참고 있는 느낌이었다.

— 저 아프지 않아요. 이 사람이 오라고 해서 온 겁니다. 어제도 전화로 와 달라고 하더군요. 어제만입니까? 매일 통사정합니다. 제 멋대로 온 게 아니란 말입니다. 뭘 잘 알고나 해대야지.

나는 하은을 돌아보았다. 하은의 몸이 경련을 일으키며 안으로 말리고 있었다.

— 그런 거니? 그랬던 거야? 그래 놓고 누가 문 흔드는 것 같다

고 놀란 음성으로 연기한 거니? 그 시간엔 내가 전화 안 하는 걸 알면서도 수애 아빠를 오라고 해 놓았으니 확인 차 내게 전화한 거고?

— 언니가 싫어할 것 아니까.

하은의 대답이 기가 막혔다. 멋모르고 있다가 봉변당한 꼴로 하은을 바라보는데 불안한 눈빛으로 방문 앞에 서 있던 수애가 들릴 듯 말 듯 한 목소리로 말했다.

— 엄마가 아빠 오라고 전화한 거 맞잖아. 그래서 아빠가 화가 아줌마 욕했잖아. 아줌마 때문에 집에 못 있는다고.

그때 이진수가 몸을 내 앞으로 바싹 당겨 앉았다.

— 수애 엄마가 당신을 왜 이렇게 무서워해야 합니까? 뭐랬는 줄 알아요? 어제는 불러놓고 오늘은 또 내일 고시원에 다시 가서 일주일만 더 있다 오랍니다. 하루만 나가도 전화로 불러대는 저 사람이 말입니다. 그래서 이유를 물으니 그래야 언니한테 조금이라도 명분이 선다 이겁니다. 2주는 채워야 할 말이 있지 않냐면서요. 그게 말이 되는 소립니까? 왜 우리 부부 문제를 당신한테 결재 받는 꼴로 만들어야 되는데요. 사실 남 아닙니까? 처갓집 식구들도 나한테 아무 말 안 하는데 그쪽이 뭐라고 감 놔라 대추 놔라 참견하는 겁니까?.

이진수의 굵게 쌍꺼풀 진 두 눈이 의기양양하게 번들거리고 있었다. 대책 없이 망가뜨려진 로봇을 보는 것처럼 한숨이 조각나 흘러나왔다.

보석함과 쓰레기봉투

— 그러지 마, 수애 아빠 그러지 마. 언니한테 제발 그러지 마.

이진수의 상체가 바로 코앞에서 여차하면 주먹을 날릴 기세로 뻣뻣하게 뒤집어지고 있었다. 자신만만함이 온몸에서 느껴지는 몸짓이었다. 애가 이렇게 목매다는 데 누가 나를 탓할 수 있어, 하는 기세가 역력했다. 하은은 그런 이진수를 막느라 그의 무릎을 두 팔로 싸안으며 매달렸다.

— 미안합니다. 주제넘은 모습 보였네요. 그리고 너, 다시는 보지 말자.

나는 일어섰다. 하은이 오라고 해서 왔다는 이진수의 자신에 찬 말 한마디로도 더 이상 그곳에 있을 이유가 없었다. 여기로 오는 내내 나는 마음 약한 하은이 자기 발로 온 사람 가라고 밀치지도 못하고 모처럼 굳게 먹은 결심 흐트러질까 마음 졸일 게 안타까웠다. 그래서 나선 걸음이었다. 그런데 생판 남 주제에 시시콜콜 간섭한 꼴이 됐으며, 내가 무서워 하은이가 거짓 연극을 하게까지 만든 우스운 여자가 됐다. 살아오는 동안 내 사전에 없는 일이 나도 모르는 사이 벌어져 있었다.

나는 내 옆에서 엉거주춤 서 있는 하은 쪽으로 몸을 돌렸다. 바들바들 떨고 있는 그녀의 두 다리를 주저앉혀 안아주고 싶다는 생각이 잠깐 스쳤다. 하은은 지금 동아줄을 잡고 있는 것이다. 이진수는 하은에겐 동아줄이었다. 그게 썩은 동아줄이라도 사방 가시덤불인 하은의 세상에서 유일하게 발을 떼게 할 수 있는 단 하나의 줄 말이다. 그런데 무슨 수로 네가 잡고 있는 줄이 썩은 줄이라고 말할 수 있는가. 잡고 올라가려 발을 떼자마자 끊어질 거라고 말릴 수 있는가. 그 줄을 잡지 않으면 세상 가시에 발만 찔리지만, 그 줄을 잡는 순간 떨어지면 네가 어떻게 될지 정말 모르는 거냐고 소리칠 수 있는가. 나는 하은의 지하방을 나왔다. 신발을 신는 동안 이진수는 안방에 그대로 앉아 다시 담배에 불을 붙이고 있었다.

그날 밤 하은은 어떻게 설득했는지 이진수를 데리고 우리집에 찾아왔다. 여러 차례 울리는 벨소리에 내키지 않는 문을 열었을 때 숙인 고개의 이진수가 하은의 뒤에 서 있었다. 그에게서 죄송하다는 말을 들은 것도 같다. 저 안 본다는 말만 하지 말라며 울던 하은의 목소리도 기억난다. 그렇다. 사람 관계란 한쪽이 안 놓으면 완벽하게 끝나지지가 않는다.


― 언니랑 같이 미사 드리려고요. 오늘 아저씨 생일이라 언니 생미사 봉헌했잖아요. 그리고…… 저도 수애 아빠 생미사 넣었거든요.

하은의 입에서 수애 아빠란 호칭이 나오자 나도 모르게 인상을 썼나 보다. 하은이 풀 죽은 눈빛으로 고개를 떨어뜨렸다. 이진수와 마주친 날 이후 난 하은에게 할 말도 해야 할 말도 자꾸 줄인다. 말을 줄이다 보니 단답형의 말도 이젠 버겁다.

미사 시작을 알리는 입당 성가가 울려 퍼지고 있다. 부활절 이후 8주 동안 성당은 부활 시기를 지내게 된다. 성당을 다시 다니

보석함과 쓰레기봉투

게 되면서 나는 내가 가톨릭의 전례 시기에 따른 삶을 살고 있다
는 생각을 많이 했었다. 영세와 견진을 받았다고는 하나 두 번에
걸친 오랜 냉담 시기를 거치는 동안 한 번도 제대로 일 년을 계속
해서 성당을 다녀본 적 없었다. 때문에 예수의 대림, 탄생과 수
난, 부활과 연중에 이르는 교리에 대해 비신자만큼이나 무지했었
다. 작년 처음으로 대림 시기를 보내면서 구역에서 집집마다 대
림 촛불을 이동하며 묵주기도를 올리는 동안 신기했던 건 내가
정말 간절하게 예수를 기다리고 있다는 생각이었다. 나를 구원해
줄 분이 오고 있다는 생각만으로도 내 삶은 척박함에서 벗어날
수 있었다. 약속된 날을 기다리는 연인의 심정이었을 것이다. 나
는 대림 시기를 단 한 번의 결석도 하지 않고 구역 기도회에 출석
했다. 내가 한 번이라도 빠지면 그분이 오시는 날도 하루 늦어질
지 모른다는 엉뚱한 상상이 나를 기도회로 내몰았던 것이다.

그러나 그렇게 기다렸던 성탄은 기쁘게 맞지 못했다. 이진수가
집을 나간 시점이었기 때문이었다. 하루하루 하은의 감정을 살피
고 두려움을 감싸주는 일만으로도 내 머리는 온통 뒤죽박죽 엉망
이었다. 하은이 불안한 만큼 나도 불안했다. 하은이 내놓는 상상
만큼 내 머릿속에도 온갖 상상이 끔찍하게 나를 옭아맸다. 하은
은 어떤 불길한 상상도 말로 내뱉을 수 있지만 나는 그럴 수 없다
는 게 더 힘들었다. 울다가 웃다가 욕하다가 걱정에 떠는 하은이
를 보는 동안 성탄이 지났다. 그리고 사순 시기를 맞았다.

내게 사순 시기는 혹독했다. 여기까지 오는 동안 거쳐 왔던 지

난 삶이 하나하나 고통으로 되살아났다. 치유된 건 하나도 없었다. 잊혀진 것도 없었다. 억누름으로 괴사된 심장이 밤이면 환시처럼 보였다. 나무등걸처럼 물기라곤 다 빠진 내 몸 어디에 그 많은 눈물이 숨어 있었을까? 퍼내도 퍼내도 마르지 않는 깊은 샘이 내 안에 있었다. 거실 제대 앞에 앉아 있는 시간이 새벽까지 이어졌고 눈가가 짓물러 낮에는 밖에도 나갈 수가 없었다. 신심 깊은 신자들처럼 예수의 수난 고통이 느껴져서가 아니었다. 그가 걸은 십자가의 길을 동행하는 마음도 아니었다. 비로소 내가 나를 정면으로 바라보았던 순간, 어느 날 나는 내 입으로 토해내고 있는 말을 분명히 들을 수 있었다.

'저 사랑하시는 거 맞죠? 사랑하고 또 사랑해서 저를 여기까지 내 모신 거죠? 기다려도 기다려도 제가 오지 않으니 당신 앞에 부르시려고 저를 이렇게 혼자 있게 한 거죠? 주변을 캄캄하게 만들어야 등불 들고 계신 당신 알아볼 수 있으니 세상 속 인연 다 거둬내신 거죠?'

그날 노을이 막 넘어가는 순간이었을 것이다. 거실 바닥에 오체투지를 하듯 길게 엎드려 있는데 왼쪽 가슴 어느 부분에서 아주 낮은 소리가 들려왔다. 잠결에 듣는 시계추 부딪히는 소리 같기도 하고 조용히 끄는 슬리퍼 소리 같기도 하며 소나기가 그쳐갈 즈음 한두 방울 아스팔트에 떨어지는 빗방울 소리 같기도 한 소리였다. 나는 머리를 옆으로 돌려 귀를 바닥에 댔다. 그리고 분명히 들었다. 그 소리는 내 가슴속에서 울리는 심장 뛰는 소리였다.

보석함과 쓰레기봉투

자비의 기도가 끝나고 오늘 미사에 봉헌된 남편의 이름이 미사를 주관하는 주임신부의 입을 통해 호명되고 있다. 봉헌된 이름이 열 명 가량 되는 것 같다. 그중엔 이진수의 이름도 끼어 있다.

기도 자세로 모은 두 손바닥 안에 따뜻한 온기가 모아지고 있다. 나는 남편의 건강과 평화를 빌며 예수님의 강복이 그에게 내리기를 진심으로 청해본다. 이미 법적 남남이 된 지금 무슨 황당한 제스처냐고 비웃을 사람들도 있을 것이다. 어쩌면 뒤늦게 신의 힘의 힘을 빌려서라도 다시 합치고 싶은 거 아니냐고 몰아세울 사람 또한 있을 수 있다. 긴 생머리 결을 따라 미사포가 흘러내린다. 머리를 풀고 온 날이면 늘 이렇다. 나는 미사포를 고쳐 쓰며 감실을 바라본다. 붉은 장미 빛깔 불빛이 깜빡이는 그곳에 예수님의 성체가 있다. 그런가요? 당신도 제가 그렇게 보이시나요? 나는 무릎 위에 놓인 두 손을 다시 모았다. 십자가 모양으로 오른쪽 엄지를 위로 해서 교차시킨 모양이었다. 내 몸에 십자가가 그어진 듯한 느낌이 강하게 밀려온다. 소리는 낼 수 없지만 앞에 보이는 글을 읽는 것처럼 입안에 말이 고이고 있다. 아니야, 그냥 그대로 다 마음이 이끄는 대로 따라갈 뿐이야. 그가 불행한데 결코 내가 행복할 수 없고, 그가 아픈데 내가 생기 있을 수 없으며, 그가 환난에 빠져 있는데 내가 평화로울 수 없다는 생각 때문이야. 우리는 관계가 남이라고 해도 세민이 엄마 아빠라는 지위와 인연은 그 어떤 것으로도 허물 수 없는 귀한 것이니까.

산들바람이 부는 봄날 들판에 나와 있는 것처럼 잔잔하게 평화가 느껴진다. 함께 살 때는 꿈에서도 느낄 수 없었던 사랑스러운 시간이다. 그를 위한 기도는 물론 나 자신을 살려달라는 기도도 나는 잊고 살았었다. 남편 앞에선 주검이 되어 있는 나를 느끼는 것만으로도 시간 시간이 황폐했으며 두려웠고 자기모멸감에 하루에도 열두 번 칼로 내 심장을 찔렀다. 왜? 라는 내 물음에 왜냐하면, 에 해당되는 어떤 대답도 삭제해버린 남편의 처사야말로 나에게 내리는 최고의 형벌이었음을 그는 알기나 하는가. 사형을 언도할 때라도 판사는 그 이유에 대해 분명하게 밝힌다. 자기 앞에서 스스로 주검이 되어가는 나를 보면서도 그는 왜 이혼만은 안 된다며 고집했을까? 죽은 것같이 살다가 죽어서 나가라는 뜻이었을까? 사별은 모든 것을 묻으니까, 사별은 이혼과 달리 우아(?)하니까 말이다.

생애 두 번 낼 수 없는 용기와 고집으로 나는 남편과 이혼했다. 살기 위해서 이혼한 것은 아니다. 옳게 죽기 위해서 한 것이다. 아니다. 그것도 아니다. 나는 견딜 수 없었다. 사랑했던 우리가, 그 사랑했던 자리가, 물기 마른 사막이 되어가는 걸 더는 보고 싶지 않았다. 그것이 우리의 아름다웠던 시간에 대한 예의라고 생각했다. 그 시간이 제대로 서 있어야 앞으로의 시간을 그나마 덜 비틀거리며 살 수 있을 것 같아서였다.

아니다. 이것도 사실 그럴싸한 내 위안의 방책일 뿐이다. 나는 남편의 변심과 두터운 장막 같은 그의 침묵 이유를 모른 체 살고 싶었다. 몰라야 살아진다는 걸, 몰라야 살아갈 수 있다는 걸, 휘영청 보름달이 떴던 어느 날 밤 망치로 얻어맞듯 깨달았다. 그래야 세민이 엄마로서도, 정신 줄 놓은 언니의 동생으로도, 자연인 나 자신으로서도, 세상에 태어난 의무를 다 할 수 있다는 걸 말이다. 언니 때문이라면 언니를 내가 버릴 수 있는가? 내가 원인이라면 그는 이미 내 말을 들어줄 귀를 막은 사람이다. 그도 저도 아니고 나에 대한 남편의 사랑이 끝난 거라면 그 참혹함과 암담함은 또 어떻게 감당할 것인가? 분명한 자책보다는 오늘은 이런 이유를 생각했다가, 내일은 또 저런 이유를 떠올리고, 글피는 정말 모르겠다로 살아가는 게 다행이다. 고 나는 생각했다. 남편의 침묵은 어떤 이유로든 상처받고 마음 다친 자신을 견디며 내게 베풀어준 마지막 배려였다. 그걸 깨달은 날, 나는 오래오래 울었다. 펄펄 끓는 눈물이었다.

그러나 그런 이유들에만 내가 사로잡혀 있었다면, 그림자 같은 삶이라 해도 나는 견뎠을 것이다. 남남처럼 살아도 사회적으로 나는 남편 울타리가 있는 여자일 테니 말이다. 부모님의 죽음 이후 언니가 있다 해도 늘 헛간에 나와 앉은 것 같은 두려움 속에서 살았다. 그런데 남편을 만나고 그의 손을 잡고 따뜻한 방으로 들어가게 됐다. 그것이 내겐 결혼이었다.

그런 결혼이었기에, 남편이 내겐 그런 사람이었기에, 나는 이혼을 결심했다. 저러다 재 진짜 버리겠어! 시어머니 칠순 날 큰시누이가 한 그 짧은 문장의 말은 자면서도 몸 전체에서 울렸다. 그를 놓아줘야 한다! 이유가 무엇이든 이미 우린 예전의 모습을 잃었다. 남편이 진저리치는 건 나나 언니가 아니라 한번도 본 적 없는 자신의 황폐함일 것이다. 가만있어도 와르르 무너져 내리는 천일 가뭄 같을 그의 마음이, 나는 안쓰럽고 불쌍했다. 본래의 자기 모습이 얼마나 빛났는지 우리 자매와 엮여 있는 한 그는 부정하게 될 것이다. 그것이 나는 무서웠다. 나는 남편의 찬란함을 일으켜주고 싶었다. 그를 버린 사람으로 만들면 안 된다. 그건 내가 살아온 시간 전부가 삭제되는 일이다! 이혼은 그렇게 실행되었다. 그의 침묵에 대한 보답이라면 보답이다.

그러나 시시때때로 허기진 궁금함은 어쩔 도리가 없다. 무엇이 남편을 변하게 만들었을까? 나는 머리를 열어 뇌수를 보는 심정으로 그의 입장에서 생각해본다. 언니와 우병찬에 대한 소문은 이스트를 들이부은 밀가루 반죽처럼 부풀어 세상으로 퍼져나갔다. 언니의 과거 연애사도 반죽의 간을 맞추듯 첨가되었다. 거기에 주인이 엄연하게 있는 다른 스토리까지 언니에게 그 배역이 넘어와 언니를 주인공으로 한 다른 이야기들이 생산됐다. 억측과 단정이란 독한 향신료는 주인공을 바꾸는 탁월한 연출력이었다. 마녀사냥은 중세에만 있는 게 아니었다. 사람의 행실에는 일당백의 논리가 적용되는 거라는 걸 나는 언니를 보며 알았다. 잘못된 사랑을 한 언니는 '사랑'이란 단어로 인정받지 못했다. 설렘은 분별없는 욕구로, 물 같은 간절함은 불보다도 뜨거운 욕정으로 언니에게 입혀졌다. 실상은 알 수 없지만 점잖고 젠틀한 걸로 자타가 공인하는 우병찬과 둘이 함께 한 시간의 역사는 그렇게 고스란히 언니 몫이 되었다. 남편으로선 처형의 스캔들이 곧 집안 일로 확대되었을 것이다. 더구나 부모님의 죽음 이유까지 들춰져 언니는 뒤에서 만 명이 밀어대는 절벽 위에 선 꼴이 되었다. 그러나 그런 이유만으로 사람이 그렇게 변할 수 있는가.

아니면 언니가 병든 이후 사흘이 멀다 않고 드나들며 그녀에 대한 안타까움과 가여움을 숨기지 못했던 내게 남편은 질렸을까? 젊은 나이에 치매에 걸려 자신을 놓고 있는 언니를 보고 온 날이면 나는 참혹함에 가슴을 뜯으며 울었다. 그녀가 사회적으로 어떤 물의를 일으켰고, 그것이 남편의 명예에 얼마만큼의 실추를 가했는가는 이미 중요하지 않았다. 부모도 없는 세상에 하나밖에 없는 피붙이가 정신 나간 채 맥을 놓고 앉아 있는 모습을 봐야 하는 내 아픔이 무엇보다 컸다. 그리고 그런 지경이 된 언니가 세상 누구보다도 불쌍했다. 그래서 나는 언니에 대해서는 어떤 안부도 관심도 없는 남편이 서운했다. 그 서운함을 표정으로 말로 나타낸 적도 있었다. 물론 남편에게서 죽은 사람 취급받기 전까지 일이다. 아니 더 분명하게 말하자면 내가 죽은 사람 취급을 받고 있구나, 하는 걸 확실히 깨닫기 전까지의 일이다.

— 당신이 사람이라면 이럴 순 없어요. 아무리 큰 죄를 졌다고 해도 상대는 당신 처형이에요. 처형이 젊은 나이에 치매라는데

어떻게 안부 한번 묻지 않을 수 있어요?

　내 슬픔의 양이 넘칠 때마다 나는 그런 말로 남편을 힐난했다. '사람이라면', 하고 가정한 게 '사람이 아니다', 라는 말로 그에게는 느껴졌을까? 충분히 그랬을 수도 있다. 누가 나에게, 네가 사람이라면, 하고 말을 꺼낸다면 나 역시도 그가 나를 사람 같지 않게 보고 있다는 걸 전제로 그 말을 들을 것이 분명하다. 그렇다면 내가 먼저 남편을 사람으로 보지 않은 건가. 자기를 사람 취급하지 않는 사람에게 남편이 무반응으로 대응한 건 어떻게 생각하면 당연한 일일 수도 있다. 내가 아는 남편은 살아오는 동안 그 누구에게도 '네가 사람이라면'이라는 따위의 모욕적인 말을 들은 적이 없는 사람이다. 사실 그건 남편뿐만이 아니라 대부분의 사람들이 듣지 않고 살아야 할 말이다. 때문에 그 말은 그냥 욕을 듣는 것과는 차원이 다른 분노와 자괴감을 불러일으키기에 족했을 거라는 생각이 든다. 자기의 행동에 정당성을 두고 있는 사람이든 그렇지 못한 사람이든 자기를 사람 같지 않다고 하는 사람에겐 극도의 적개심을 느끼기 마련이다. 하물며 남편은 자기 잘못하나 없이 언니 때문에 곤욕을 치른 사람이다. 그것도 남편으로선 아주 중요한 책 출간을 앞둔 시점에 말이다. 그런데도 불구하고 자기를 짐승처럼 보는 내가 제정신으로는 보였겠으며 살아있는 사람으로 보였겠는가.

　그것도 아니라면 정말 나에게 원인이 있는가. 예술판은 장르에 따라 차이는 있겠지만 학연이 끊임없이 일깨워지는 동네라고 할 수 있다. 화단에서는 많이 느슨해지기는 했지만 아직도 대부분의 그룹전은 출신 학교별로 열리고, 선후배는 혈육처럼 학교라는 호적을 공유한다. 그것은 곧 부모, 즉 스승이 같다는 걸 뜻한다. 그만큼 싫든 좋든 학연과 거기에서 맺어진 사제지간은 끈끈한 관계다. 이탈하면 설 자리가 없다는 다소 과격한 말과, 21세기에도 엄격한 도제관계가 유지되고 있다는 농담 같은 말은 그래서 나온 말이다. 나는 그런 묵시적 규율을 불편을 모른 체 잘 지켜왔다. 특별한 의미를 두어서가 아니었다. 타고난 내 성격이 활달치 못하고 융통성 제로인데다 익숙한 것으로의 회귀본능이 강했기 때문이었다. 나는 소수이긴 하지만 친한 사람은 아주 친하고 그렇지 못한 사람은 십 년이 흘러도 이름도 제대로 외우지 못한다. 친한 사람은 멀리서 봐도 뛰어가지만 그 외에는 지나가도 그가 나를 부르지 않으면 나는 모른 체한다. 길도 아는 길만 고집하고 가게도 아는 가게만 간다. 그런 때문일까? 콧대가 세다, 잘난 체한다, 지가 공준 줄 안다, 등등 어느 시대 어느 부류에서도 비난으로 통용되던 말들이 당연히 귀에 들어왔다.

그런데 이상한 건 개인전을 열 때마다 오프닝 때 썰렁한 적이 없었다는 사실이다. 여기저기 개인전 일시를 공고하는 성격도 아니고, 친한 동료들이야 몇 안 되는데도 개인전은 끝나는 날까지 화단 사람들로 붐볐다. 당연히 고마운 마음이 들었지만, 그렇다고 해서 그들이 친한 사람 목록으로 들어오지는 못했다. 멀찍이

서 바라만 보다가 친한 사람이라도 한 사람 들어오면 혈육 만난 아이처럼 나는 그 사람의 보폭을 따라 걸었다. 당연히 웃었고 당연히 편한 마음이 되었다. 나의 이런 처신이 잘못되었나? 나만 모르는 내 이름의 이스트 빵이라도 출시된 건가?

— 윤 작가는 인기가 많잖아? 이번 전시회도 난리 났었다며? 여기저기서 윤 작가 보고 왔다는 후기가 많이 들리던데?

화방에서 만난 안면 있는 화가가 무슨 비밀처럼 은밀하게 말했다.

— 인기라뇨? 그건 연예인한테 하는 말 아닌가요?

응수는 했지만 인기라는 단어에 깔린 묘한 기류가 포착된 건 순간이었다.

— 예술판이라고 달라? 들으니 언니가 번역가 윤은초 선생이라던데, 거기도 출판계에신 황진이라며? 어쩌면 자매가 양쪽에서 그렇게들 인기가 많냐? 여자, 여자야.

칭찬인지 비난인지 언니까지 들먹이며 하는 말들이 직간접적으로 내게 들려오는 빈도가 많아졌다.

— 너처럼 생긴 애가 친한 사람, 안 친한 사람 너무 드러나는 것도 괜한 말 들을 수 있어. 대다수에게 지나치게 무심하니까 친한 몇몇은 핑크색 물감 넣은 뻥튀기가 되고, 나머진 동전 들고 튀겨지길 기다리는 무리가 되잖아. 그 무리들 중에서 안티가 나올 수도 있다는 건 생각 안 해 봤어? 그냥 이판저판, 여기도 친한 척 저기도 친한 척 그렇게 성격 바꿀 순 없어? 예술한다는 사람이 모인

판도 어차피 사교계야. 사교가 뭐야? 교제한다는 거잖아? 그런데 넌 캥거루 새끼처럼 학교와 동창과 모교 스승들 뱃속에만 있으니, 뱃속 바깥세상 사람들은 얼마나 호기심이 일겠어?

학교 동기는 통화할 때마다 비슷한 내용의 말로 전화를 끊었다. 괜한 말과 뻥튀기와 사교계와 캥거루를 말하는 그녀의 목소리는 자신이 말한 비유에 자기가 도취된 듯 보였다. 너처럼 생긴 애…… 고등학교 때 집에 놀러온 친구들의 말이 생각난다. 내 방으로 과일과 콜라를 갖다 주고 언니가 나가자 닫힌 방문을 한참 바라보던 아이들이 말했다.

— 은수야, 너네 언니처럼 생긴 사람이 공부까지 잘하니 너무한 거 아냐?

너네 언니처럼 생긴 사람, 너처럼 생긴 애…… 사람을 말하면서 뒤에 붙이는 '처럼'이란 조사. 세월이 흐르면서 언니 때문에 경기를 일으킬 만큼 싫었는데, 내가 듣게 되다니! 그래서 뭐, 그것이 어쨌다고. 동기의 전화를 받은 날은 풀리지 않는 분으로 나는 한참을 씩씩거렸다.


내 개인전이 끝난 그 즈음이었을 것이다. 오랜 외국생활을 끝내고 귀국한 노화가의 초대전이 열렸다. 직접적으로 수학한 적은 없지만 매스컴에서 소개되던 그의 화풍에 매료된 나는 영란이와 함께 전시회에 갔다.

— 그래, 선배. 이렇게 전시회도 다니고 그러자. 외려 아는 사람

이 적으니 편하기도 하잖아?

이웃 마을에 마실 간 아낙네들처럼 웃고 소곤거리며 그림을 감상하고 있는데 누군가 다가왔다. 오랜만에 만난 모 일간지 문화부 부장이었다.

— 윤 작가, 인기 어쩔 거예요? 거의 팬덤 수준이던데요? 지 대표 신경 그래프 쭉쭉 뻗고 있던데 알죠?

그는 남편의 대학 동창이었다. 인기, 팬덤, 이상한 단어가 나에게 건네지는구나, 거기다 남편의 신경 그래프라니? 불쾌해진 기분으로 쳐다보고만 있던 내 귀에 다른 사람에게로 옮겨가며 덧붙이던 그의 말이 들렸다.

— 이쪽 사람들 창작엔 명수들이잖아요. 창의력으로 먹고 사는 사람들이니. 기자들은 그거 너무 잘 알지. 그런데 사업하는 이들은 지구력만 강해서 말에요. 창의력이 없거나 부족하니 픽션을 몰라요. 특히 공대 의대 이런 이과 출신들은 자기가 들은 말은 다 넌픽션이야. 그 사람들은 소설도 작가의 자서전으로 읽는 문학 무식쟁이가 태반이잖아요? 물론 전체 다는 아니지만요.

보석함과 쓰레기봉투

# 7 —— 기

오랜 냉담 시기를 끝내고 처음 성당에 들어섰을 때 평일 낮이어
선지 성전 안은 두려울 만큼 고요했다. 이곳으로 이사 온 지 육
개월만인 작년 오월이었다. 수녀님 한 분이 제일 앞자리에 앉아
있을 뿐 다른 신자들의 모습은 보이지 않았다. 짙은 회색 수녀복
을 입은 수녀님의 등을 스테인드글라스 창문을 통과한 각양각색
의 채색된 햇살이 둥근 구름 모양으로 비추고 있었다. 언뜻 비둘
기가 무리지어 내려앉는 듯한 느낌이 들었다. 나는 성수를 찍어
성호경을 그은 뒤 제일 뒷자리에 조용히 앉았다. 돔 형식으로 된
정면 제대 위의 십자가가 한눈에 들어왔다. 실로 오랜만에 성당
에서 보는 십자가였다. 불같이 사랑했으나 이유도 없이 헤어졌던
옛 연인을 우연히 만난 것처럼 많은 생각이 물결치며 지나갔다.
어깨가 오므라들면서 등이 자꾸 안으로 말렸다. 무릎에 거의 등

이 붙을 만큼 몸이 숙여지고 있었다. 눈물이 터졌다. 코가 먹먹할 만큼 콧물도 주체할 수 없이 길게 흘러내렸다. 싸늘하게 얼어붙은 가슴 어디에 그런 뜨거움이 도사리고 있었는지 펄펄 끓는 화로로 변하고 있는 내가 느껴졌다. 어느새 나는 소리 내어 울고 있었다.

— 자매님, 괜찮으세요?

누군가가 나를 부르고 있었다. 엉망이 된 얼굴 때문에 고개를 들지 못하고 있는데 눈앞으로 하얀 손수건을 내미는 손이 보였다. 검지에 묵주 반지가 끼워져 있는 손이었다. 내가 머뭇거리자 그 사람은 자기 몸을 굽혀 나와 키를 맞췄다. 조용한 음성이 다시 들렸다.

— 자매님, 저랑 십자가의 길 하실래요? 저는 이 본당 원장수녀 클라우디아예요.

고개를 들어 바라본 곳에 성당에 들어올 때 등을 보이고 앞에 앉아 있었던 그 수녀가 여전히 무릎을 굽힌 채 바라보고 있었다.

— 자, 일어나 봐요. 그리고 이건 십자가의 길 기도문이에요. 십자가의 길엔 '부부를 위한 십자가의 길', '자녀를 위한 십자가의 길', '가정을 위한 십자가의 길' 등 여러 기도문이 있지만 지금 드린 게 가톨릭 신자들이 가장 많이 하는 보편적인 거라고 할 수 있죠. 나중에 찾아서 해 보시면 좋을 거예요. 우리 같이 해요.

십자가의 길은 예비 신자 때 세례를 앞두고 피정 갔을 때 딱 한 번 해 봤을 뿐 그 뒤로 한 번도 안 해 본 기도였다. 나는 클라우디

보석함과 쓰레기봉투

아 수녀가 내 손에 쥐여 준 얇은 기도 책을 바라보았다. 가시관을 쓴 채 얼굴과 몸이 피범벅이 된 예수가 십자가를 어깨에 짊어지고 걸어가는 모습이 그려진 표지가 눈에 들어왔다.

— 수녀님, 저 사실 오래 성당에 나오지 않은 냉담자예요. 십자가의 길을 하는 방법도 몰라요.

말은 그렇게 하면서도 일어서서 자기를 따라 제대 앞쪽으로 걸어가는 나를 돌아보며 클라우디아 수녀는 웃었다.

— 거기 기도문대로 1처부터 14처까지 그대로 하시면 돼요. 힘들면 속으로 기도문 읽으면서 제 곁에 서 계시기만 해도 되고요. 십자가의 길을 따라가다 보면 자매님 마음도 많은 변화가 있을 거예요. 우시고 싶으면 맘껏 우셔도 돼요. 아무도 뭐라고 할 사람 없어요. 여기는 아버지 집이잖아요.

제대 앞에서 클라우디아 수녀는 무릎을 꿇고 기도를 바친 다음 제1처로 가면서 전례자 자리 뒤에 있는 스위치를 눌렀다. 그러자 1처부터 14처까지의 성화를 밝히는 전등이 성전 둘레에 일제히 켜졌다.

— 자, 자매님. 제가 소리 내어 읽을 테니 자매님도 따라 읽으세요. 힘드시면 속으로 읽어도 된다고 했죠? 1처부터 14처까지의 형식은 반복입니다. 묵상 내용이 다를 뿐이에요. 각 처 끝에 주님의 기도 성모송 영광송을 바치고 다음 처로 옮기면 돼요. 그리고 우셔도 돼요. 억지로 참지 말아요. 우린 지금 아버지 집에 와 있는 딸들이에요.

나는 대답을 하지 못했다. 클라우디아 수녀가 기도문을 읽는 목소리가 들려왔다.

— 제1처. 예수님께서 사형선고 받으심을 묵상합시다.

잠시의 묵상과 각처에서 바쳐야 되는 주님의 기도, 성모송, 영광송도 나는 따라하지 못했다. 클라우디아 수녀는 그런 나를 그대로 거느린 채 다음 처로 나아가고 있었다.

— 제2처. 예수님께서 십자가 지심을 묵상합시다.

언니가 생각났다. 내 스무 살을 고아로 맞게 하고 남편과의 사이도 되돌릴 수 없게 만든 장본인이라고 마음속으로 수천 번 죽인 내 언니가 생각났다. 내 인생의 모든 불행은 언니로부터 비롯된 것이라고 나는 얼마나 집요하도록 탓을 했던가. 십자가는 언니가 졌구나. 나는 진 적이 없구나. 첫 고해처럼 떨리는 고백이 나왔다.

— 제3처. 예수님께서 기력이 떨어져 넘어지심을 묵상합시다.

— 제4처. 예수님께서 성모님을 만나심을 묵상합시다.

기도 책을 들고 있는 두 손이 덜덜 떨렸다. 언니와 우병찬의 사건이 터지고 몇 년 안 돼 언니는 초로기 치매에 걸렸다. 더 이상 중요한 게 없을 만큼 언니에게 찾아온 치매는 나를 청맹과니로 만들었다. 표현만 안 했을 뿐 나는 아픈 사랑을 한 언니가, 그리고 그 모든 화살을 혼자만 맞는 것 같던 언니가 불쌍했다. 그러다 치매까지 찾아온 언니를 보자 세상 전부가 적 같았다. 아니 적이어야 했다. 그래야만 내 이기심으로 거리를 두고 살았던 언니를

보석함과 쓰레기봉투

찾을 명분이 섰다. 그 결과 처형 일로 남편이 겪었을 창피함도 수모도 젊은 나이에 치매에 걸린 언니에 비하면 아무것도 아닌 일로 여겨졌다. 그래서 변해 가는 남편의 모습에 모든 감정을 대입시켜 사람이라면 이럴 수 없다며 몰아세우고 환멸의 치를 떨었다. 남편이 사회적으로 느끼는 수치감보다 내 혈육의 무너짐에 나는 온 신경을 집중했다. 내 아픔이 더 컸고 내 외로움이 더 무서웠다. 당신은 부모형제 다 있지만 나는 고아다. 하나 있는 언니마저도 제정신을 잃었다. 따라서 당신은 내가 없어도 돌아갈 곳이 있지만, 당신에게서 내쳐진 나는 다시 스무 살 그 추웠던 벌판에 서야 한다. 그것이 나는 간절했구나…… 십자가의 길은 멀었고 가팔랐다.

— 제5처. 시몬이 예수님을 도와 십자가 짐을 묵상합시다.

— 제6처. 베로니카, 수건으로 예수님의 얼굴을 닦아 드림을 묵상합시다.

나도 모르게 클라우디아 수녀의 팔을 붙잡았다. 그녀는 내 손을 꼭 붙잡고 다음 처로 발길을 떼고 있었다. 남편을 위한 기도를 시작해야겠다고 생각한 건 아마 그때부터였을 것이다. 내 연민에 가려 남편의 상처를 보지 못했다는 자각이 처음으로 가슴을 쳤다. 내가 죽은 사람 취급을 당했다면, 산사람을 죽은 사람 대하듯 해야 했던 남편인들 살아있는 기분이었을까? 그는 아마 더한 억겁의 세월 밖으로 떨어졌을 것이다. 이유가 무엇이든 나에 대한 말문을 닫은 그에겐 내가 이미 지옥이었을 테니 말이다.

— 제7처. 기력이 다하신 예수님께서 두 번째 넘어지심을 묵상합시다.

늘 내가 지고 있는 십자가가 무겁다는 생각을 했었다. 부모님의 갑작스런 죽음 이후 언니가 있다 해도 나는 늘 외로웠고 결혼 후 임신과 출산 양육을 하는 동안 어디선가 친정 엄마라는 단어만 들어도 뼛속까지 시렸다. 그러면서 언니의 외로움엔 남보다도 무심했다. 부모님의 죽음이 지병 때문이라는 생각은 추호도 해본 적 없다. 언니 때문이야. 언니가 준 쇼크로 내 이름 한번 불러주지 못하고 거짓말처럼 차례로 죽었어. 내 스무 살을 고아로 맞게 하다니! 언제든 인연을 자를 가위를 손에 쥐고 살았다.

— 제8처. 예수님께서 예루살렘 부인들을 위로하심을 묵상합시다.

내 삶의 중심이 과연 남편이었던가. 나는 고개를 저었다. 물론 언니의 일로 사이가 뜨기 시작하기 전까진 분명 그랬다고 말할 수 있다. 당신이 그냥 좋다며 남편이 다가왔을 때 나는 그가 말한 '그냥'이란 단어에 인생을 내 걸었다. 물처럼 흐르는 단어였다. 너무 부드럽고 자연스러워 강하고 난폭한 감정들이 일시에 분해되는 느낌이었다. 막힘이 없는 자연스러움 앞에서 인공적인 아집과 거리두기로 무장한 나의 이십대는 그렇게 단숨에 무장해제되었다. 그가 말한 '그냥'이란 단어는 그 모든 걸 내려놓고 순응하게 만드는 힘이 있었다. 사랑은 그냥 좋은 것, 나의 사랑관은 그때 정립되었다. 그것이 언니가 말한 설렘이라는 것과 어떤 차이

보석함과 쓰레기봉투

가 있을까? 그냥 좋다며 다가왔던 남편, 결과적으로 그는 '그냥' 떠났다. 왜 좋은지를 말하지 않은 대신 왜 싫은지도 말 안 하고서 말이다.

— 제9처. 예수님께서 세 번째 넘어지심을 묵상합시다.

희망이 있는가. 나 자신에게 묻는 말이었다. 새로 시작할 신비로운 힘을 구하고 싶은가. 그것도 나 자신에게 묻는 말이었다. 나의 십자가는 무엇인가. 여기까지 지고 온 무엇이 있기는 했는가. 십자가란 지기 싫어도 기꺼이 져야 하는 것을 말한다. 설령 어깨를 누르는 무엇인가를 지고 있다고 해도 지고 싶은 걸 골라서 지는 건 진정한 십자가라 할 수 없다. 나는 무서웠다. 언니를 내 십자가가 아니라고 속으로 백 번도 넘게 부인했으며. 남편도 내가 지고 가기엔 너무 벅차다고 중간에 내려놓고야 말았다. 세 번이나 넘어지고도 다시 지고 가야 했던 예수님은 지금 나를 어떤 눈길로 보실 건가. 갑자기 어깨의 근육이 잘려나간 것처럼 욱씬거리는 뼈의 통증이 느껴졌다.

— 제10처. 예수님께서 옷 벗김 당하심을 묵상합시다.

— 제11처. 예수님께서 십자가에 못 박히심을 묵상합시다.

여러 날을 죽은 목숨이라고 생각했었다. 살아있는 사람을 죽은 사람 취급한다고 억울해 했었다. 남편을 이해하기보다는 내가 당하고 있는 압력에만 온 신경을 모았었다. 언니의 삶에도 마음으로 비난의 칼을 갈고 또 갈았다. 유명 번역 작가로서의 언니에겐 자긍심을 가지면서도 그녀의 사생활엔 모르는 사람이고 싶었다.

나는 아무도 조건 없이 사랑하지 못했던 것이다. 12처로 옮기는 클라우디아 수녀를 따라 걸음을 떼는데 마음이 가난하다는 게 어떤 건지 어렴풋이 짐작이 되었다. 여러 날을 굶은 것처럼 허기가 몰려왔다.

— 제12처. 예수님께서 십자가 위에서 돌아가심을 묵상합시다.

12처에서 클라우디아 수녀는 무릎을 꿇었다. 나도 그녀 뒤에서 무릎을 꿇었다. 그녀의 묵상 시간이 어느 때보다 길어지고 있었다. 나는 12처 성화를 바라보았다. 십자가에 못 박힌 채 얼굴을 아래로 떨어뜨린 예수님의 모습이 보였다. 비로소 세상의 모든 십자가가 저 모습임이 깨달아졌다. 클라우디아 수녀가 일어나면서 나직하게 말했다.

— 오후 세 시예요. 예수님 돌아가신 시간이요. 그래서 그 시간엔 하느님께 자비를 청하는 기도를 많이 바치지요.

— 제13처. 제자들이 예수님 시신을 십자가에서 내림을 묵상합시다.

살아서 못 보는 것과 죽음으로 이별하게 되는 것의 차이를 생각했다. 죽음, 더 이상의 여지가 없는 캄캄한 문 같은 것. 전화번호부 책에 나와 있는 전화번호를 다 돌려봐도 그의 목소리가 들리는 번호는 없을 것이며, 천 일을 비행기로 날아도 그의 모습을 볼 수 있는 방법이 없는 것. 어머니 아버지를 잃고 나는 그런 것에 비명을 지르며 살았다. 이렇게 해볼 수도, 저렇게 해볼 수도 없는 확실한 단절. 죽은 이에 비해 산 이가 더 불쌍하다는 생각은 그래

보석함과 쓰레기봉투

서 나왔다. 나는 나도 모르게 두 손을 깍지끼고 성화를 향해 거듭 절했다. 아무것도 계획한 건 없었다. 남편에 대한 사랑이 샘솟아서도 아니었다. 그가 살아있다는 것, 나를 봐주지 않아도 내 눈에 그를 담을 수 있다는 것. 14처로 옮기는 중에도 나는 자꾸 뒤를 돌아보았다.

— 제14처. 예수님께서 무덤에 묻히심을 묵상합시다.

어느새 나는 기도를 바치고 있었다. 주님, 저희가 이렇게 남남이 된 것이 당신의 뜻이라면 각자가 성실하게 자기 길을 끝까지 갈 수 있는 힘을 주소서. 서로에 대한 원망과 책임회피를 거두게 해 주시고 서로를 축복하는 기도를 올리게 하소서. 좋았던 기억은 상대가 베풀어준 은혜로 감사하게 하시고, 나빴던 부분은 내 탓이라 여기며 고백할 수 있는 용기를 주소서.


성당 마당까지 따라 나와 준 클라우디아 수녀 앞에서 나는 허리를 숙여 절했다.

— 클라우디아 수녀님, 감사합니다.

— 아니에요. 말없이 따라주셔서 제가 감사해요. 힘들진 않았는지…… 하지만 자매님. 지금 맑아 보여요. 캄캄한 휘장이 걷혀진 뒤 처음 바라보는 하늘처럼요.

— 수녀님 덕분이에요.

— 오, 그건 아니죠. 우리 예수님 덕분이죠. 그분의 길을 따라 걷다 보면 한없이 나약한 우리는 통회하게 되고 그것이 맑아짐으

로 이어지는 거죠. 힘들 때, 쓰러질 것 같을 때 십자가의 길을 하세요. 낮아지는 게 얼마나 큰 은총인지 깨닫게 될 거예요. 그분은 죄 없이도 우리를 위해서 저렇듯 자신을 낮추셨는데 우리 인간들은 죄를 짓고도 높아지려고만 하잖아요?

— 저 이거.

나는 기도 책을 앞으로 내밀었다. 그러자 클라우디아 수녀가 고개를 저었다.

— 자매님 드린 거예요. 실례가 안 된다면 그 책장이 너덜너덜해 질 때까지 그 기도문으로 십자가의 길을 걸어보세요.

수도자의 눈에는 모든 것이 다 보이는 걸까? 클라우디아 수녀와 헤어지고 집으로 돌아오는 내내 내가 오늘 성당에서 무엇을 한 건지, 내 옆에 서 있었던 자가 누군지 나는 반복해서 생각했다. 상쾌한 바람 한 줄기가 어깨와 목덜미를 스치고 지나갔다.


신부님 입을 통해 이진수의 이름이 호명됨과 동시에 하은이 훌쩍이는 소리가 들린다. 하은은 모태신앙이었다. 내가 냉담을 반복하다 겨우 제자리를 찾은 것에 비하면 하은의 신앙은 견고했다. 이진수가 집을 나가고 창원에서 데려와 나사 빠진 시소 같은 일상을 살면서도 미사 한번 거르지 않았고, 묵주기도 한번 빠트리지 않았다. 그것이 신기하고 대견하다며 내가 칭찬했을 때 하은은 떨어지도록 고개를 흔들었다.

— 그러면 뭐해요? 나는 이리도 오락가락 하느님을 의심하고

보석함과 쓰레기봉투

추궁하며 살고 있는데요. 모태신앙은 언니 같아요. 언니 아니면 누가 나한테 언니처럼 할 수 있겠어요? 핸드폰 보여 줄까요? 언니가 내게 뭐라고 저장되어 있는지?

하은이 열고 보여주는 핸드폰을 본 나는 깜짝 놀랐다.

— 울언니?

— 맞잖아요. 언니는 우리 언니잖아요. 경옥이한테도 이렇게 저장돼 있던데요? 울큰언니. 저는 울짠언니, 이렇게요.

그날 하은이가 돌아간 후 나는 하은의 번호에 저장된 그녀의 이름을 지웠다. 그리고 한 자 한 자 천천히 글자를 쳐갔다. 내동생. 경옥의 이름도 지웠다. 내짠동생. 딱 맞게 온도조절된 욕조에 들어간 것처럼 온몸이 따뜻했다. 넌 누구니? 너희들은 누구니? 누구길래 나를 언니의 자리에 놓아주니? 누구길래 나를 언니라 불러주니? 비바람 몰아치는 벌판에 서 있다가 튼튼한 기둥이 있는 방에 들어선 날이었다.

며칠 뒤, 나는 내가 갖고 있던 루비와 사파이어로 된 쌍가락지를 하나씩 하은과 경옥에게 끼워주었다.

— 이건 알은 다르지만 쌍가락지야. 참 신기한 게 이 반지 맞출 때 무슨 생각으로 그랬는지 가운뎃 손가락 사이즈로 했거든? 난 왼손 약지 말고는 다른 손가락에 반지를 끼지 않는데 말이야. 이렇게 훗날 너희들 게 되려고 그랬나 봐. 내가 가운뎃 손가락 사이즈로 했으니 너희들 약지에 맞춘 것처럼 맞잖아? 너희 둘은 하나씩 나눠 낀 이 쌍가락지처럼 살아. 사이좋게 서로 위하며 잘 지내

란 소리야. 나중에 나 죽으면 나 있는 곳에 올 때도 혼자 오지 말고 꼭 같이 와. 미리 뇌물 쓴 거다.

그날 하은은 루비가, 경옥은 사파이어가 네 개씩 박힌 반지를 끼고 울다 웃다 기어이 나까지 그렇게 울다 웃게 만들었다. 언니 아깝지? 도로 뺏고 싶지? 가만, 내가 왜 줬지? 그게 돈이 얼만데. 내 놔. 싫어. 이미 우리 거야. 도장 쾅쾅쾅. 내게 동생들이 생긴 역사적인 날이었다. 외로움이 덜 무서워진 날이기도 했다.


미사가 끝나고 계단을 내려오면서 꺼두었던 핸드폰을 켜니 부재중 전화가 세 통이나 와 있다. 시아버지한테서 온 전화다. 바삐 먼저 계단을 내려가던 하은이 종이컵에 담긴 커피를 두 잔 들고 앞을 막는다. 자판기 커피의 진한 향이 성당 로비에 가득하다.

— 고맙다.

잔을 받아 한 모금 마시자 목젖이 잠시 회오리를 친다.

— 누구 전화예요? 혹시 아저씨?

절대로 그럴 리 없다는 걸 넘치도록 알 시간이 흘렀는데도 하은은 아저씨냐고 묻는다. 그게 하은이다. 하은의 생각이고 하은의 바람이며 하은의 꿈이다. 어찌 하은만 그렇겠는가. 세상 모든 사람들이 그럴 것이다. 내 생각대로 남을 생각하고, 내 바람을 남도 바라기를, 내가 꾸는 꿈을 남도 꾼다고 나부터 믿지 않는가. 내가 자기를 바라보자 하은이 움찔한다. 내가 뭘 또 잘못했나 하는 눈빛이다.

보석함과 쓰레기봉투

― 세민이 할아버지 전화야. 궁금하고 걱정되셔서 보름에 한번 정도는 하시잖아. 모양새가 이렇게 됐으니 불효도 이런 불효가 없다. 차라리 남 됐거니 하시면 편하실 텐데…… 그게 그렇게 안 되시나봐.

사실 나는 이렇게 문장이 이어지는 말대답이 불편하다. 단답식이 좋다. 그런데 이진수가 집을 나간 시점부터 하은과 너무 많은 말을 해왔다. 걱정을 덜어주고 위안을 준다고 한 것이 말이 길어지는 결과를 낳게 했다. 이진수가 돌아온 다음부터는 하은에게 하는 말이 더 길어졌다. 길어진 충고와 비난 속엔 그녀의 이해를 돕기 위한 온갖 비유와 예문까지 동원됐다. 생각할수록 마음에 들지 않는 행동이다. 나는 세민이에게도 심지어 남편에게도 그처럼 많은 말을 했던 기억이 없다.

― 언니 시아버지는 언니와 아저씨 일을 못 받아들이시겠는 모양이에요. 그죠?

― 그러신 것 같네.

― 전 참 다행이라는 생각이 들어요.

― 다행이라니? 왜?

컵을 버리고 현관 쪽으로 걸어 나오는데 누군가 팔을 잡으며 아는 체를 한다. 대림 기도회 때 본 구역 자매다. 내 세례명을 부르며 반가워하는 사람 앞에서 나는 같이 웃으면서도 그녀의 세례명이 생각나지 않아 당황스럽다. 언제 차 마시러 들르라는 말을 남기고 그녀가 떠나자 하은이 내 팔짱을 낀다.

— 제가 보기에 언니는 아저씨하고만 남 됐지 시댁 식구들과는 여전히 가족처럼 느껴져요. 그건 언니가 그동안 얼마나 잘하고 살아왔는지 알게 하는 일이기도 하구요.

— 내가 잘하면 얼마나 잘했겠니? 언니 하나 있다지만 부모 없는 사고무친인 내가 가여우신 게지.

— 그것만 가지고 아들과 이혼하고 따로 사는 며느리를 누가 그렇게 챙기겠어요? 언니 시댁 식구들한테 전화받을 때 저 여러 번 같이 있었잖아요? 시아버지도 그렇고 시누이도, 그리고 아저씨 남자 형제분들까지 다들 언니 걱정하며 끊임없이 안부 챙기는 걸 보면 아, 아저씨랑 영원히 남 되는 일은 없겠구나 하는 생각이 들었어요.

기가 막히게 그동안 나에게 벌어진 일을 자기대로의 해석까지 해 가며 기억해 내는 하은을 보며, 나는 이렇게 조리 있고 총명한 그녀가 어찌 자기 일에는 분별력이 없어지는지 조금 의아한 기분이 된다. 남의 일에는 직역과 의역까지 해석에 해석을 거듭할 줄 알면서 어떻게 자기 일은 엉터리 해석으로 문장조차 바꿔버리는지, 어쩌면 이런 하은의 모습도 사실은 내 모습일지도 모른다는 생각이 든다. 극과 극의 행동 양상을 보이는 두 사람이라도 더 깊이 관찰하면 내면과 외면에 일치하는 부분이 있을 수 있다. 발현되는 양상이 다를 뿐이다. 머릿속으로 떠오르는 문장에 나는 수긍하기로 한다. 하은을 보는 동안 내겐 자꾸 깨우쳐지는 뭔가가 있다. 나는 하은을 돌아보며 웃었다.

― 함께 살던 부부가 헤어진 뒤 다시 합쳐지는 데 주변 가족들 성화가 몇 프로나 작용할 것 같니?

저번 전화에서 당분간 떨어져 살더라도 혼인신고나 다시 해 놓자던 시아버지 말이 떠오른다. 내가 죽기 전에 너희 혼인신고를 다시 해 놓아야 죽어도 눈 감고 죽을 수 있어. 시아버지는 그 말을 하며 전화를 끊었다.

― 물론 전부가 될 수는 없겠지만 상당 부분 작용하지 않을까요? 가족이었던 사람들이니까요.

― 당사자들은?

― 당사자들 의견도 물론 중요하죠. 아이 낳고 긴 시간 함께 살았던 사람들이 웬만한 일로 이혼했겠어요? 하지만 전요. 언니 시댁처럼 전폭적이진 않더라도 시댁 식구들 중 한 사람이라도 제발 수애 아빠랑 살아달라고 부탁하면 좋겠어요. 명분이라도 서게요. 전 제가 좋아 살아요. 시댁조차 수애 아빠 사람 취급 안 하고 버렸는데 제가 그 사람 없이는 안 되니까 붙들고 있는 거잖아요. 그래서 전 언니가 부러워요.

― 난 네가 부럽다.

― 무슨 말씀이세요?

― 그래. 난 주변 조건이 확실하다 치자. 넌 네 마음이 확실하고. 자, 그렇다면 어느 쪽이 바람직할까? 모두가 합쳐지는 걸 지지하고 부추기는 주변을 가진 나일까? 모두의 부정과 비난 속에서도 합쳐서 살고 싶다는 네 마음일까?

하은은 대답하지 않았다. 그녀는 오늘 잠시라도 행복했을 것이다. 사랑이 지상과제요 삶의 전부인 그녀에게 자기 사랑의 확신이야말로 세상 전부와도 바꿀 수 없는 행복감일 테니 말이다. 나는 오늘 또, 말을 많이 함으로써 그녀를 위로하는 데 또, 성공했다.

집으로 돌아와 옷을 벗는데 핸드폰이 다시 울린다. 시아버지다.
— 민이 에미냐?
— 네. …… 아버님.
결국 호칭을 붙이고 만다. 이 집으로 이사 온 뒤 시댁 식구들 전화를 받을 때마다 제일 난감했던 건 익숙했던 호칭에 대한 갈등이었다. 붙여야 하나 말아야 하나 하는 문제가 아니었다. 붙여도 되나 안 되나 하는 문제가 서로에게 법적 자격을 상실한 관계가 되고 나니 심각하게 대두되지 않을 수 없었다. 한동안은 그냥 대답만 했었다. 안부를 물을 때도 호칭 없이 그냥 물었고 호칭을 사용하지 않고서는 누구를 지칭하는지 모를 사람들은 일체 모른 척했다. 자연히 할 말이 줄어들었고 끊고 나서는 주먹으로 가슴을 쳤다.
언니의 일로 부모님이 갑자기 돌아가신 후 양가 친인척 관계마저 거의 끊어진 채로 살아왔던 내게 결혼과 함께 얻어진 시댁 식구들은 그냥 시댁이 아니었다. 다시 말하면 친정이 있는 사람에게 생각되어지는 시댁과는 분명히 달랐다는 말이다. 확실한 소속

보석함과 쓰레기봉투

감을 주었으며 직계 가족으로서의 허물없음과 함께, 수가 많은 형제들 또한 그 무리들 속에 있으면 아군이라 여겨져 든든했다. 그래서 나는 시댁만 가면 외롭지 않아서 좋았다. 시댁 쪽 친척 경조사에 가서도 시부모님을 모시고 남편 형제 내외들과 늘어서 있으면 어떤 친척들 앞에서도 당당할 수 있었고, 당당한 만큼 밝게 웃을 수 있었다. 누구 댁 며느리라는 지위는 그래서 나에겐 특별했다. 세상 속 어떤 무리들로부터도 나를 보호해주고 내 존재를 확실하게 드러내 주는 관계였던 것이다.

그것은 친정 쪽에선 느낄 수 없는 풍성함과 당당함이었다. 어쩌다 친정 쪽 친척들 경조사에 가면 나이가 들었어도 언니와 나는 고아라는 기분을 지울 수가 없었다. 우선 언니의 충격적인 연애 사건으로 부모님이 돌아가신 걸 소문과 느낌으로 아는 친척들의 시선을 받는 것부터가 쉽지 않았다. 부모님의 갑작스런 죽음으로 바로 위 세대를 잃어버린 우리 자매의 입지 또한 어정쩡했다. 사촌이라고 해도 각자의 부모 형제와 나란히 자리를 잡으면 언니와 나는 그들 곁에 앉아 있어도 육지와 분리된 섬이 되었다. 언니가 병들고 나 혼자 그런 자리에 가야 했을 때는 그 섬은 더욱 육지와의 거리가 멀어졌다. 그즈음부턴 남편 동반도 요청할 수 없었으므로 혼자 온 나를 향한 사람들의 궁금증과도 싸워야 했다. 젊은 나이에 치매에 걸린 언니를 두고 걱정보다는 호기심에 찬 눈빛으로 안부를 묻는 사람들 앞에서 나는 어서 이 자리를 나가야 한다는 생각만 했었다. 집을 나서며 동여맨 가슴은 아무데도 소속됨

없이 혼자 부유하는 과정에서 번번이 초라한 몰골로 풀어졌다. 외로웠고 비참했으며 억지로 인사를 건네고 받는 내가 싫었다. 간혹 누군가가 반가워하며 동석을 권하기도 하지만 그것도 의례적인 것에 불과했다. 옆에 앉혀 놓고도 자기들끼리의 이야기에 열을 올렸고 옆에 있는 나에겐 간간히 뜬금없는 눈길 정도만 보냄으로써 오히려 선을 그었다. 그래서 나는 친정 쪽만 오면 가난하고 헐벗은 느낌을 숨길 수 없었다. 시댁 식구들과 함께 있을 때완 달라도 너무 다른 모습이었다. 내게 시댁은 그런 곳이었다.

길게 내쉬는 시아버지의 한숨 소리가 내 마음 깊은 곳까지 가라앉는다.

— 전화가 꺼져 있어서 걱정했다. 아무 일 없는 거지?

— 성당 갔었어요. 미사 중엔 꺼야 해서요. 건강하시죠?

— 성당 안 나가지 않았어? 다시 나가기로 한 거야?

— 예. 이곳으로 이사 오고 몇 달 후부터 나갔어요.

— 잘했다. 그래, 아픈 데는 없냐? 세민이한테는 연락 자주 오고?

— 예. 같은 아시아라서 여러 가지로 이질감이 덜한 가 봐요. 잘 견뎌내는 것 같더라고요. 아버님 어머님도 별 일 없으시죠?

— 우리야 뭐 별 일 있을 게 있냐? 그럭저럭 살다 자식들 고생이나 안 시키고 가면 돼지. 세민 에미야.

다음 말을 준비하는 시아버지의 마음이 읽혀진다. 나는 수화기를 든 채로 커피포트에 물을 받는다. 시아버지의 다음 말에 대답할 말을 찾아야 하는 일이 곤혹스럽다. 물 끓는 소리와 함께 시아버지의 음성이 들린다.

— 네 어머니가 자꾸 너 이사 간 집에 한번 가자고 성화다. 사고무친 지방에 가서 너 혼자 어떻게 사는지 궁금하고 걱정돼 살 수가 없다는구나. 세민 애비가 어떻게 사는지는 궁금해 하지도 않는 사람이 왜 저러나 모르겠다.

사실은 시아버지의 속내가 그러하리라는 걸 나는 안다. 시아버지는 섬세하고 따뜻한 사람이다. 어린이날에는 성인인 며느리한테 돈을 보내시며 맛난 거 사먹으라고 하시는 분이었고, 멀리 장거리 친척들 경조사에 함께 다녀오는 날에는 휴게소에서 며느리 손을 붙들고 커피를 빼주시던 분이었다. 며느리들에게 꾸중이나 흠도 잡지 않으시지만 칭찬도 없었던 시어머니완 그래서 대조를 이룬다. 명절이나 행사가 있어 자식들이 모두 모이기로 돼 있는 날이면 고기며 횟거리를 비롯해 맥주를 박스째 사다놓고 기다리는 사람도 시아버지였다.

— 아버님, 어머님과 한번 오세요. 오시면 되죠. 뭘 걱정하세요?

내가 한 대답에 내가 편해진다. 관계야 어찌됐든 상대는 세민이 할아버지고 내게 부모였던 사람이며, 무엇보다도 내가 좋아하는 사람들인 것이다. 부모가 없는 내게 부모로서의 든든함과 배려를 베풀었고 그래서 그분들 곁에선 그 누구도 나를 홀대하지 못하는 안전한 지위를 확보하게 해 준 사람들이 아닌가. 커피를 넘기는 목으로 수많은 영상이 함께 넘어간다.

— 그런데 에미야. 그게 딴 이유도 있어. 가서 너희 혼인신고를 해놓고 오자는 거야. 증인이 두 사람 필요하니 우리가 너희 혼인 보증을 서서 이참에 혼인신고를 마치자고 저렇게 난리다. 너희 하는 대로 두다간 언제 죽을지 모르는 우린데 정말 큰일 난다고 말이야. 별거하는 것까지야 너희 마음이 다시 모아질 때까지 어쩌겠냐마는 애비 마음도 그래. 너희 이렇게 이혼된 상태로 두고 죽게 될까봐 사실 밤에 잠도 잘 못 잔다.

뭐라도 대답을 하긴 해야 하는데 도무지 할 말이 떠오르지 않는다. 이 문제야말로 효도하는 셈 치고 라도 예, 하고 대답할 수는 없는 일이다. 벌써 몇 번째 이런 순간을 맞이하고 있는지 나는 속으로 그 수를 세고 있는 나를 본다.

— 뭣 때문에 너희가 이런 모양이 됐는지는 모르겠다마는, 그건 알고 싶지도 않고. 부부가 살다 보면 별의 별 일이 다 있으니까 그런 셈 친다. 한 가지만 생각해 봐라. 너희 둘 얼마나 살가운 사이였는지. 아니 그것도 변하는 게 사람 마음이니까 옛날 일이라 치자. 세민이 어쩔 거냐? 이혼 가정의 딸로 살게 할 거야? 고 영리하고 예쁜 것 나중에 혼사 치를 때 시댁에서 들을 말 생각 안 해? 그것도 자식 이기는 부모 없으니 어떻게 넘긴다 치자. 손자손녀 낳으면 이혼해서 따로 사는 할아버지 할머니는 또 뭐라고 설명할 거야?

세민이, 이혼가정의 딸, 나중에 손자손녀 낳으면…… 머리와 가슴에서 고성능 마이크가 울리는 것처럼 시아버지의 말이 요동친다.

— 제아무리 아빠가 박사에 교수 출신 잘 나가는 사업가이고 엄마가 전도유망한 화가면 뭘 해? 물론 우리가 옛날 사람들이라 요즘 사람들과 달리 생각이 편협하고 한곳으로 메여 있다는 것 인정한다. 하지만 할애비로서 우리 예쁜 세민이 생각하면 가엽기 짝이 없구나. 이혼은 너희가 했지만 그 부담은 자손들이 받는 거라는 걸 왜 몰라? 애비로서도 마찬가지다. 세민 애비 앞으로 어디까지 오를지 알 수 없는데 이혼한 게 빨간딱지가 되어 발 묶이게 되면 어쩌냐?

구구절절 옳은 시아버지의 말이다. 한마디도 이해되지 않는 게 없다. 써서 읽는 듯 나열되는 걱정 속에 나만 쏙 빠졌다는 것 외엔.

— 너도 그렇다. 이유도 모른 체 이혼이 어떤 건데 덜컥하는 거냐? 인간이 제정신이 아닌 채 딴사람처럼 저러면 어떻게 해서든 원인을 알아야 할 것 아니야? 그냥 견디다가 못 견딜 지경이 돼서 포기한다는 게 말이 돼? 남편이 바람났으면 바람을 잡아야 하고 너에게 싫증을 느껴서 그런 거라면 다시 좋아지도록 애를 써야 하잖아. 그리고 이건 기우다만……

예감이랄 것도 없는 다음 말이 벌써 훤히 들린다. 나는 이미 들려오고 있는 다음 말을 지우기 위해 주문을 외듯 가슴에서 솟아오르고 있는 말을 속으로 반복했다. 이분은 우리 아버지가 아닌 남편의 아버지다! 이분은 시아버지다!

— 너를 모르는 건 아니지만 하도 이상해서 하는 말이니 그냥 들어라. 만에 하나라도 네가 혹시 뭘 잘못했다면 세민 애비가 용서할 때까지 빌어야지. 비는 놈한테 끝까지 모질 수 있는 사람 없는 법이야. 애 낳고 산 부부라는 게 뭔데? 안 할 말로 지 마누라가 춤바람이 나 외간 놈한테 미쳤대도 도망가지 않는 한 내치는 놈은 많지 않다는 거야. 두들겨 패기는 할지언정 지 자식 낳은 여자 쉽게 못 버린다. 그게 자식 있는 부부란 말이다.

문장 한 줄이 박히고 있는 머리가 시리다. 눈알이 화끈거리며 튀어나오는 것 같다. 만에 하나라도 네가 혹시 뭘 잘못했다면…… 사방에서 고슴도치가 급습한 벌판에 서 있는 것 같다.

— 이것저것 자존심 차린다고 빗나간 이웃집 아이 구경하듯 내버려두다가 네가 먼저 이혼 말 꺼내 이혼하고 그렇게 갈라서면 어떡하겠다는 거야? 에미야, 여자는 말이다. 남편 그늘 없으면 인생이 뙤약볕 아래 알몸으로 서 있는 꼴이 되는 거야.

드디어 시아버지 걱정에 나도 투입된다. 보호막 속으로 겨우 들어온 것 같은 안도감에 목소리가 따뜻해진다.

— 아버님, 건강하세요. 저 사는 집에 어머니랑 꼭 오시고요.

— 혼인신고하겠다면 오늘 밤차로라도 가마.

— ……

이혼한 부모의 자식이 불행한 건 이혼 후에도 부모가 행복하지

보석함과 쓰레기봉투

않기 때문일 것이다. 이혼 부모의 자녀라는 딱지 때문에 불행한
게 아니라, 이혼을 하고도 부모의 삶이 불행해 보여서 자식이 행
복할 수 없기 때문일 것이다. 그렇다면 지금 나는 어떤가. 남편과
살 때보다는 일 그램만이라도 행복해졌는가. 아니 그때보다 일
그램만이라도 덜 불행하기는 한가. 세민이는 지금 어떤 마음으로
먼 타국에 있는가. 나는 베란다 쪽으로 뛰듯이 걸어가 벽에 걸린
열쇠로 창고 문을 열었다.

# 8 ―― 봉

― 환생한 건 아니죠?

〈다음화랑〉 김 관장이 여전히 큰 제스처로 두 팔을 벌리고 환하게 웃는다. 모처럼의 장거리 외출에 벌써 피곤해진 나는 우선 그녀가 권하는 소파에 앉았다.

― 대학원 졸업하고 곧 전시회할 줄 알았는데 소식이 감감이라 세상 싫다며 떠난 줄 알았지. 누군 그러대? 미인박명이 꼭 죽어야 하는 말은 아니라고. 은둔도 포함된다던데요? 세상 등진 건 마찬가지라며.

― 김 관장님 유머는 여전하시네요?

― 유머? 진담인데? 참 지방으로 내려갔죠? 얼마 전에야 들었어요. 미협 이사장 선거 때지 아마?

한쪽 테이블에 앉아 여러 권의 도록을 들치고 있던 젊은 남자가 우리가 앉은 소파 쪽으로 시선을 보낸다. 못 보던 얼굴이다.

— 어떻게 그림 그리는 사람이 그 판을 등지고 살아요? 도대체 몇 년이야? 요새는 강산이 서너 달 만에 변한다는데 나와 보니 완전히 남의 나라 같죠? 자, 각설하고. 작품 있죠? 화가가 화랑에 소풍 나온 건 아닐 테니. 그것도 열 손가락 꽉 채우는 세월을 보내고 말이에요.

테이블에 놓인 키위 주스를 단숨에 들이 킨 김 관장이 흘러내린 안경을 치키면서도 시선을 내게서 떼지 않는다. 브이 자로 깊게 파진 보라색 블라우스 위로 굵고 두꺼운 절 목걸이가 걸려 있다. 어림으로도 줄까지 합쳐 스무 돈은 넘어 보이는 굵기다. 김 관장의 큰 체구에 걸맞게 두툼하게 만든 옴 자가 선명하게 매달려 있다.

— 절에 다니세요?

— 한 이 년 됐나? 우리 한 대표 세상 뜨고 바로 나가기 시작했어요. 교회 다니는 딸내미들은 질색팔색하는데 남편이 없어지니까 다시 붙들고 살 남자가 필요하더라고. 그래서 기왕이면 세상에서 제일 멋진 남자랑 살아야겠다 싶어 택한 게 부처님이야. 내가 부처다. 신이 따로 있는 게 아니라 마음 쓰기에 따라 나도 부처가 될 수 있다. 얼마나 멋진 말이야? 마음수련에 잘 써먹고 있어요.

— 불교, 좋은 종교죠. 초등학교 4학년 때죠, 아마? 부처님 전기를 읽은 적 있는데 아직도 또렷이 생각나요. 후에 부처님이 되

신 인도 가비라 왕국의 왕자 고다마싯타르타, 그의 아내 야수다라 공주, 아들 라훌라. 라훌라가 방해자란 뜻을 가졌다는 거두요. 왕자는 사대문 시찰 중에 보고 느낀 인간의 생로병사로 괴로워하죠. 그리곤 그것의 진리를 깨닫기 위해 출가를 결심해요. 그때 아들이 태어난 거예요. 자신의 출가를 방해하는 아들이라 너무도 사랑스럽지만 결국 방해자로 명명한 거예요.

— 윤 작가, 대단한데? 나보다도 더 많이 알아.

정말 놀란 듯이 눈을 크게 뜨며 고개까지 흔드는 김 관장을 보자 갑자기 머쓱해진다.

— 어릴 때 본 책이라서 기억나는 것뿐이에요.

— 그래서, 다음은 어떻게 됐지?

— 몇 차례나 시도를 포기하다가 결국 출가해요. 뒤를 따라 아내 야수다라 공주와 아들 라훌라, 그리고 계모까지 두요. 그리고 결국 강가에 있던 보리수나무 아래에서 오랜 참선 중 깨달음을 얻어요. 나중에 입적하실 때까지 많은 사람들이 그분의 깨달음을 배우고자 따르죠. 그게 불교라고 읽었어요.

— 아무리 뇌신경 총총한 어릴 때 읽은 책이라지만 어떻게 지금까지 그걸 다 기억해? 윤 작가 기억력이 지나치게 좋은 거 아냐?

그래서 괴로운 적 많다는 생각이 든다. 이 지나치게 명료한 기억력 때문에 행복할 때보다는 불행할 때가 곱절은 많다는 생각도 한다.

— 윤회설은 어떻게 나오게 된 걸까?

— 잘은 모르지만 자신의 업을 다 닦을 때까지는 어떤 모습으로든 자꾸 태어난대요. 태어나 또 생로병사를 겪으면서 닦아야 한대요. 그러니까 윤회가 반복된다는 건 살았을 때 지은 업이 계속 남아 있다는 거죠. 부처님도 아홉 번이나 윤회했다고 들은 적 있어요. 그 후 극락에 드신 거죠. 윤회하지 않으려면, 태어나 또 늙고 병들어 죽는 고통을 겪지 않으려면, 그만큼 업을 쌓지 않게 잘 살아라. 그게 불교 교리의 핵심이 아닐까 싶어요.

— 오늘 참 윤 작가 다시 보이네. 한 대표 떠나고 내가 절에 다니는 건 예수님 말씀인 성경으로는 내가 전혀 위로를 받지 못하더라고. 전부 내 탓이요! 내 탓이요! 잖아? 어쩌라는 거야? 성경 더 끼고 있다간 한 대표 임종 못 본 것도 내 죄 같아 내가 죽을 것 같더라고. 열흘 이상 한 대표 병상에서 꼼짝 않고 있는 내가 미라 같았나 봐. 딸내미들이 억지로 나를 병원 근처 사우나에 밀어 넣었거든. 냄새 난다는 말에 안 갈 수가 없었지. 그게 한 삼십 분? 한 대표 그사이 간 거야. 죽은 사람이 그렇게 원망스럽대. 무슨 억한 마음에 혼자 갔냐고 소리소리 질렀지. 내 탓이다. 내가 사우나 가서 남편 임종도 못 봤다. 그때부터 온갖 게 다 내 죄 같더군. 딱 죽고 싶더라고. 그러다 동창 따라 법주사란 절엘 갔는데 아, 이게 너무 좋은 거야. 템플스테이였던 거지. 생로병사를 순식간에 깨닫게 됐어.

— 내 탓이요! 가 그렇게 느껴졌군요. 그건 아닌데.

— 아니라고요?

― 전 그 내 탓이요! 때문에 많은 것들과 화해했거든요. 이해와 용서와 포용이 찾아왔어요.

― 윤 작가도 예수님 믿나??

― 예. 가톨릭. 냉담하다가 다시 나간 지는 작년부터 예요.

― 축하해요. 탕자의 귀환이었네?

― 그렇죠. 한 대표님 일은 정말 죄송해요. 소식은 들었는데…… 변명은 안 드릴게요.

― 그럴 만한 이유가 있을 거라고 생각하니 걱정 말아요. 윤 작가 인사성이야 내가 모르는 일인가요?

― 참 아까 왜 작품 있냐고 물으셨죠?


전화벨이 울리자 도록을 살피고 있던 남자가 일어나 사무실로 뛰어가는 모습이 보인다. 그의 동선을 따라 시선을 움직이던 김 관장이 쥐고 있던 만년필을 입술에 물며 다시 나를 바라본다.

― 열심히 피워댔거든. 한 대표 가고 담배마저 없었으면 숨통 막혔을 거야. 이젠 기침 때문에 이 짓해 가며 이별하려고 해. 근데 원, 이게 뭔지 남편하고 헤어지는 것보다 더 힘드네. 길쭉한 거만 있으면 이렇게 여지없이 물어대니.

― 좋은 이별이니까요.

― 좋은 이별? 그럼 쉬워야지. 뭐 이렇게 질겨?

― 그냥 이별이라면, 어렵지도 않겠지요. 그냥 만난 사이가 그냥 헤어지듯이요. 관장님 가장 힘들고 아플 때 숨을 쉬게 해준 무

236                                          보석함과 쓰레기봉투

엇이니까, 돌려보내는 것도 그 숨만큼 힘든 게지요.

— 그런데 그게 왜 좋은 이별이야?

— 함께 더 있으면 안 된다는 걸 아니까, 그래서 스스로 택한 이별이니까.

무심히 주고받으면서도 말이 뜻을 따라가지 못한다는 자괴감이 든다. 출발은 했는데 행선지를 잃어버린 사람 같다. 입에 물었던 만년필을 탁자에 내려놓으며 사무실 쪽을 바라보던 김 관장이 긴 한숨을 내쉬었다.

— 저이 우리 화랑 큐레이터로 초빙한 지 얼마 안 됐어요. 원래 스님 되려고 출가해서 계까지 받은 사람인데, 하나뿐인 동생마저 절로 들어온 거야. 부모님을 생각하니 그건 아니다 싶었대. 그래서 유턴해서 미대를 나온 사람이에요. 속 깊은 사연이야 알 수 없지만. 절집 사람 된다는 게 어디 웬만한 결심 갖고 될 일이겠어요? 아, 그래서 말인데 저 사람 지금 첫 기획전을 준비하고 있어요. 〈수채화로 그린 성화전〉이 그거예요.

— 수채화로만요? 그리고 저분이 원하는 건 불교 성화일 것 아니에요?

— 성화에 불교, 천주교, 개신교, 이슬람교 구분 있나? 늙은 나도 이렇게 트였는데 왜 그래요? 윤 작가, 세 점만 내 줘요. 수채화라면 자신 있잖아?

— 저 그림 안 그린 거 아시잖아요?

— 그럼 오늘 왜 왔어요? 나 보고 싶어서 온 건 아닐 테고 적어

도 그려보겠다는 생각이 있었던 거 아니에요?

기습당한 사람처럼 말문이 막힌다. 사실 초대전을 열어달라는 부탁을 하러 오긴 했었다. 그것도 한 이 년쯤 뒤에 말이다. 지금부터 준비해도 이 년은 결코 넉넉한 시간이 아니다. 대관료는 물론 작업에 필요한 경비보조와 액자까지 모두 맡아달라고 부탁할 생각이었다. 그림이 팔리면 지불할 수 있으나 못 팔리면 화랑이 그림을 가지는 것으로 무조건 허락하라고 떼쓸 참이었다. 갑자기 가난해졌냐고 놀리면 그러니까 적선하라고, 혹시 아냐고, 대박 날지. 하며 큰소리로 대답하는 연습도 했다. 어디서 그런 용기가 생겼는지는 모른다. 김 관장은 나의 첫 개인전을 열어준 사람이다. 물론 돌아가신 한 대표가 관장으로 있을 때의 일이었다. 대학 졸업 작품전에 출품한 내 그림을 보고 한 대표가 먼저 개인전 프로포즈를 해 왔을 때 나는 뛸 듯이 기뻤다. 갓 미술대학을 졸업해 화단 말석조차 넘볼 수 없었던 그때의 내게 〈다음화랑〉에서 개인전을 연다는 건 수십 개의 날개를 내 몸에 달아준 거나 다름없었다.

— 저 사람, 아 이름 모르죠. 오무진 큐레이터예요. 무진이 법명이라나? 한번 도와 아름다운 전시회 만들어보자구요. 섭외 작가 대부분이 수도자예요. 스님, 수녀님, 수사님, 신부님, 목사님들 중에 그림을 잘 그리는 사람들이 의외로 꽤 있더라구요. 윤 작가가 응한다면 대외적으론 훨씬 메리트가 높아질 거야. 사실 이름을 알릴 작가가 없어 이걸 어떻게 홍보하나 걱정하던 참이거든.

전시회 제목을 바꿀까? 〈은둔 화가 윤은수와 함께 걸어 간 마음 길〉이라고. 윤 작가한테도 의미가 될 것 같은데. 그리고 곧바로 개인전 준비하는 거야.

자신의 말에 자기가 도취되어 열심히 설명하는 김 관장 옆으로 전화를 마친 무진이 다가와 선다.

— 관장님, 일주일쯤 자리를 비워야 할 것 같습니다. 세심 스님 이 좀 전에 입적하셨답니다.

— 어머, 세심 스님이요? 며칠 전에 좀 차도가 있으시다더니?

— …… 다녀오겠습니다.

복받치는 감정을 참기 위해 어깨에 힘을 주고 서 있는 무진의 눈가 힘줄이 파랗게 드러난다.

— 그래요. 나도 저녁에 갈게요. 참 경황이 없겠지만 인사하세 요. 서양화가 윤은수 선생이에요. 지금 이번 성화 전시회 작품 의 뢰를 하고 있던 참이었어요. 아직 허락은 못 받았지만.

무진은 간신히 슬픔을 지탱하는지 밀치면 쓰러질 것 같은 표정 으로 나를 바라보았다.

— 무진입니다. 작품 주시면 기쁘겠습니다. 그럼.

고개를 숙이는 그를 보고 난 엉거주춤 자리에서 일어났다.

— 윤은수 베로니카라고 합니다. 저는 천주교 신자입니다. 뵙지 는 못했지만 세심 스님을 위해서 기도드릴게요.

— 고맙습니다. 꼭 기도해 주십시오. 베로니카 작가님.

황급히 화랑을 빠져나가는 무진을 물끄러미 바라보던 김 관장이 다시 만년필을 입에 물며 말했다.

— 무진이 계를 받을 때까지 학승으로 있었던 절 주지스님인데 무진을 많이 아끼셨다 하더라고요. 그분이 그렇게 탱화를 잘 그리셨대요. 무진이 절을 나온 후 미대로 가게 된 것도 그분 영향 때문이었고. 계를 받을 때 처음 머리를 깎아준 분이래요. 중간에 포기한 게 늘 죄송해서 힘들어 했거든요. 아마 불효한 자식 심정일 거예요.

— 이해할 수 있어요. 어떤 길을 가다가 확신을 잃어버려 돌아나올 때 그 무서움과 헛헛함. 더욱이 그렇게 믿어준 분인데 많이 죄송하고 많이 아플 거예요.

나는 고개를 끄덕였다. 스님이 되어 맞는 세심 스님의 죽음과 지금의 입장으로 맞는 그것은 엄청난 차이가 있을 것이다.

— 그러니 윤 작가.

기숙사 사감 같은 굵은 뿔테 안경을 머리 위로 올리며 김 관장의 몸이 내 앞으로 숙여진다.

— 저 슬픈 사람 한번 도와줘요. 세 점만 준비하면 돼. 시간은 두 달. 호수는 상관없지만 삼십 호에서 오십 호 정도면 딱 좋아요. 뭐 백 호짜리도 괜찮고. 우리 딸들한테 귀가 닳도록 들어서 아는데 예수님 일생은 백 호로도 모자라지 않나? 마굿간에서의 탄생부터 겟세마니 동산에서의 죽음, 그것도 십자가형. 부활, 승천…… 고작 삼십삼 년 인생이라던데…… 아니다. 또 우리 딸들한테 배운 지식으로 말하자면, 살아계신 예수님이라니까 이천 년

보석함과 쓰레기봉투

도 넘게 계속되는 인생이네.

— 죽음, 부활, 승천, 계속되는 인생…… 죽음, 부활, 승천……

나도 모르게 김 관장의 말이 계속 읊어진다.

— 옳지. 이제 넘어온 거야. 성화가 따로 있나? 내 안으로 들어온 교리를 통해 내가 승화되면 그게 성화지. 난 그렇더라고. 내가 화가라면 보리수나무 아래 앉아 있는 한 사람을 그리고 싶더라니까? 세상에 대한 궁금점이 열린 장소, 어느 시점. 아, 내가 여기 있구나 하는 진짜 자각이 열린 시간……

— 감히…… 해 볼게요. 손이 굳어서 어떨지 모르겠네요.

— 그림을 손으로 그리나? 지금 하나하나 그분 자취를 따라가는 윤 작가를 보니 누가 이 모습을 그림으로 그리면 그게 바로 성화네. 이거 오늘 가만히 앉아서 윤 작가의 내방을 받고 게다가 작품까지 의뢰하게 되니 부처님 자비가 내게 무진장 쏟아진 하루 같네. 우리 무진 큐레이터 정신적 아버지인 세심 스님이 입적하시면서 아들 같은 무진 도와주는 거 아냐?


다음화랑을 나와 늘 다녔던 학교 앞 화방으로 가기 위해 빌딩 지하주차장으로 가는데 핸드폰이 울린다. 번호를 보니 경옥이다.

— 언니, 어디…… 집 아니에요?

— 응, 청담동.

— 예? 서울? 여긴 어쩐 일이에요?

— 화랑에 잠시 들렀어.

오래 안 신었던 하이힐이 신겨진 발뒤꿈치가 아프다.

— 화랑? 언니, 그럼 그릴 거예요? 그런 거야?

꽥 소리를 지르는 경옥의 목소리를 피해 나는 수화기를 멀찍이 떼고 거의 절뚝거리는 모양으로 주차해 둔 차를 향하여 걷는다.

— 와, 진짜 우리 언니 장하네. 무슨 일이래?

— 행복 추구권을 찾으려고 그런다. 왜? 근데 넌 이 시간에 웬 일이야? 수업 안 가?

— 언니, 재현이 아빠랑 합쳐야 할 것 같아요. 그거 보고 드리려 고 언니한테 가려고 지금 막 터미널에 도착해 차표 끊었어요. 당 연히 집에 계실 줄 알았죠. 서울 오셨다고는 정말 생각 못했네요. 수업은 보강하겠다고 다 연락했어요.

나는 멈춰 섰다. 4년이 넘도록 서로 연락 한번 안 하고 보지도 않았던 경옥이 부부가 아니었던가. 그런 경옥에게 넌 애들 아빠 가 궁금하고 걱정되지도 않냐며 하은은 틈날 때마다 핀잔을 주었 었다. 그럴 때마다 경옥은 태연한 얼굴로 대답하곤 했다.

— 그건 그 사람이 해야 할 몫이야. 아이 둘 데리고 친정에 얹혀 사는 내가 궁금해야 하고 우리 세 모자가 걱정 돼야지. 백 번을 생각해도 딸린 새끼 없이 혼자인 그 사람은 나보다 나아.

— 너 그러다 재현이 아빠 마음이라도 변하면 어떡할래? 정신 차려 금의환향하면이야 좋겠지만 딴 데 마음 주면 어떡하냐구. 아무리 자기 잘못으로 그렇게 됐다고 해도 버림받은 기분이 드는 건 어쩔 수 없을 텐데.

보석함과 쓰레기봉투

하은은 동조를 구하며 나를 바라봤지만 나는 일체 그들의 대화에 끼지 않고 내버려뒀다.

― 버림받다니? 그 사람이? 어떻게 언니는 매사 생각이 그러냐? 오갈 데 없어 새끼 둘 데리고 친정에 들어가야 했던 내가 버림받은 거지 처자식 밖으로 내몰리게 한 그 사람이 버림받은 거야? 좁아터진 임대아파트에 그것도 장가 안 간 남동생도 있는 집에 어떻게 사고뭉치 남편까지 끌고 들어가? 개 밥그릇 같이 딸 신세 구겨놓은 사위 바라보는 우리 엄마 마음은 또 어떡하고?

― 월셋방이라도 얻어 같이 사는 게 가족 아니니? 사고치고 집 날린 건 밉지만, 친정에 아이들과 너만 들어간 건 좀 그래.

― 하은 언니답네, 다워. 딴 데 마음 뺏기면 어떡하냐고? 그거 무서웠으면 내보내지도 않았어. 아니, 마음이 변한다고 쳐. 그래도 할 수 없어. 사람 같지도 않은 행동을 반복하는 걸 계속 보는 것보다는 내보내서 사람이 되든지 아니면 아주 버리든지 도박하는 게 차라리 명확해. 카드 갈기며 흥청망청 돌아다니다가 겨우 마련한 연립 차압 들어와 날리고, 나중엔 사채까지 끌어다 쓰곤 못 갚아, 돈 받아주는 깡패들까지 들락거리는 모양에 아이들 병든 쥐새끼마냥 떨게 하는 것보다는.

― 너 진짜 독하다. 그래도 애들 아빤데.

― 애들 아빠니까 이런 특단의 조치도 취한 거야. 자식을 볼 수 없는 아픔을 좀 알라고. 애비가 애비 노릇을 해야 애비지, 씨만 뿌렸다고 애비야?

― 병들어 아빠 노릇 못하는 사람도 많아.

― 그건 불가항력이잖아. 병들어 못하는 것과 사지 멀쩡한데 정
신 못 차리고 사고나 치고 다니는 것과는 엄연히 다른 거야. 언니
처럼 무조건 품어주는 것만 사랑이라고 하지 마. 자기 잘못에 대
한 인식의 기회도 주지 않는 언니를 보면 수애도 저런 식으로 키
우는 게 아닐까 걱정되니까. 이진수는 어떻게 저런 호구를 물었
나 몰라.

― 재현이 아빠랑은 안 살거니?

일사천리로 말하는 경옥의 말을 대꾸 없이 듣고 있던 하은이 경
옥이가 말을 끊고 숨을 헐떡이자 다시 물었다. 나는 하은을 보았
다. 하은과 경옥은 생각의 출발부터가 다른 사람이었다. 부부라
도 상대의 지나친 잘못은 지적해야 하며 고치려 애쓰는 과정에서
별거라는 엄청난 출혈까지도 감당해 내야 한다는 게 경옥이라면,
하은은 부부이기 때문에 상대의 어떤 중대한 잘못조차도 수용할
수밖에 없고, 게다가 절대로 따로 살아선 안 된다고 믿는 사람이
었다. 두 사람은 결코 같은 결말을 얻어내지 못할 것이다. 경옥이
가 신경질적으로 고개를 휙 치켜들며 하은을 노려보았다.

― 하은 언니, 언니의 그런 말투 난 정말 싫어. 바보천사 같단
말이야. 그건 이분법적 논리도 뭣도 아냐. 어떻게 여태 실컷 듣고
도 그런 걸 묻지? 내가 안 살려고 작정한 사람처럼 보여?

경옥의 목소리엔 하은에 대한 답답함과 어이없음이 강하게 묻
어있었다. 입술까지 파르르 떨며 대꾸하는 경옥 앞에서 오히려

보석함과 쓰레기봉투

하은은 느긋하게 고쳐 앉더니 혼잣말처럼 중얼거렸다.

— 나가서 정신 차릴 사람 같으면 같이 있으면서도 차릴 수 있지 않나 그 말이야. 반대로 같이 있으면서 정신 못 차리는데 나가선들 별 수 있겠냐고. 오히려 사람만 버리지.

— 그래서 언니는 이진수가 정신 못 차린다는 걸 전제로 하고 붙들어 두는 거야? 어차피 정신 못 차릴 거 사람이나 덜 버리자고? 사람 버린다는 게 뭔데? 딴 여자한테 마음 주는 거? 그래서 언니는 같이 살고 있던 와중에 그런 꼴 당했어? 그게 덜 버린 사람이 할 짓이야? 은수 언니, 가까이 살며 이 언니 때문에 얼마나 속 터졌어요?

나무망치라도 있으면 상황 종료를 알리 듯 두드리고 싶었다. 피고도 원고도 없는 지리멸렬한 소송에 배심원으로 앉아있는 것 같은 기분, 편두통이 스멀스멀 왼쪽 뒷머리에 쏟아졌다.

— 사실 언니, 저 무서워요. 수애 아빠 또 병이 도질까봐서요. 그땐 누구한테도 의논할 수 없게 됐잖아요.

하은은 이미 논리에서 지고 있었다. 모두가 반대하는 처신을 감행한 그녀로서는 당연한 일일지도 몰랐다.

— 절대로 말하지 마. 또 병신처럼 당하는 꼴 보면 그땐 정말 언니 안 볼 테니까. 아까 뭐라고 했지? 안 살 거냐고 물었나? 그런 생각한 적 없어. 정신 차린 것만 느껴지면 살 거야. 애들 아빠니까. 생활에 대한 어떤 의무도 부담도 주지 않고 내보낸 건 그 때문이야. 나가서 생각이라는 걸 좀 해 보라고. 우선 자신을 돌아볼

시간을 주고 싶었어. 같이 있으면서는 네 탓이라고 앵앵거리지 않을 자신도 없었고.

— 경옥아, 네가 그렇게 할 수 있었던 건 어쩌면 네 남편에 대한 신뢰가 완전히 무너지지는 않았기 때문일 수도 있어. 하지만 내 겐 수애 아빠에 대한 아무런 확신이 없어. 그래서 그냥 두는 건지 도 몰라.

— 그건 포기야. 그 사람에 대해선 물론이고 언니 자신에 대해 서도 포기한 거란 말이야.

— 그럴지도 몰라. 그 사람을 포기했는데 나 자신인들 포기가 안 되겠니? 그 사람을 포기해야 하니까 세상 아무것에도 기대가 없어지더라.

— 고대 소설이 따로 없네. 최면 걸지 마. 언니는 지금 자기 최 면에 빠져 있는 거야. 비련의 주인공 흉내를 내고 싶은 모양인데 정신 차려. 언니가 부모 형제 자식 그리고 언니를 아끼는 사람들 을 생각한다면 그런 말하면 안 돼지. 남편 아니라 돌아가신 아버 지가 살아온다 해도 누구 때문에 나를 포기한다? 자학도 수준급 이네. 얼핏 들으면 세상에 다시없는 지고지순이야.

경옥은 당찼다. 말에 일관성이 있었으며 자기 논리에 확고한 믿 음도 가지고 있었다. 그런 경옥을 향해 하은은 자신 없는 눈빛으 로 바라보다가 고개를 숙였다. 들릴 듯 말듯 한 소리가 하은 입에 서 흘러나왔다.

— 그 사람 자체엔 포기되면서도 그 사람을 향한 내 사랑은 왜

보석함과 쓰레기봉투

포기가 안 되는지 모르겠어. 언니, 저는요. 사실 그 사람에 대해 아무것도 기대하지 않아요. 아무것도 믿어지지 않고 아무것도 인정할 수 없어요. 그런데도 그 사람을 향한 이 질긴 쏠림은 도무지 줄어들지 않으니 정말 제가 미친 걸까요?

발작하듯이 고개를 앞뒤 좌우로 흔들며 내가 일어선 것은 그때였다. 하은과 경옥이 동시에 일어나 양쪽에서 나를 안았다. 몰라. 모른다고. 그러니 제발 묻지 마. 너 이해 안 되는 거 아니야. 아니 너무 이해 돼서 사실은 내가 미칠 지경이야. 그런데 제3자 입장으로 바라보는 너, 내가 날 보는 것 같아 질리고 싫어. 바보 같고 끔찍해. 안에선 강한 압력으로 말이 터져 나오는데 말문이 막혔는지 밖으론 한마디도 나오지 않았다. 인공심장박동기 정기검진을 놓쳤나? 숨이 자꾸 막혀왔다.


— 언니, 어디로 갈까요? 제가 언니 있는 쪽으로 갈까요?

— 응?

생각에 잠겨 있었나 보다. 경옥의 목소리가 들리자 나는 순간적으로 화들짝 놀랐다.

— 아니, 나 집에 갈래. 화방에도 가려고 일부러 차도 가지고 왔는데 발이 너무 아프네. 터미널이라고 했지? 그렇다면 집으로 와라. 널 데리러 내가 가든지 네가 나 있는 쪽으로 오든지 하면 좋겠는데 시간만 지체될 것 같아.

— 그럴게요.

집에 돌아와 화장을 지우고 서둘러 샤워를 했다. 베란다 창고에서 이젤과 물감 박스를 찾아 거실로 들고 나오는데 벨이 울린다. 인터폰 창으로 경옥의 얼굴이 보인다.

— 진짜네.

경옥이 들어오면서 이젤을 받는다. 내 표정을 살피는 기색이 역력하다.

— 이젤 처음 봐? 서재에 좀 갖다놔 줘. 서재를 화실로 써야겠어. 저기 창고에 있는 다른 화구도 좀 옮겨주고. 너 오늘 날 잘못 골랐다. 그지?

기운이 빠져 소파에 털썩 앉으며 나는 경옥에게 웃는 걸로 모든 노동을 미룬다. 경옥은 부지런히 창고와 서재를 오가며 화구를 나르곤 거실 바닥에 주저앉아 숨을 들이쉰다.

— 언니 다시 그림 그린다니까 내가 다 살 것 같네요. 개인전하려면 부지런히 작업해야겠다. 그죠?

— 개인전은 멀었고 우선 기획전에 세 점을 내기로 했어. 그런데 가능할지 모르겠어. 성화를 그리라니 말이야.

슬그머니 걱정이 몰려온다. 성화는 정말 생각도 안 해 본 주제다. 주일 미사 주보 앞면에 가끔 성화가 나오는 걸 보곤 했는데 그건 모두 천주교 전례 일정에 따른 성경의 기록화였다. 백일장에서 전혀 예상 못한 시제를 받은 것처럼 암담하고 까마득하다.

— 성화요? 그럼 성당과 관련된 그림을 그려야 한다는 거예요?

— 나는 그렇지. 하지만 여러 종교를 믿는 여러 작가들이 함께

248                                                    보석함과 쓰레기봉투

출품하게 된대. 다들 자기가 믿는 종교의 교리를 그림으로 나타내겠지?

— 잘됐네. 언니 성당 다시 나가시잖아요? 그 변화를 그리면 되잖아요? 언니한테 딱인 주제네.

어쩜 저렇게 매사에 교통정리를 잘하는지 나는 경옥이 경탄스럽다. 커피를 마시겠다며 주방 쪽으로 걸어가던 경옥이 갑자기 몸을 돌려 내 앞으로 다시 와 선다. 나는 눈으로 왜? 라고 묻는다. 그런 나를 경옥이 한참 말없이 바라본다. 뭔가 내게 서운해 하고 있는 표정이다. 일 분 전만 해도 그림에 대해 똑 부러지게 말하던 경옥의 돌변한 행동에서 나는 어렴풋하게나마 그녀의 마음을 읽는다. 똑똑한 경옥 역시 나에게 아직까지도 완전히 적응이 안 된 것 같다. 모든 사람이 적응이 안 된다면 분명 내게 문제가 있다는 반성도 잠깐, 하루치의 피로가 순식간에 몰려오며 혼자 있고 싶어진다. 상대의 변화나 근황에 먼저 궁금해 하지 않고 먼저 묻지 않으며 말할 때까지 기다리는 것, 나는 그것이 상대에 대한 배려라고 생각하는데 사람들은 그것에 서운해한다. 좋은 말이든 나쁜 말이든 그 말을 하고자 하는 사람에게 시간을 준다는 게 그리 서운해할 일인지 나는 나의 그런 성격을 철회할 생각이 전혀 없다.

— 궁금하지 않아요? 다시 합친다는데?

예상이 그대로 들어맞는다.

— 곧 말할 거잖아. 아니야?

냉랭해지는 내 표정에 경옥이 상처받지 않기를 바라는 마음으로 나는 표정을 가다듬으려 애쓰는 나 자신을 느낀다.

— 물론 그 말하려고 왔지만요. 언니가 먼저 물어줄 수도 있잖아요?

— 기다리고 있다는 생각은 안 드니? 합친다는 거 물론 좋은 일이지만 그동안 너의 완고함을 변명, 철회해야 하는 일이 될 수도 있는데, 그런 너에 대한 배려라는 생각은 할 수 없어?

— 언니 그런 마음이라는 거 알죠. 알지만 이 정도의 빅뉴스엔 허둥댐과 들뜸도 보여줄 수 있잖아요. 언니, 어떤지 알아요? 한없이 언니 사랑과 마음을 받고 있는 것 같다가도 어떨 땐 저 언니 마음에 내 이름 석 자라도 들어 있을까? 하는 생각이 든단 말이에요.

— ……?

— 그것이 언니가 지닌 여운? 뭐 그런 것일 수도 있지만요. 우리 언니 같다가도 저 언니를 진짜 내가 아는 사람인가? 하는 생각이 들면 섬뜩하다구요.

— 그러니? 내가? 그렇구나…… 아마 힘든 시간을 거쳐 오면서 이젠 어떤 일에도 감정의 한복판에 있지 않을 거라고 나 자신을 세뇌시켜왔기 때문일 거야. 변방의 관조야말로 객관적이거든. 이제 말할 준비됐나 본데 자, 말해 봐. 같이 살기로 했다는 걸 보면 똑 부러지는 우리 경옥이 결정과 인내가 성공했다는 걸 테고. 애, 성공이란 단어 참 오랜만에 듣지 않니? 하고 보니 나도 감격스럽다. 성공, 이 말이 왜 이렇게 빛나니?

보석함과 쓰레기봉투

— 치, 커피 타 올게요. 기다리는 김에 더 기다리세요. 언니 그 거 선수잖아?

커피 잔을 앞에 놓고 바라보는 경옥의 얼굴이 싱그럽다. 원래도 맑은 피부였지만 간간이 박혀있던 주근깨조차 그 색이 훨씬 엷어 진 것 같다. 사파이어 반지 아래 못 보던 실반지가 끼워져 있는 그녀의 손에 내 손을 포개 살며시 잡아본다. 듣지 않아도 충분할 만큼 그녀에게 찾아온 행복이 그대로 느껴진다.

— 언니, 고마워요.

— 좀 전엔 삐치고 샐쭉거려 놓고선?

— 언니나 하은 언니나 모든 상황이 그대론데 저만 좋은 소식 전하는 거 같아 맘이 편치만은 않았거든요. 그래서 말을 흘려놓 으면 언니가 막 궁금해하며 물어줬으면 싶었어요.

— 마음 편치 않을 게 뭐 있어? 나? 나는 이미 결론 난 사람이 고, 하은이도 어찌 됐든 남편 들어와 같이 살고 있는데, 따지고 보면 너만 과정 중에 있었던 거 아니니? 네 마음이 불편했던 건 우리 셋 다 결론이 나지 않았다는 생각 때문이었을 거야. 거기에 나나 하은이의 삶이 불행해 보였기 때문에 더욱 너의 행복을 말 하기가 쉽지 않았을 거고.

— 아니요. 전 언니는 이미 결론 났다는 생각 안 해요. 결혼사진 을 내놓고 아저씨 물건을 그대로 두는 언니에게 그만하라고 대들 기는 했어도 이대로 언니가 이혼녀로 끝난다는 생각은 사실 한 번도 해본 적 없어요. 잘 모르지만 사랑은 그런 거라던데요? 정말

사랑했다면 중간에 어떤 일이 두 사람 사이에 있었어도 다시 이어진대요. 헤어지는 것보다는 이해하고 용서하는 게 더 쉽다는 거죠. 사랑을 이길 감정은 없다! 부모를 죽인 사람이라 해도 그 사람이 용서되고 그 곁을 떠나지 못하는 거! 그게 사랑이래요.

— 내가 세기의 사랑 주인공 같네. 네 말을 들으니.

— 아닐 것도 없죠. 그나저나 하은 언니를 생각하면 지금도 여기가 막 아파요.

내 손에 잡혀 있던 손을 빼내어 경옥은 자기 가슴으로 가져간다.


지금까지 남편과 한집에 산다면 나는 어떤 모습일까? 얼음장 같은 공기에 방치된 상태에서 자기 직시는 어차피 불가능했을 터이고, 남편을 이해하려는 마음 또한 꿈에도 꿀 수 없었을 것이다. 그렇다면 지금은 얼마나 다행한 상태인가. 남편이 변한 이유를 알지 못한다는 궁금함은 있지만 모르면 모르는 대로 그 사람 또한 힘들었을 거라는 걸 인정할 수 있으니 말이다. 내가 생각에 빠져있는 동안 가슴에 손을 대 어루만지고 있던 경옥이 뭔가 생각난 듯한 눈빛으로 나를 본다. 경옥과 나의 시선이 가까이에서 마주친다.

— 언니, 전부터 혹시나 했던 생각인데요. 언니 마지막 개인전 제목이 〈그녀는 마흔에 죽었다〉라고 했잖아요.

— 그래. 왜?

　　　　　　　　　보석함과 쓰레기봉투

— 혹시 그 제목 아저씨가 뭐라 한 적 없어요?

— 아니. 그 개인전은 언니에게 이상이 생긴 후였는데, 이미 한참 전부터 일정이 잡혀 있어 준비해 온 터라 안 할 수가 없어서 겨우 연 개인전이었거든. 뭐라 하지도 않았지만 뭐라 했어도 그걸 인지할 정신적 여력이 없었어.

오래전 개인전 제목을 다시 듣는 기분이 낯설다. 낯선 만큼 내가 정한 제목이지만 참 별나게도 지었다는 생각이 다시 든다.

— 그거, 아저씨한테는 상처가 됐을 수도 있지 않을까요? 자기 아내가 마흔에 죽었다는 생각으로 살고 있다는 생각을 하면 기분이 무지 나쁠 것 같잖아요? 다른 사람들이 어떻게 생각할까, 지금 내 옆에 있는 건 이 여자는 껍데기일 뿐인가. 죽었다고 말할 만큼 자기와의 결혼생활이 불행한가, 이렇게요. 물론 은초 언니의 스캔들과 이후 은초 언니의 치매 발병으로 언니의 삶이 죽음 못지않게 허물어진 건 이해한다고 쳐도요. 대내외적으로 언니의 불행을 공표하는 것 같은 그 제목, 남편으로선 온갖 악역을 맡은 거 같았을 거 같아요. 그래서 언니를 죽은 사람 대하듯 한 거 아닐까요? 배신감으로 확장되어서 말예요. 입장을 바꿔 아저씨가 그런 제목으로 뭔가를 했다면 언니는 어떻겠어요? 이 사람이 불행한가? 못 죽어서 살고 있나? 주위 사람 보기가 민망하고 누명이라도 쓴 기분이 들지 않겠어요?

앉아 있으면서도 무릎이 꺾이는 기분이다. 누가 밀치기라도 한 것처럼 몸이 기운다. 거기까진 한 번도 못해 본 생각이다. 개인전 준비를 하는 내내 나는 마흔을 갓 넘은 젊은 나이에 치매가 찾아온 언니의 불행 속에 빠져 있었다. 그런 내게 어느 날 알고 지내던 여성지 기자가 전화를 걸어와 대화 중에 이런 말을 했다.

— 선생님, 삼십대 마지막 전시가 되겠네요? 다작을 하시는 분이 아니시니까. 근데 타이틀이 좀 그로데스크하지 않아요? 죽었다니까 작가 생전에 미리 하는 유작전 같잖아요? 그리고 아직 선생님은 사십에 이르지도 않으셨고요. 제목에 무슨 다른 의미 있으시면 제게만 말씀해주실 수 없을까요?

수화기를 든 채 바라보는 캔버스가 처음 착상과 달리 색도 구도도 자꾸 흐트러져 정신 줄을 놓고 있는 언니처럼 보였다. 그래서 전시회 제목을 그렇게 정한 것일까? 나는 그 여기자에게 추측은 기자 몫이 아니라 그림을 보는 사람 몫이며, 타이틀은 작가의 고유권한이므로 해명의 의무 또한 없는 것이라고 중언부언하는 걸로 통화를 끝냈다. 경옥의 말이 이어진다.

— 듣기에 따라선 그 제목은 참 많은 생각을 하게 해요. 특히 아저씨 입장에서는 말예요. 아저씨는 처형 스캔들로 곤욕을 치르고 있는데 언니는 병든 은초 언니만 불쌍해 아저씨 탓한 적 많았다면서요? 물론 은초 언니가 병들었으니 그 동생인 언니의 심정이야 이해되지만, 살아있는 여자가 자기를 죽었다고 하는데 어떤 남편이 좋겠어요? 자존심에 묻거나 따지지도 못하고 속으로 그렇게 단정해 버린 아저씨라면 그 뒤의 모든 일이 아귀가 맞는 것 같

보석함과 쓰레기봉투

지 않아요?

듣고 보니 경옥의 말이 일리가 있다. 논리적으로 맞았고 얼마든지 그런 추측도 가능하다. 나는 경옥을 바라보았다. 그럴 수도 있는 것이다. 정말 그럴 수도 있는 것이다. 그렇다면 그가 나를 죽은 사람 대하듯 한 게 아니었다. 오히려 죽었다고 체념한 여자를 데리고 사는 남자로 내가 그를 전락시킨 것이다. 남편은 자신이 죽었다고 생각하는 나를 내 생각대로 대해준 것뿐이다. 자신을 모욕준 벌로 말이다. 나는 경옥을 향해 커피를 더 가져오라는 손짓을 했다. 경옥은 자신의 잔에도 다시 커피를 따른다.

— 잘 생각해 보세요. 보통 남자들 같으면 무슨 제목이 그러냐고 싫은 표시라도 냈겠죠. 나랑 사는 게 그렇게 불행하냐고 따지기라도 했을 거예요. 아저씨가 못한 건 들을 대답이 무서웠기 때문이고요. 물론 이런 제 생각은 그냥 제 생각뿐일 수도 있어요. 그 얘긴 그만할게요. 그래도 언니는 얼마든지 풀 수 있는 문제지만 하은 언니는 도대체 어떡해야 될지 답답하기만 해요. 전 아직도 이진수가 은주와 석 달 넘게 살았던 창원 그 방을 잊을 수가 없어요. 그것보다 더 기가 막힌 건 하은 언니의 태도지만.

경옥의 표정에서 그녀의 말과는 달리 편안한 여유가 느껴진다. 주변의 문젯거리에 저토록 세심한 평가를 내릴 수 있다는 건 분명 자신이 어떤 면으로든 여유를 느낀다는 반증이다.

— 됐어. 그 얘긴 그만해. 개인의 감정을 객관적으로 평가할 수는 없지 않겠니? 그리고 하은이 삶이야. 그럼 하은이 결정도 있는

그대로 존중해줘야지. 이진수가 없으면 살지 못하겠다는데 누가 그걸 말릴 수 있어?

— 그렇죠. 저 언니, 그럼 이제 편하게 말씀 드릴게요. 다음 달에 저 남편이랑 합쳐요. 전세금이 모자라서 삼천만 원 정도 월세를 끼긴 했지만. 그 사람 그동안 죽을힘으로 일했나 보더라구요. 저희 친정으로 들어가고 한 달 정도는 여기저기 떠돌았대요. 자기 신세가 기가 막히지만 자식들 생각하면 죽을 수는 없고 차라리 미치기만 기다리는 심정이었다고 하대요. 그러다 치과 기공사로 일하는 중학교 동창을 만났는데 마침 그 친구가 아는 치과 원장이 기사를 구한다고 해서 거기에 들어가게 됐다고 하더군요. 그 원장이 복층 아파트에 사는데 남편의 사정을 듣고 어디를 개조해서 방을 만들어줬나 봐요. 4년간 고스란히 모은 월급이라며 일억이 든 통장을 줬어요.

— 기특하네. 해피엔딩에 유종의 미, 금의환향이야. 또 뭐 더 보탤 사자성어 없나?

— 그럼 왜 그동안 연락을 안 했냐고 하니 함께 살 집을 마련할 때까지 저희 안 보겠다는 결심을 했었대요. 빚져서 집 날린 것도, 사채업자들한테 윽박지름 당한 것도 다 참을 수 있는데, 저희 친정으로 들여보낸 것만은 참을 수가 없었다고 하더군요.

행복한 결말을 보는 건 역시 행복하다. 경옥을 향해 고개를 끄덕이며 그녀의 말에 힘을 실어주다 보니 머리부터 따뜻한 온기가 심장까지 퍼진다. 경옥은 말을 하면서 점점 행복감에 취하는 것

보석함과 쓰레기봉투

같다.

― 좋으니?

― 예.

― 얼마만큼?

― 촐싹거린다고 저 핀잔주지 않겠다는 약속만 해 주시면 언니 주위를 천 번쯤 뱅뱅 돌고 싶을 만큼요.

― 그럼 그렇게 해. 내가 손뼉 쳐줄게. 시끄럽다고 경비실에서 올라올 만큼 우리 그렇게 하자. 아프리카 부족 춤처럼 발도 쾅쾅 울리고.

― 힘들고 가슴 아프고 그 사람 걱정되어 수없이 밤잠 설친 날 정말 많았어요.

― 그랬겠지. 그랬을 거야. 애들도 좋아하지?

― 그게……

단 두 음절의 대답을 하면서도 경옥의 목소리 톤이 내려간다.

― 4년 만에 아빠를 만나고 같이 밥을 먹었는데 애들이 너무 어색해하는 거 있죠. 아빠 기억이 없는 재영이는 낯가림하는 것처럼 울고, 재현이는 아빠 기억이 있을 텐데도 멀뚱멀뚱 아빠 시선을 피하고요. 꼭 제가 새 남자 데려다 놓고 애들한테 이제 아빠라고 불러야 된다고 하는 것 같더라니까요.

― 오랜 부재 후 만남이니까. 곧 바뀔 거야. 핏줄이란 건 당긴다고 하지 않니? 얼마 안 가 그 사람 눈빛, 살에 닿는 손길, 자기 이름 부르는 목소리에 너희가 애쓰지 않아도 아빠 맞구나, 절로 알

게 될 거야.

경옥이 가지고 온 소식은 분명 기쁘고 감사하다. 하지만 자꾸 하은이 걸린다. 이진수는 어떻게 하고 있는지, 햇볕도 안 들어오는 지하방에서 하은이 출근하면 두더지처럼 방에 배를 붙이고 수애가 보던 만화책이나 보고 있는지, 은주한테 그랬던 것처럼 얄팍한 하은 지갑 털어 담배와 군것질해 가며 백수처럼 건들거리는지 통 알 수가 없다. 내가 이진수에 대해선 어떤 말도 하지 말라는 말을 한 이후 하은은 내 앞에서 그의 근황을 말하지 않는다. 하은은 어찌 될 것인가. 경옥과 대조될 수밖에 없는 현재 나는 자꾸 하은이 걱정된다. 매사에 똑 부러지고 냉철한 경옥보다는 정에 쩔쩔매며 사랑에 목매달고 있는 하은이 내게 조금 더 아픈 손가락임이 분명한 것 같다.

# 9 ——— 투

벌써 보름째다. 팔레트에 짜놓은 물감은 제 색도 만들어보지 못한 채 굳어가고 물통의 물은 처음 떠다 놓은 그대로 저녁이면 버려진다. 무엇을 그릴지에 대한 윤곽은커녕 두 번을 꼼꼼하게 읽었다고 생각했던 성경 말씀이 하나도 맘에 새겨져 있지 않다는 사실에 놀란다. 가톨릭 교리의 핵은 예수 탄생과 부활이다. 부활이라는 기적이 있었기에 삼위일체의 교리를 이루며 가톨릭이 존재한다. 로마군에 의해 십자가형을 당해 죽은 예수가 부활을 통해 우리에게 나타나지 않았다면 누가 하느님의 존재를 믿겠는가. 나는 예수의 부활에 나 자신을 대입시키고 싶었다. 죽음과 다르지 않는 무기력에서, 사랑의 감정이 빠져나간 돌 같은 무감각에서, 살아내야 할 시간에 대한 막막함과 두려움에서, 용서가 안 되는 사람들에 대한 기억에서 나 자신을 새로 깨우고 싶었다.

하루 종일 이젤 앞에 앉아 있지만 흐릿한 윤곽조차 잡지 못하는 시간이 이어진다. 마음을 열기 위해 묵주기도와 함께 일을 시작할 때 바치는 기도를 해봐도 점 하나 찍히지 않는다. 다시 이젤 앞에 앉는다. 텅 빈 스케치북이 가본 적도 없는 광활한 사막 같다. 낙타는 어디 있는가. 숨을 이어줄 물과 맥을 뛰게 할 양식을 실은 낙타는 어디 있는가. 저승 같은 여기에서 숨이 쉬어지는 땅, 그곳으로 나를 데려다 줄 낙타는 어디 있는가. 오고 있는가. 가버렸는가. 낙타의 등에 얹혀 가고 있는데도 나는 모르고 있는가. 나는 서둘러 4B 연필로 스케치하기 시작했다.

부모님의 죽음을 상징하는 두 개의 관과 그것을 안고 있는 심장의 형상, 굽이굽이 이어진 길에 깔린 가시관을 끌어안은 어느 남녀의 형상, 나는 두 남녀의 얼굴을 보기 위해 눈을 좀 더 깊게 질끈 감는다. 그러나 도무지 얼굴이 보이지 않는다. 나는 여자의 얼굴에 언니 얼굴을 대입시켜 본다. 남자의 얼굴에는 우병찬의 얼굴을 갖다 놓아 본다. 여자의 얼굴에 내 얼굴을 넣어본다. 남자의 얼굴에 남편의 얼굴을 붙여본다. 그러나 금방 윤곽이 흐트러지며 얼굴이 흐려진다. 나는 두 남녀의 얼굴 그리는 것을 포기하고 무릎 꿇려 엎드린 자세를 취하게 한다. 두 사람의 등에 비둘기 한 마리가 앉아 있다. 바람에 나부끼는 여자의 긴 머리가 화면 전체에 십자가 형상으로 나부끼며 비둘기를 감싼다. 여자의 머리를 밀어 민머리로 만들어 본다. 머리에 사막을 지고 있는 형상이다. 정수리 위로 짧게 돋아나는 머리카락들이 언뜻 보인다. 구원! 구원을 구하노니! 서재를 나오며 나는 그 밤 내내 그 말을 읊조렸다.

　새벽 도로를 달리는 것은 언제나 놓쳤던 것들을 보게 한다. 벌써 5월도 하순으로 접어들고 있다. 길가 나무들의 잎이 어느새 짙어졌다는 걸 나는 오늘에야 새삼 깨닫는다. 어젯밤 스케치를 끝내고 서재에서 나왔을 때 날이 이미 밝아 있었다. 습관적으로 커피 잔을 들고 거실 창쪽으로 다가갔다. 언니에게 가야겠다는 생각이 허기보다 먼저 들었다. 눈에 띄게 푸르게 변한 산 색깔 때문이었다. 초록색을 유난히도 좋아하는 언니는 녹음이 시작되는 이때쯤이면 유난히 아름다웠다. 희다 못해 투명한 피부는 뭉게구름처럼 보드랍게 피어올랐고, 그녀가 바라볼 때는 촉감 좋은 속옷을 입은 것 같았다. 안온했고 편안했다. 훼손되지 않은 평화도 느꼈다.

　요양병원 주차장에 차를 주차시킨 뒤 본관 쪽으로 걸어가다 놀이치료실 옆 벤치에 앉아 있는 언니와 마주쳤다. 언니는 누가 꺾어줬는지 손에 버드나무 두 줄기를 들고 있다. 연둣빛에서 초록으로 가는 중간쯤의 푸름이 정맥이 파랗게 드러나는 언니의 손을 더욱 푸르게 보이게 한다. 나는 언니의 옆에 앉아 그녀의 어깨에 팔을 둘러본다. 움찔하며 언니의 어깨가 오므라드는 게 느껴진다. 나는 조용히, 최대한 언니가 기억해내기 편하게 예전 어릴 때의 목소리로 언니를 부른다. 하지만 언니는 듣지 못하는 사람처럼 버드나무 잎만 만지고 있다.

— 어머, 오셨어요? 이른 시간인데.

낯익은 간호사가 놀이치료실에서 나오다 나를 발견하고 벤치 쪽으로 걸어오며 아는 체를 한다.

— 부쩍 말씀이 없어졌어요. 가끔 정신이 들기도 하는 것 같은데 통 말을 하지 않아요.

— 더 나빠졌다는 말씀이죠?

언니가 몸을 움직여 등을 빼내는 바람에 무방비로 얹혀 있던 내 팔이 툭 떨어지며 벤치 등받이에 부딪힌다.

— 그런 셈이죠. 한동안은 꽤 또랑또랑했었는데…… 정원에 나와 있는 게 좋으신 가 봐요. 없어져서 찾아보면 잔디밭에 앉아 있거나 나무 밑에서 위를 쳐다보고 있거나 그래요. 그림도 요즘은 온통 녹색 계열 크레파스만 갖고 그려요. 바다도 초록색이고 갯벌도 초록색이고 창고 같은 사각형 집 꼭대기에 그려놓은 십자가도 초록색이고 바위에 앉아 바다를 바라보고 있는 사람 머리도 초록색으로 칠해요.

— 바닷가라구요? 십자가가 있는 사각형 집을 언니가 그렸단 말이에요? 거기에 사람도 있구요?

— 예. 그래서 제가 왜 한 사람만 그리냐고, 여러 사람을 그리면 더 보기 좋을 텐데, 하고 물었더니 역시 대답을 안 해요. 쏘는 눈빛으로 쳐다보기만 하더라니까요. 혹시 짚이는 데라도 있어요? 계속 똑같은 그림만 그려서요.

**보석함과 쓰레기봉투**

우병찬이 떠오른다. 적벽강에 있는 공소에서 언니를 못 보는 시간과 그리움을 기도로 견디고 있다는 사람, 언니의 마지막 사랑인 사람. 언니는 그가 있는 세상을 온통 초록으로 칠하면서 다음 생의 희망을 꿈꾸는 걸까?

간호사가 들어가고 나는 벤치에서 내려와 언니 앞에 마주보며 앉았다.

— 언니, 무슨 생각 해?

— ……

— 버드나무 잎이 아기 속살처럼 부드럽고 예쁘지? 그래서 만지는 거야?

— ……

— 누구, 보고 싶은 사람 없어? 내가 다 불러다 줄게.

— ……

— 그 사람 보고 싶지 않아? 우병찬 씨 말이야. 언니 초록 그림 속의 사람이 그 사람이지?

— ……

— 내가 가서 데려 올까? 언니가 원하면 그렇게 할게.

애가 타서 나는 거의 미칠 지경이 된다. 버드나무 이파리에서 숨결이라도 느끼는 사람처럼 언니는 손가락 끝으로 정성을 다해 이파리만 만지고 있다.

— 보고 싶잖아. 그럼 말해. 내가 지금 당장이라도 가서 데려올게. 아니면 나랑 같이 가 볼래? 지금 출발하면 곧 그 사람 볼 수

있어. 대답 좀 해 봐. 벙어리 아니잖아? 보고 싶은 거 참으려고 말문 닫은 거 맞지? 나 그거 알아. 말하면 감정이 감당 못하게 부풀까봐, 내가 내는 목소리에 내가 허물어질까봐 입 꼭 다물고 있는 거 안다구.

그때였다. 언니가 들고 있던 버드나무 줄기로 내 뺨을 사정없이 후려쳤다. 낭창거리는 나무줄기가 후려친 뺨이 너무 아파 소리도 못 지르고 나는 손바닥으로 얼굴을 감쌌다. 그런데 다시 손등 위로 문풍지 찢어지는 소리가 났다. 아찔한 아픔이 겹쳐 느껴진다. 날카로운 유리에 베인 것처럼 예리한 아픔이다. 두 손으로 얼굴을 감싼 채 무릎에 묻고 있는데 언니가 일어서는 기척이 들린다. 환자용 슬리퍼가 잠시 같은 자리를 맴돌더니 하얀 면양말을 신은 언니의 발이 슬리퍼 안에서 다시 멈춘다. 언니의 목소리가 들린다. 분명 언니 목소리다.

— 요한복음 20장 29절 보지 않고도 믿는 사람은 행복하다. 요한복은 20장 29절 보지 않고도 믿는 사람은 행복하다…… 요한복음 20장 29절 보지 않고도 믿는 사람은 행복……

언니는 계속 그 말을 반복하며 걸어간다. 언니가 들어간 뒤 나는 언니가 앉았던 벤치에 앉았다. 핸드백에서 거울을 꺼내 얼굴을 보니 버드나무 가지로 후려 맞은 부분이 빨갛게 부풀어 있다. 손등도 번개가 내리꽂힌 것처럼 선명하게 줄이 그어져 있다. 그 자리가 뜨겁고 쓰리다. 나는 스케치를 수정해야겠다는 생각을 한다. 굽이굽이 이어진 길에 깔려 있는 수많은 가시관, 그 가시관

위로 하늘로부터 거꾸로 자라는 연녹색 버드나무 가지가 드리워지게 해야 한다는 생각이 든다. 녹색 버드나무는 고통을 쓰다듬는 손길이며 구원의 증표다. 구원은 하늘로부터 오는 것이므로 버드나무는 하늘에서부터 아래로 자라게 할 것이다. 언니는 그것을 알고 있다. 보지 않고도 믿는 사람은 행복하다고 그녀는 말하지 않는가. 보지 않고도 믿을 수 있는 사람은 하늘의 구원을 믿는 사람이다. 나는 언니가 들어간 본관 쪽을 바라보다 서둘러 자리에서 일어났다.


— 언니, 작업 방해하는 건 아닌지 모르겠어요.

오전부터 들이닥친 하은이 온통 어질러진 서재 문 앞에서 쭈그리고 앉는다.

— 들어가서 그림 봐도 돼요?

— 아니. 들어오지 마.

— 참, 언니는 완성될 때까지 누구에게도 화실을 개방 않는다고 했죠?

— 웬일이니? 출근 안 했어?

물통 세 개를 양손에 들고 나오는 내게서 하은이 얼른 물통을 받아들고 욕실로 들어간다.

— 조퇴했어요. 물통 색깔 보니까 많이 그리신 것 같네요.

— ……

소파에 누워있는 내 앞에 욕실에서 나온 하은이 바닥에 무릎을 세우고 몸을 말아 앉는다.

— 왜 자꾸 바닥에 앉아?

— 심장이 뛰어서요. 무릎에라도 붙이지 않으면 온몸이 들썩거리는 것 같아서 그래요.

순간적으로 생각이 이진수에게로 훌쩍 건너간다. 이진수에 관계되는 일이 아니라면 하은이 저렇게 무너질 리가 없다.

— 언니, 수애 아빠 나갔어요. 오늘 아침에요. 저 출근하고 바로 나갔나 봐요. 막 일을 시작하려는데 전화가 왔더라구요.

하은은 몸을 작게 말고 있으면서도 덜덜 떨고 있다. 나는 일어나서 커피포트에 물을 받았다.

— 아, 이 말하려니까 또 속이 후들거리네요. 은주한테 다녀오겠대요. 그게 순서인 것 같대요.

순서? 절망적인 하은의 표정과 달리 마음속에 전등이 하나 반짝 켜지는 것 같다. 순서! 너무도 바르고 질서정연하며 긍정의 최대치를 느끼게 하는 단어. 나는 이진수에게서 희망을 본다. 처음으로, 그것도 확실하게!

커피를 젓는 스푼 결을 따라 하은의 말이 빙빙 돌며 들려온다.

— 그러면서 자기같이 형편없는 사람을 너무 좋아하는 제가 무서울 만치 징그럽대요. 그리고 인간적으로 너무 불쌍하대요. 그동안 지은 죄도 죄지만 자기가 들어오고 나서 자기를 향한 제 집착 때문에 매일 밤 목 졸리는 악몽을 계속 꾸었대요. 꿈을 꾼 날은 은주가 생각났대요. 미안하고 불쌍해서 울기도 했대요. 그래

보석함과 쓰레기봉투

서 다녀오겠대요. 다녀와서 남편 노릇 아빠 노릇 착실하게 하겠대요. 하지만 은주한테는 그럴 수 없으니 빌기라도 해야 할 것 같대요. 나나 수애한테는 두고두고 시간이 있지만 은주한테는 이제 시간이 없다면서요. 정말 올까요? 혹시 돌아오지 않는 건 아닐까요?

왈칵 눈물이 차올랐다. 나는 하은이 볼까봐 고개를 돌렸다. 하은과 수애한테는 두고두고 시간이 있지만, 은주한테는 그럴 수 없다…… 하은의 언니로서는 정말 허리라도 굽혀 고맙다고 하고 싶은 말이었다. 그러나 진짜 이별 앞에 서게 될 은주는 어떡하나…… 기댈 벽 하나 없을 것 같던 그녀는 어떻게 앞으로의 시간을 살아갈까.


— 언제 온다는 말도 안 했어요. 그게 이상하잖아요? 오겠죠? 이번엔 진짜겠죠? 사방에서 악취가 나서 미칠 것 같다는 말도 했어요. 우리집이 지하라서 그런가보다 했는데 그건 아니었어요. 사실 언니도 알지만 우리집에서 악취는 안 나잖아요? 제게서 난다는 말로 들렸어요. 제가 그렇게 싫었을까요? 악취가 난다는 말이 자꾸 머리에 뱅뱅 돌아요. 여태까지 그 사람한테 들은 말 중에 어떤 것보다도 절 슬프게 해요.

하은은 불안해 보였다. 그 불안이 그 치수 그대로 전해져 나는 잠시의 내 감상을 버릴 물건을 쓸어내듯 가슴속에서 몰아내며 하은의 손을 잡았다.

— 그렇게 왜곡해서 듣지 마. 너한테서 난다고 하지 않았잖아? 넌 왜 그렇게 네 남편의 일거수일투족도 모자라 그 사람이 숨 쉬는 것까지도 너와 관련지으려고 애쓰는 거야? 그건 네 남편 자신에 대한 바로보기의 과정일 수도 있어. 냄새나는 웅덩이에 빠져 있을 땐 그 냄새를 못 맡는 법이야. 거기서 빠져나왔을 때 비로소 자기 몸에서 나는 악취를 맡게 되지 않니? 자신의 과오를 돌아보는데 악취가 안 느껴질 사람이 몇이나 되겠어? 나는 어떨 것 같니? 이 집에 이사 오고 성당에 다시 나가기 시작하면서 정말 하루에도 몇 번 씩 샤워를 했는지 몰라. 쓰레기로 덮인 큰 산에 깔린 기분이었어. 그러면서 막 몸에서 냄새가 나더라. 딱히 이런 냄새다 하고 말할 순 없지만 시체에서 날 것 같은 냄새라는 생각이 들었어. 한 번도 직접 맡아본 적은 없지만 몸이 썩을 때 날 것 같은 그런 냄새 말이야. 아, 이게 현재 내 냄새구나 하고 생각했지.

— 말도 안 돼. 언니한테 무슨 냄새가 난다는 거예요? 병적일 만큼 씻어대서 우리한테 맨날 욕먹는 사람이.

— 그건 자신만 맡는, 맡을 수 있는 걸지도 몰라. 의심과 분노와 좌절, 후회와 자책과 항변, 이성과 감정의 아귀다툼, 그 속에서 지지고 볶인 마음이 내지르는 거니까. 수애 아빠도 이제 그걸 하고 있는 것 같네.

사람이 위안을 받는다는 건 어찌 보면 참 간단하고도 쉬운 일이다. 악취란 단어에 벌벌 떨던 하은이 내 경험을 듣자 편안한 얼굴로 되돌아오는 걸 나는 본다. 우리는 한동안 말없이 커피를 마셨

다. 커피 향이 온 집안을 메웠던 물감 냄새를 누르며 짙게 퍼지고
있다.

　이곳으로 이사 온 뒤 나는 딴사람처럼 후각이 아주 예민해진 나
를 발견했다. 그것도 향기나 좋은 냄새 쪽이 아닌 불쾌한 쪽으로
말이다. 가까이 산이 있어 맑고 청정한 공기를 자랑한다는 동네
였다. 집안 살림 중에 제일 자신 있게 잘한다고 내세울 만큼 열심
히 청소를 해대도 계속 코에서는 불결한 냄새가 맡아졌다. 하루
에 세 번씩 샤워를 하고 욕실 드나들 때마다 양치질을 해 잇몸 살
까지 벗겨지기도 했다. 그래도 냄새는 사라지지 않았다. 생선 썩
는 냄새 같기도 하고 채소가 무를 때 나는 냄새 같기도 하며 오래
안 씻은 사람에게서 나는 독한 체취 같기도 한 냄새였다. 제대를
비롯하여 집안 곳곳에 촛대를 두고 하루 종일 초를 태워도, 아로
마 향이 난다는 향을 피워도 냄새는 없어지지 않았다.
　성당을 다시 나가게 되면서 감당하기가 어려울 만큼 나 자신과
정면으로 부딪혔다. 신자로서 냉담기간이 길었던 것부터 남의 말
만 듣고 언니를 비난하며 살아왔던 오랜 시간에도 나는 회초리를
쳤다. 남편의 변화에 적극적으로 대응하지 못했던 내 나약한 처
신에도 가슴을 쳤다.

　오래전 노화가의 초대전에 다녀온 이후, 나는 그림 그리는 사람
들과의 일체 인연을 끊었다. 치매가 덮친 언니 때문에 여력이 없

어서기도 했지만, 언니에게서 비롯되어 내게까지 닿아 있던 세간의 억측에 진저리가 쳐졌기 때문이었다. 남편 대학동창인 일간지 부장의 말을 나는 핸드폰에 저장해 놓고 매일 읽고 또 읽었다. 화가의 창의력과 사업가의 지구력이라고 그는 말했었다. 초대전에서 마주친 다음날 집전화로 걸려온 그의 전화를 받았다.

— 우리나라 여류는 윤심덕 나혜석부터 시대가 변해도 불행을 절반은 안고 살아야 하는 비운의 집단이랄 수 있지요. 재능 있고 거기다 미모까지 더해지면, 세간의 추앙이 시기 질투로, 흠모가 비난과 억측으로 둔갑되어 돌아오죠. 더 희한한 건 그 모든 걸 만들어내는 장본인들이 같은 판 사람들이라는 거예요. 루머에 대한 창의력이 여지없이 발휘되는 거죠.

— 들을 이유가 없는 말씀인 것 같은데 괜한 수고하시네요. 작가의 창의력에 콤마와 느낌표, 마침표는 기자가 완성하나 봐요. 사업가의 지구력이라는 대단한 추신까지 넣어서요.

— 하하하. 의도는 그게 아니었는데 잘못한 말이 됐나 보군요. 기분 나쁘셨다면 사과할게요. 참, 윤은초 선생은 요즘 통 번역 안 하시나 봐요? 신문사로 신간들 쏟아져 들어오는데 번역에 이름이 없네요? 그럼 안 되는데? 유능한 번역가인데……

— 기자시잖아요? 궁금하시면 직접 취재하시죠.

— 하하, 그거야. 암튼 파이팅입니다. 윤 작가. 저는 압니다. 얼마나 많은 여성작가들이 이 판에서 오해와 억측으로 꼬인 노끈에 묶인 세월을 살다 가는지. 열심히 작업하세요. 작가에게 작품은

판사봉입니다. 예술판의 기발한 창의력도, 제가 한 비유지만 사업가의 지구력도, 판사의 판사봉이 내려쳐지는 순간 힘을 잃는 거, 그동안 숱하게 봐 왔습니다.

얼핏 들으면 응원 같지만 무언가를 염탐하려는 사람의 목소리와 뉘앙스를 기어이 들키고 그는 전화를 끊었다.


남편에게 다른 이유가 있을 수도 있다는 생각을 안 해 본 건 아니다. 보통의 여자들처럼 말이다. 새로운 사랑이 생겼나? 절묘하게 그 시기가 언니의 사건으로 덮여졌나? 그러나 그런 생각이 들 때마다 나는 싹을 자르듯이 가위로 내 생각을 잘랐다. 그건 이미 거덜 난 내 자존심과 자존감의 마지막 일 센티를 붙잡는 안간힘이었다. 남편에게 새로운 사랑이 생겼다는 건 생각만으로도 내 숨통을 끊는 고통이었기 때문이었다. 어쩔 수 없이 나도 여자였다.

그래서 결론 낸 게 '내 탓, 언니 탓, 이유불문 우리 자매 탓'이었다. 내 마지막 자존심을 그렇게 나는 일으켰다. 남편의 침묵으로 철판에 깔린 시간을 살아내는 것보다도, 남편이 나 아닌 다른 이에게 사랑이 건너간 게 아닐까 의심하는 게, 내겐 더 혹독했다. 나는 그런 상상을 철저히 부인하는 것으로, 내 탓이다. 언니 탓이다. 우리 자매 탓이다. 를 가슴에 새기며 남편을 떠나왔다. 그래서 살아졌다. 지금 생각하면 나는 사람으로서의 나보다도, 여자로서의 내가 더 중요했던 것 같다. 그 결과 스무 살 부모님이 한

날한시에 돌아가신 때보다 더 외로워졌다. 죽기 직전까지 견뎠다고 자신했는데 더 견뎠어야 했는 게 하느님 뜻이라면 나는 죄인이다.

— 언니, 그럼 지금은 괜찮아요?

하은은 괜찮다는 말을 기대할 것이다. 그런 기대 속엔 그녀의 남편이 빨리 돌아오기를 바라는 마음이 있다는 걸 안다. 하지만 나는 고개를 저었다. 나는 아직도 시시때때로 악취에 시달리고 있으며 집안에 촛대 숫자는 하나도 줄어들지 않았다.

— 아직도요? 이사 온 지도 벌써 한참 됐잖아요? 아직도 언니가 죽은 사람 같은 거예요?

하은은 내 말을 오해하고 있다. 죽은 사람처럼 살 때는 나는 아무런 냄새도 맡지 못했다. 이곳으로 이사 오고 비로소 내가 살아 있는 사람이라는 걸 확인했을 때부터 나는 내가 얼마나 부패한 영혼을 가졌나를 내 주변에서 나는 냄새로 확인했다. 그리고 그건 하은이 하는 말처럼 죽은 사람처럼 살았기 때문에 나는 냄새가 아니었다. 죽었는지 살았는지 나 스스로 혼돈할 만큼 나를 추스르지 못한 책임 없는 삶의 태도에서 기인된 것이었다. 남편이 아무리 나를 죽은 사람처럼 대해도 나는 나를 살아있는 사람으로 대했어야 했다. 어떻게 사람의 목숨이 한 사람에 의해 좌지우지될 수 있는가. 그동안 나를 죽인 건 남편이 아니라 바로 나자신이었음을 깨닫는 시간은 밤도 대낮처럼 환하게 내 속을 들춰

보석함과 쓰레기봉투

냈다. 나는 나를 가스라이팅 했던 것이다. 남편이 나를 죽은 사람 취급한 게 아니라는 말이다. 죽고 싶은데도 죽을 자신이 없어 죽은 척한 것이다. 내가! 그러면서 남편이 나를 생매장했다고 캐치프레이즈를 내걸고 이렇게 결국 혼자가 된 것이다!

— 그럼 수애 아빠도 시간이 오래 걸릴지도 모르겠네요.

이진수가 제대로 정신 차리는 것보다 그의 부재가 오래갈지도 모른다는 사실에 다시 하은의 얼굴에 초조함이 스친다.

— 그래도 그걸 느낀다니 네 남편 아주 잘못된 사람으로 끝날 것 같지 않다는 희망이 생긴다. 하은아, 이번에야말로 믿고 그냥 둬 봐. 정리와 다짐이 필요하다고 생각되어 스스로 시간을 가지는 거라고 믿어줘 보란 말이야. 너 스스로는 그런 기회를 못줬잖아? 지금 네 남편한테 필요한 건 자신과의 마주보기야. 자신을 바로 볼 수 있어야 너도 수애도 바르게 볼 수 있지 않겠니? 은주한테 다녀오는 게 순서라고 말했다며? 나는 그 말이 참 기쁘다. 찾을 거야. 순서. 순서는 순리니까.

— 언니, 저 잘 참고 기다릴 수 있게 기도해 주세요. 그리고 그 사람 정말 바르게 되어 돌아올 수 있게도요.

— 그래, 그렇게. 하은아, 너는 반드시 축복받을 거야. 네가 얼마나 선한 사람인 줄 너 모르지? 넌 선하고 바르며 따뜻한 사람이야. 게다가 무지 사랑스럽기도 해. 네가 부탁 안 해도 난 너와 경옥이 기도 빠뜨리지 않아. 내가 울언니라며? 너흰 내동생들이야.

— 정말요? 전 언니가 저를 위해 기도해주고 있다는 게 정말 큰

힘이 돼요. 이상하게 언니 기도는 기도대로 될 것이라는 믿음이 오거든요. 그만큼 언니 말은 힘이 있어요. 경옥이도 그렇다잖아요. 참 초라한데도 언니가 넌 참 괜찮은 아이야 하고 말하면 자기가 정말 괜찮은 사람 같은 느낌이 들고, 넌 똑똑한 아이야 하면 진짜 자기가 똑똑한 것 같다고요. 언니 말엔 주술적인 힘이 있어요. 언니도 그건 알고 있죠?

— 됐어. 그렇게들 날 이상한 종교의 교주로 만들어 흔들지 마. 암튼 알았어. 이제 그만 가. 가서 청소도 좀하고 차분하게 생각을 정리해 봐.

나는 이진수가 떠난 흔적을 보는 게 무섭다는 하은을 억지로 일으켜 세워 그녀 집으로 보냈다. 하은에겐 아직 경옥의 소식을 알리지 못했다.


며칠 전 경옥은 식탁을 사러 나왔다 들어가는 길이라며 전화를 했었다.

— 사 년 동안 엄마한테 기생하며 모은 돈 다 털어 보태도 열다섯 평 빌라 전세를 월세 끼고야 겨우 얻었잖아요? 살림살이는 대충 급하게 필요한 것만 사기로 했어요. 친정에 들어가느라 다 버려서 접시 하나까지도 새로 사려니 헉 소리가 절로 나네요.

— 침대는 샀니?

— 에잉? 웬 침대? 원래도 침대는 안 썼는걸요? 하지만 침대는 정말 갖고 싶은 물건이긴 해요. 12개월 할부로 사버릴까? 왜, 좀

보석함과 쓰레기봉투

멋있어 보이잖아요.

— 경옥아, 침대 사. 언니가 너희 새혼 선물로 사 줄게.

— 새혼이요?

— 그래, 새로 결혼하는 것과 같으니 새혼이지. 침대 사 줄 테니까 다시는 서로 끌어안은 것에서 놓지 마.

— 아아…… 언니! 진짜죠? 고마워요. 쌩유! 쌩유!

경옥의 목소리는 날아오르는 풍선 같았다. 나는 그녀의 경쾌함에 박수를 보내면서도 제 몸보다도 더 큰 돌덩이에 끈이 묶여 매달린 채 바닥에서 버둥거리고 있는 하은을 떠올리지 않을 수 없었다. 하은을 생각하느라 말이 없는 나를 느꼈는지 목소리에 공기를 뺀 경옥의 음성이 다시 들려왔다.

— 근데요, 언니. 사실 새로 만난 남자처럼 그 사람이 낯설어요. 그렇다고 신선한 느낌도 아니고 뭐랄까? 깨진 도자기를 강력 본드로 붙여놓고 바라보는 느낌?

— 요즘 본드는 강하다. 다른 부분은 깨져도 그 부분은 절대 다시 안 깨진다던데? 단 그 흔적은 영원히 보이겠지? 아, 저기가 깨어졌던 자국이구나, 하고 다른 데보다 더 신경 써서 볼 것이고. 그래서 그 부분을 만질 때는 많이 조심스러울 수밖에 없을 테고 말이야.

— 어쩌면 하은 언니가 옳은 건지도 모르겠어요. 어쨌든 붙어 있으면 낯설지는 않을 테니까요. 내보낸 남자 다시 들이려니 그 공백이 만만찮아요. 아이 낳고 살았던 사람인데도 도무지 아는

게 없는 것 같다니까요? 떨어져 지낸 사이 그 사람이나 저나 그때의 사람들은 아니더라구요.

나는 경옥의 말을 들으며 무심코 거실 장식장 위에 있는 결혼사진을 바라봤다. 남편을 못 본 지 벌써 일 년하고도 반이 훌쩍 넘어가고 있다는 사실이 새삼스럽게 떠올랐다.

— 언니도 아저씨 보면 아마 그럴걸요?

— 그럴지도. 하은이한테는 소식 전했니?

자신의 질문에 내가 대답을 피하는 걸 경옥은 빠르게 눈치채곤 순순히 대답했다.

— 이제 말해야죠. 언니, 그런데요. 그게 좀 쉽지 않아요. 혹시 하은 언니한테 상처를 주는 건 아닌가 해서요.

— 그렇게 생각하지 마. 하은이도 이제 좋아지지 않겠니? 남편에 대한 개 사랑이면 태산인들 못 움직이겠어? 좋은 일이든 나쁜 일이든 한꺼번에 터진다고 하더라. 네가 좋은 일 개방했으니 분명 연달아 하은이에게도 좋은 일 생길 거야. 경옥아, 네 침대 사면서 하은이 줄 거도 미리 예약해 놓을까?

— 그럼 진짜 만만세죠. 우리 언니 돈 많네? 우리 모르는 땅이라도 팔았수?

이진수에게서 희망이 느껴졌지만 아슬아슬한 비탈을 오르고 있는 것 같은 불안함도 공존한다. 그래서 사실 겁이 난다. 하지만 이제 경옥에게는 그렇게 말해야 한다는 생각이 들었다. 경옥은 조금 일찍 결론이 났을 뿐이라고 믿고 싶었다. 이진수는 하은에

보석함과 쓰레기봉투

게 어떤 미래를 쥐어줄 것인가. 하은이 이진수에게 가지는 집착과 사랑은 어떤 모양으로 결론을 얻을 것인가. 생각하면 암담하기 그지없었지만 이제는 하은을 지지하는 수밖에 다른 방법은 없었다. 더구나 경옥을 보며 하은이 느낄 수도 있는 좌절감을 최소화해주는 것이야말로 그녀의 '울언니'로서 내가 할 일이라는 생각이 들었다.

나는 온 집안을 돌아다니며 냄새를 맡느라 킁킁거렸다. 확실히 좀 엷어진 것 같다. 결혼사진을 다시 본다. 언젠가 더 이상 악취가 맡아지지 않는 날, 지금 모습만으로도 불행하지 않다고 자신 있게 말할 수 있을 때, 나는 연극 2막의 커튼을 올리듯 장중하게 저 사진을 치울 것이다. 세민이에게 행복했던 과거 부모의 모습으로 위안을 주려한 어설프고 나약한 내가 아닌, 현재 행복하게 살고 있는 건강한 내 모습을 보여줄 수 있을 때 말이다. 내가 상처를 입은 이상으로 남편도 큰 상처를 지녔음을 안다. 나는 두 사람의 상처를 정면으로 응시하며 그것이 아물어 가는 걸 지켜볼 것이다. 수건으로 액자 유리를 정성스럽게 닦는다. 닦으면서 나를 벗고 시간을 벗고 기억도 벗긴다. 정중하게 나는 이전의 세월과 헤어질 준비를 한다. 깍듯이 예의를 갖춰서. 그래야 살아갈 시간도 내게 정중하게 올 것이다.


폭염이 예년보다 오래 지속된다. 오늘은 세민이가 방학을 맞아 귀국하는 날이다. 아침에 김 관장과 무진의 전화를 차례로 받고 잠시 더 누워있겠다고 한 게 벌써 정오를 지나고 있다. 아침 일찍 걸려온 전화에서 세민이는 오후 다섯 시에 인천공항에 도착해 아빠가 집까지 데려다주기로 했다고 말했다.

— 엄마가 공항으로 마중가도 되는데…… 여기까지 왔다가 아빠는?

함께 들어오겠다는 뜻인가 싶어 반사적으로 몸이 일으켜졌다.

— 나도 엄마 빨리 보고 싶어서 그런 말했더니, 그럼 엄마가 왕복 힘들 거라면서 데려다 줄 테니 집에 가서 엄마 만나라고 그랬어. 나 내려주고 아빠는 그 택시 그대로 타고 돌아간대. 내일 일찍 교수 친구들과 조찬 약속이 있다고 했어.

순간 또 다리에 힘이 빠진다. 허리를 굽혀 무릎을 만지는데 헛웃음이 나온다. 커피포트를 켠 다음 어젯밤 완성한 그림들을 보러 서재로 들어갔다. 물감은 벌써 다 말라 있다. 아침에 걸려온 전화에서 무진은 성화의 제목을 물었다.

— 로사리오예요. 구원을 청하다 1, 2, 3.

— 가톨릭에서 하는 묵주기도와 연관된 건가요? 좋겠는데요?

— 너무 제 식으로 그린 건 아닌지 모르겠어요. 그려놓고 보니 성화라고 할 수 있나 싶기도 하고요.

— 기도를 하는 사람들 지향이 다 다르잖아요? 윤 작가님의 지향이 담겨 있겠죠. 기대하겠습니다. 참, 그리고 개인전 준비 곧 들어가셔야죠? 김 관장님께 말씀 들으셨죠?

— 예.

며칠 전 통화 때 들은 김 관장의 목소리가 아직도 귀에서 잔잔한 여진으로 머물고 있다. 김 관장은 밑도 끝도 없이 전속작가를 제의했었다.

　— 저 그림 안 그린 지 오래예요. 그런 절 뭘 믿으시고 전속하시겠다는 거예요?

　— 하하하, 뭘 믿다니? 내 남자 말을 믿고지.

　— 예?

　— 나 새로 남자 얻었다고 했잖아? 나도 부처 될 수 있다고 해 준 사람.

　— ?……부처님?

　— 그래요. 윤 작가 다녀가고 자꾸 맘이 이상한 거야. 뭔지는 아직도 잘 모르겠지만 괜히 뭐 할 일 놓치고 안 하고 있는 사람처럼 맘이 숭숭거리고. 그래서 물어 봤지.

　— 그랬더니 저 전속작가로 꿰어 놓으래요?

　— 그렇지. 아예 종신 계약으로 도장 지장 다 찍어놓으라던데?

　— 손해 왕창 보실 수도 있잖아요.

　— 그러면 극락 곳간에 보화 쌓는 거 아닌가?

　— 불경 여러 번 읽으셨나 봐요.

　— 응, 끼고 살아요.

　김 관장의 전화를 끊고 나는 무의식적으로 십자가를 쳐다봤다. 몸에 난 솜털 숫자까지도 다 꿰고 계시다는 예수님, 나는 거듭 고개를 숙였다.

수화기를 통해 전화벨 울리는 소리가 들린다. 무진이 아, 목사님 하며 전화를 받더니 다시 그쪽을 향해 잠깐만이라는 말이 들려오고 서두르는 목소리로 말을 잇는다.

— 이번 성화전 참여 목사님이세요. 관장님께 다 들으셨죠? 저희 화랑 전속작가시니 개인전 준비에 필요한 일체와 여분의 경비를 제공하라셨어요. 언제 한번 화랑에 나오실래요? 아, 어차피 성화 전 그림 액자를 맡겨야 되니 그림 갖고 오실 때 뵈면 되겠네요.

— 그렇게 할게요.

나는 커피를 마시며 책상 위에 펼쳐놓은 그림들을 본다. 구원을 청하다 3은 두 장을 그렸다. 총 네 장의 그림이 눈에 보이는 풍경의 전부인 양 시야를 가득 채운다. 처음에는 언니 병실에 걸어주기 위해 한 장 더 그린 그림이었다. 그러다 언니의 소망을 담아 우병찬이 머물고 있다는 공소에 보낼 생각도 했었다. 아주 잠시 세민이 편에 남편에게 건넬 생각도 안 한 것은 아니다. 하은에게 구원의 표시로 줄 생각도 했었고, 남편과 합치게 된 경옥에게 하늘에서 자라는 버드나무의 꿈을 축하로 건넬 생각도 했었다. 그러나 지금 나는 안다. 저 그림은 내 집 거실 십자가 옆에 걸리게 될 것이라는 걸. 나는 물통에 붓을 던진 후 거실로 나와 제대 앞에 무릎을 꿇었다.

　　　　　　　　　　　　　　보석함과 쓰레기봉투

# 에필로그 - 180도

　첫 번째 신호등이 보인다. 초록불이 남은 시간 17초를 알리며 깜빡거린다. 횡단보도까지는 지금 걷고 있는 위치에서 오 미터 정도의 거리다. 뛰면 아슬아슬하지만 빨간불로 바뀌기 전에 저 횡단보도를 건널 수 있고 지금 속도대로 걸으면 신호등은 빨간불로 바뀔 것이다. 하지만 나는 뛰기로 한다. 내가 뛰자 비슷하게 횡단보도를 향하여 걷고 있던 유모차를 끄는 젊은 여자도 따라 뛴다. 무사히 초록 불빛 속으로 나는 내 몸을 진입시키는 데 성공한다. 유모차도 턱걸이로 인도에 안착한다. 두 번째 횡단보도를 향해 걸으며 돌아보니 신호등은 빨간불로 바뀌어 있다. 아무도 나를 향해 욕하지 않는다. 그래도 온몸의 핏줄이 제대로 돌고 있는 게 느껴진다.

　두 번째 신호등은 초록불이다. 제 속도로 천천히 건널 수 있다.

천천히 걸으면서 옆에 따라오는 유모차를 보니 태어난 지 백 일쯤 되 보이는 아이가 공갈 젖꼭지를 입에 문 채 잠들어 있다.

— 백일하고 십오 일 됐어요.

아이가 어릴 때 누가 아이를 향해 웃어만 줘도 마음이 무장해제되던 때가 생각난다. 아이 엄마가 묻지도 않은 말을 하며 웃는다. 그 웃음을 받으며 나는 말랑한 아이의 손을 바라본다. 세상의 끈을 잡듯 손가락을 안으로 말아 움켜쥐고 있다.

— 공주예요. 왕 공주, 성이 왕 씨거든요.

아이 엄마의 두 번째 말 앞에서 나는 이 아이가 그녀의 첫 번째 출산임을 짐작한다. 모든 첫 번째는 스스로를 마춰시키며 시작되지 않는가. 첫사랑, 첫아이, 첫 작품…… 처음으로 사랑이라는 경이로운 감정 상태를 경험하게 해 준 남편, 그리고 엄마라는 신비한 첫 이름을 선물해준 세민이…… 여기까지 나를 지탱하게 하고 이끌어준 건 내게 온 그 '처음'들 때문이었을 것이다. 이마트가 바로 보이는 세 번째 신호등은 빨간불이다. 나는 멈춰 선다. 한 번도 무단횡단을 한 적 없는 사람처럼. 아이 엄마가 인사를 한다.

— 저흰 소아과 가는 길이에요. 우리 공주 예방접종이 있어서요.

— 잘 키워요. 예쁘게 클 거예요.


초록불이 켜지고 의기양양하게 걷는다. 이마트 안으로 들어가며 뒤를 돌아다보니 길 건너 소아과 앞에서 공주를 등에 업은 아이 엄마가 유모차를 접고 있는 게 보인다. 저렇게 들쳐 업어도 세

　　　　　　　　　　　　　　　　보석함과 쓰레기봉투

상모르게 자고 있는 공주의 뺨 위로 아직도 쨍쨍한 여름 햇살이 소나기처럼 떨어지고 있다.

이마트 안은 언제나 붐빈다. 나는 세민이 저녁 준비 찬거리와 함께 산 모카케이크를 3번 계산대 앞에 놓는다. 안면 있는 계산원이 아는 체를 하며 평소보다 많은 장바구니 속의 물건을 집어내더니 영수증을 끊기 전 고개를 갸우뚱거리며 나를 쳐다본다.

— 오늘 잔치라도 하나 봐요?

— ……

— 무슨 날이에요?

— 네.

— 생일?

— 아니, 유학 간 딸내미가 방학을 맞아 집에 오는 날이기도 하고, 그리고…… 오래전에 잃어버렸던 게 있었는데……

오늘은 친절하게 대답을 해 주리라 마음먹는데도 딱히 뭐라고 할 말이 생각나지 않아 나는 망설인다. 그때 계산원이 심드렁하게 중얼거리며 전표를 빼낸다.

— 그게 그렇더라구요. 찾을 때는 온 집안을 벌집처럼 쑤시고 뒤엎어도 안 보이던 게, 포기하고 잊어버리면 어느 날 난데없이 눈에 뜨이더라니까요. 귀하다고 잘 싸서 보관한다고 했던 것일수록 그런 경우가 많죠. 참, 따님이 온댔죠? 얼마나 반가울까?

— ……

말이 입안에 머문다.

이마트를 나와 전철역을 향하여 걷는다. 역 입구에 꽃집이 있다. 나는 스타치스 한 묶음을 산다.

― 물기 향기 가득한 다른 꽃 다 놔두고…… 나는 암만 봐도 이게 생화인지 조화인지 아직도 알 수 없더라구요.

신문을 뜯어 둘둘 말면서 주인아저씨의 눈이 빠르게 나를 훑는다.

― 꽃을 팔면서도 이 꽃 꽃말은 모르겠네. 손님은 알아요?

― 변하지 않는 사랑이에요.

― 그런 사랑이 있나? 하긴 있지. 그럼 조강지처 같은 꽃이네?

철사 노끈으로 신문지를 묶으며 아저씨가 씨익 웃는다.

― 스타치스가 오래 가긴 하죠. 물기 향기 미리 다 빠져 시들어도 시든 표도 안 나고, 죽어도 죽은 표도 안 나지. 물 안 주고 아무데나 꽂아만 놔도 물 달라고 안색도 안 변하지. 그게 조강지처지 뭐야, 안 그래요? 암튼 참 희한한 꽃이야.

그냥 마음에 들어 해마다 사는 꽃이었다. 손톱만한 꽃이 싱싱한 척도 시들은 척도 안 하고, 살아있는 척도 죽은 척도 안 하는 한결 같은 모습이라 마음에 든 꽃이었다. 꽃말은 알았지만 꽃말이 호감에 일 프로의 영향을 준 적은 없었다. 그랬는데 갑자기 온 천지로 확장된 의미가 새롭다. 왈칵 스타치스가 더 좋아진다.

― 같은 부피로 두 묶음 더 포장해 주세요.

주인아저씨가 쳐다보더니 말없이 두 묶음을 더 싼다. 나는 하은과 경옥에게 집에 들르라는 톡을 연달아 보냈다. 바로 하은의 전화가 온다. 통화 중에 경옥의 번호가 뜬다.

— 언니, 무슨 일 있어요? 아님 세민이 귀국 파티?

— 아니. 줄 게 있어서.

— 뭔데요?

— 너. 너무 예쁜 너.

— 그게 무슨……

하은과 통화를 끝내는데 경옥의 번호가 또 핸드폰에 든다.

— 언니, 왜?

— 스타치스 주려고.

— 꽃? 난 그거 별로던데요? 조화처럼 향기도 없는 꽃이잖아? 그거 좋아하는 언니가 이상하드만. 세상에 예쁜 꽃이 얼마나 많아?

— 얼마나 똑똑한 꽃인데. 얼마나 사려 깊은 꽃인데. 암튼 가져가.

— 저는 주말에 갈게요. 어차피 시들지도 않잖아?


거실 장식장 위에 다용도실 선반에 내다둔 보석함을 들여놓을 생각이다. 보석함에 있던 육백 장에 가까운 쓰레기봉투는 제 용도에 맞게 다용도실 잡동사니 물건들 옆으로 자리 이동될 것이다. 버리지도 못할 기억만 열거하며 그것을 버릴 기세로 사다 모았던 쓰레기봉투였다. 그래놓고 미련과 회한과 얄팍한 기대만 채웠다. 정신 줄 놓은 언니보다도 더 떨어진 인지기능으로, 뻔히 보고 느끼는 내게 다가온 모든 것을 착각과 혼돈과 자기 위안으로 둔갑시켰다. 그래서 쓰레기봉투를 보석함에 넣었다. 보석이지 절대로 쓰레기가 아니야! 고함치고 항변하고 억지변명하는 그런 세월을 살았다.

이제 빈 보석함 안에는 이번 성화전시회 팸플릿이 귀한 몸값을 자랑하며 안착될 것이다. 참여 작가 윤은수, 잊고 살았던 내 이름을 호명해준 세상에 경배를! 변하지 않는 사랑이야말로 생의 가치라고 일러주는 스타치스에게 환호를! 그 사랑의 대상이 일 번으로 자신이어야 한다는 걸 가르쳐준 육백 장이 넘는 쓰레기봉투들에게 박수를! 보석함 옆에서 크리스탈 꽃병에 꽂힌 스타치스는 내가 변하지 않고 사랑해야 할 나를 지켜줄 것이다.

나는 수긍하기로 한다. 이 광활한 생에서 이해되고 납득되는 건 자신의 그림자를 보는 일 말고 또 뭐가 있겠는가. 체념과 수긍은 다르다. 체념은 막막한 적막이지만 수긍은 반전과 도약과 상황의 전복을 잉태한다. 체념은 설자리를 좁히지만 수긍은 지구도 내 집이 되게 한다. 체념은 생명이 삭제된 무주공산을 보게 하지만 수긍은 숨과 살과 피를 생산한다.

모두가 다 이해된다면 생은 너무 심심하다. 이해되지 않는다고 체념의 버튼부터 누르는 건 생에 대한 모독이고 배반이다. 수긍의 농도를 최대치로 높이기 위해 나는 우아한 치장을 할 것이다.

아파트에 들어서자 밖에 나와 있던 슈퍼 여자가 급하게 안으로

보석함과 쓰레기봉투

들어가더니 쓰레기봉투 묶음을 들고 나오며 나를 부른다. 나는 처음으로 그녀를 향해 웃으며 스타치스와 고개를 동시에 흔든다. 이래봬도 오늘은 무단횡단도 안 하고 법치주의 국가 국민답게 초록불에 보행을 하고 온 사람이야. 참 잘했어요, 라는 도장이 인공 심장박동기 위로 주르륵 찍히는 소리가 난다.

— 이제 웬만큼 버렸나 보네요. 그간 사간 게 대체 몇 장이냐?

나는 다시 웃는다. 그걸로 슈퍼 여자에게 그동안의 무례를 보속한다. 안 웃던 내가 웃자 슈퍼 여자의 콧망울이 기분 좋게 벌어진다. 잠깐, 인상이 좋다는 게 저런 거라는 생각이 든다.

— 좋은 일 있나 봐요? 케이크에 꽃에, 아유 세 다발이나…… 근데 꽃 이름이 뭐예요? 조화죠?

처음으로 내가 웃는 얼굴을 봐서인지 들고 나온 쓰레기봉투를 가슴에 안으며 슈퍼 여자도 웃으며 손을 흔든다. 나는 걸어가면서 큰소리로 대꾸한다.

— 스, 타, 치, 스! 살아있는 꽃이에요. 살. 아. 있. 는!

— 그게요? 조화가 아니고?

슈퍼 여자의 목소리가 발걸음 속에서 멀어지며 들린다. 나는 걸음을 멈추고 들고 있는 짐을 바닥에 내려놓는다. 그리고 두 팔을 옆으로 들어 올려 팔꿈치를 구부린다. 차가운 스텐막대기 같던 내 머리가 삼각형 안에서 따뜻하게 피가 돈다. 가만가만 손가락으로 두드려본다. 전신에 트라이앵글 소리가 터진다.

# 보석함과 쓰레기봉투

1쇄 발행일 | 2023년 11월 07일

지은이 | 서석화
펴낸이 | 정화숙
펴낸곳 | 개미

출판등록 | 제313 – 2001 – 61호 1992. 2. 18
주소 | (04175) 서울시 마포구 마포대로 12, B-103호(마포동, 한신빌딩)
전화 | (02)704 – 2546
팩스 | (02)714 – 2365
E-mail | lily12140@hanmail.net

ⓒ 서석화, 2023
ISBN 979 – 11 – 90168 – 74 – 8 03810

값 15,000원